U0902442

浙江省哲学社会科学规划
后期资助课题研究成果

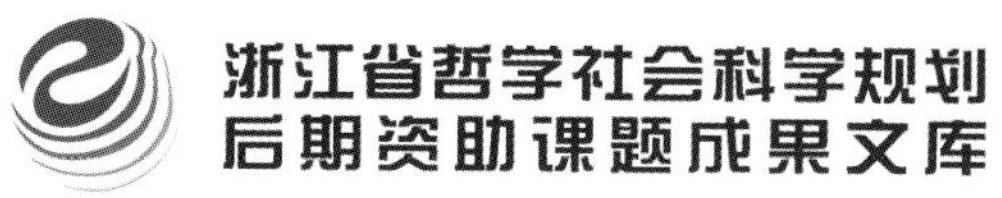

绿到深处的黑色：劳伦斯诗歌中的生态视野

Lü Dao Shenchu De Heise : Laolunsi Shige Zhong De Shengtai Shiye

闫建华 著

中国社会科学出版社

图书在版编目(CIP)数据

绿到深处的黑色——劳伦斯诗歌中的生态视野 / 闫建华著 . —北京：中国社会科学出版社，2013. 12

ISBN 978 - 7 - 5161 - 3661 - 4

Ⅰ. ①绿… Ⅱ. ①闫… Ⅲ. ①劳伦斯，D. H（1885—1930） - 诗歌研究 Ⅳ. ①I561. 072

中国版本图书馆 CIP 数据核字(2013)第 27891 号

出 版 人　赵剑英
责任编辑　曲弘梅
责任校对　林福国
责任印制　李　建

出　　版　中国社会科学出版社
社　　址　北京鼓楼西大街甲 158 号（邮编 100720）
网　　址　http：//www. csspw. cn
　　　　　中文域名：中国社科网　　010 - 64070619
发 行 部　010 - 84083685
门 市 部　010 - 84029450
经　　销　新华书店及其他书店

印　　刷　北京奥隆印刷厂
装　　订　北京市兴怀印刷厂
版　　次　2013 年 12 月第 1 版
印　　次　2013 年 12 月第 1 次印刷

开　　本　710 × 1000　1/16
印　　张　12. 5
插　　页　2
字　　数　206 千字
定　　价　39. 00 元

凡购买中国社会科学出版社图书，如有质量问题请与本社联系调换
电话：010 - 64009791

序

闫建华教授在上海外国语大学攻读博士期间，是一个在各方面都走在前面的佼佼者。她说话、写文章几乎没有华赡的辞藻，没有飘飘漾漾游丝一般的思想。但她酷爱学习，对于学术界前沿的新玩意有一种无餍的好奇心，往往有了心得，便会从安暇中被鼓荡起来，写下流畅、激起四处漾开波澜的文字。

闫建华教授这本专著是以博士论文为基础写就的，其研究对象是英国作家劳伦斯的诗歌，研究的主题是用黑色来表征劳伦斯的生态意识，研究的结论是劳伦斯是一位了不起的生态预言家。或许读者会打上一个问号：人们总是习惯性地选择绿色来作为大自然的象征符号，生态应该与绿色挂上钩，怎么与黑色搭上关系呢？

作者指出："黑色/黑暗在劳伦斯笔下象征着自然大化的本源和本质、非理性、性爱、原始主义、动植物以及死亡等方面，而这些方面又在很大程度上与生态批评所关注的主要内容和焦点是相合的，这说明劳伦斯笔下的黑色既有着宽广的主题覆盖面，又有着深厚的绿色生态蕴意，因而在广度和深度上都做到了黑色与绿色的融汇。"作者还认为："劳伦斯对万物有灵的原始自然宗教的皈依、对生命的尊重和敬畏、对地球是活的有机体的洞见，等等，可以说在很大程度上已经预示了当代生态思想的诞生。从这个意义上来讲，劳伦斯的生命哲学首先应该被看作是当代生态思想的源头，其次才是反正统文化运动的源头。"我认为，作者的这些观点很有见地，这种有见地的观点反过来又证明了作者是一个对学术有热情、有追求、有思考的学者。

其实，劳伦斯也是我很喜爱的一个作家，这里请允许我把"史教授随笔"中一段关于劳伦斯的文字转录如下：

巴黎是法国的首都，是当今世界时尚潮流的引领者。巴黎是美丽的，它有一条塞纳河，有1889年为万国博览会建造的艾菲尔铁塔，有世界上最大的博物馆——卢浮宫，有法国人感到自豪的“世界上最美丽的散步大道”——香榭丽舍大道，有世界上最古老的大学之一——索邦大学，有拿破仑为彰显自己战胜奥普联军而建的凯旋门。应该说，说到法国，你不能不提到巴黎。

英国著名作家D. H. 劳伦斯写过一篇文章，题为《小说和感情》（“The Novel and the Feelings”）。他认为，我们的文明没完没了地弹奏一根弦，只有“嘣”“嘣”“嘣”的一个音符。音符本身没有问题，但是排斥其他的声音就可怕了。我们受的教育是政治、地理、机械，还有软饮料、烈性酒的知识，再加上社交时的节俭和奢侈方面的知识等，“但是，说遍了法国，却没有提巴黎，说遍了哈姆雷特，却没有提丹麦王子，说到了砖，却没有说做砖必需的材料。”他进而解释说：因为我们对自己几乎一无所知。这里，劳伦斯所谓的“自己”是指人的内心情感。他认为，只有思想，没有情感，那思想就是装在“废纸篓”里的东西。他把情感比喻为一个黑暗的大陆，他描绘内心像暴风雨一样翻滚混杂的纷繁情感时用了一连串生动的比喻：“有的情感像狮子一样在吼叫，有的情感像蛇一样在蜿蜒滑动；有的情感像雪白羊羔一样在“咩咩”叫；有的情感像红雀一样啭鸣；有的情感绝对沉默，却像溜滑的鱼儿游得飞快；有的情感像牡蛎，间或敞开发泄出来。”他认为，读文学能让我们更加懂得“情感”，获得了解人自身的知识。我想，假如科技发展了，生活方便了，但我们的思维却变得机械了，内心的情感枯竭了，我们究竟是得到的多呢，还是失去的多？当我们关心涉及生活方方面面的事，关心怎样丰富生活的时候，真的不能说遍了法国，却没有提到巴黎。

从以上我那段似乎是“狗尾续貂”的话中读者可以看出，劳伦斯确实是一个了不起的伟大作家，值得我们认真研究，而闫建华教授又从一个比较独特的视角来研究，并取得可喜的成绩，更是值得褒奖。

史志康
中国英国文学学会副会长
上海外国语大学教授、博导

目　录

绪　论

第一节　劳伦斯诗歌研究综述

> 我们的时代是一个悲剧的时代，所以我们拒绝以悲剧的方式接受它。灾难已经发生，我们置身于废墟之中。我们开始重建小小的栖息地，拥有小小的希望。这是一项相当艰巨的工作。[①]

一　概说

作为20世纪最有影响力的作家，戴·赫·劳伦斯（D. H. Lawrence，1885—1930）在英国文学和世界文学中所占据的重要地位早已成为共识。据统计，在英语语言中，劳伦斯是除莎士比亚之外被研究得最多的一位作家（Meyers，1987：1）。经过半个多世纪的累积，有关劳伦斯研究的专著、论文、传记以及其他作品可谓汗牛充栋[②]，但从劳伦斯作品研究的类别上来看，仍然存在着严重的不均衡现象。即人们对劳伦斯诗歌的关注程度远远低于他的小说或是散文类作品，这一点几乎每一位劳伦斯诗歌的研究者都会提及[③]。我们知道，劳伦斯在他短暂的一生中，除了创作10部长篇小

---

① 摘自 *Lady Chatterley's Lover*（Wilder Publications，2010）开篇部分，中文系笔者自译。

② 仅香港大学图书馆就收藏了2500多册与劳伦斯有关的著作，这其中除劳伦斯本人的作品之外，绝大多数都是研究劳伦斯的著述。

③ 如 Don Jones 在他2007年出版的研究劳伦斯诗歌的著作 *Hunger for Wholeness* 中仍然提到这一点。

说、9 部戏剧以及大量的中短篇小说、书信、游记、文论等作品之外，还创作了 10 部诗歌集，诗歌总量接近 800 首。劳伦斯之所以有如此丰厚的诗作，原因之一就在于他有一个用诗歌记录亲身经历或体验的习惯，诗歌创作因此贯穿了他的一生。确切地说，劳伦斯的创作生涯是以诗歌开始的，也是以诗歌结束的，诗歌既是劳伦斯初涉文坛的铺路石，又是他生命的休止符，因而在他的创作中占有十分重要的地位。为此，研究劳伦斯的著名学者品托在题为《劳伦斯：不戴面具的诗人》诗集序言中指出："（劳伦斯）在诗歌中所表达的东西从未在他的散文中表达过。他最好的诗歌是 20 世纪英语语言中最有价值、最有意义的诗歌。"（Pinto，1993：5）阿尔色雷斯认为，"就完全忠实于情感"（a complete truth to feeling）这一点来看，劳伦斯"是一战中唯一生存下来的英国最杰出的本土诗人"（Alvarez，1959：342），而与劳伦斯同时代的洛威尔（Amy Lowell）、奥尔丁顿（Richard Aldington）以及布洛（Geoffery Bullough）等认为，劳伦斯首先应该被看作是一位伟大的诗人，其次才是一位伟大的小说家（陈红，2005：104）。这种观点也在珀金斯那里得到了回应："假若劳伦斯只写诗歌，他一定会被看成是他那个时代最重要的英语诗人之一。"（Perkins，1976：439）劳伦斯本人也十分看重他的诗歌，用他自己的话来说，他的诗歌是他"内心情感生活的传记"（CP：27），他在诗歌中"说出了 20 年来①一直想说的心里话"②（CP：28），并且"通过诗歌发现和展示了真实的自我"（Mandell，1984：xi）。

尽管劳伦斯的诗歌具有如此重要的价值和意义，但对他的诗歌的接受却经历了一个颇为曲折的过程。在劳伦斯的作品得到广泛承认之前，他的诗歌的命运可用"毁誉参半"和"毁存誉消"几个字来形容。最初，劳伦斯的诗歌让人们认识到他是一位重要的、很有独创性的天才，他的诗歌具有一种不同寻常的活力，但是他的创作技巧和关乎个人隐私的题材却很难让人苟同和接受。如庞德就对劳伦斯的爱情诗集予以很高的评价，认为他的诗歌胜过当时的任何诗歌，但对他的押韵、倒装、选词方式以及带有"色情味"的描写却颇有微词（Draper，1970：53）。托马斯（Edward

---

① 指 1908—1928 年这段时间。

② 劳伦斯把说真心话称为"让恶魔说话"（let the demon say his say），参见 *The Complete Poems of D. H. Lawrence*（Penguin Books，1993）第 28 页。

Thomas)、莎士比亚（O. Shakespear）等学者皆持类似的看法[①]。艾略特虽然贬低说劳伦斯的诗歌不过是“为诗歌所作的笔记”，但同时也承认劳伦斯在诗歌中所倡导的那种“岩石般的直白”（rocky directness of statement）正是他在诗歌创作中所探寻的东西（Marshall，1970：12－13）。

在此之后，学界对劳伦斯的诗歌多半持一种否定、批评甚至是攻击的态度，肯定的成分越来越少。艾肯（Conrad Aiken）、缪尔（Edwin Muir）、昂特迈耶（Louis Untermeyer）[②] 和布莱克默（R. P. Blackmur）等人可谓批判劳伦斯诗艺的代表性人物。尤其是布莱克默，他对劳伦斯的诗歌所持的否定观点在很长一段时间内影响甚至是左右着人们对劳伦斯诗歌的看法——即使《黑太阳》一书的作者霍夫在20世纪50年代中期写作的时候仍然坦承他对布莱克默的观点“没有什么好说的”（Hough，1956：192）。布莱克默的主要观点是，劳伦斯的诗歌缺乏一种理性的结构，他不会有效利用诗歌创作的技巧，只会无节制地将自己的情感和生活细节塞进诗歌，从而导致他的诗歌大厦刚一建起来就开始坍塌，只“留下一堆伟大意图的废墟……但因为这只是生活的废墟，因而很难被修复为诗歌”（Blackmur，1935：300）。布莱克默的这一定论对劳伦斯的诗歌所产生的影响不仅最持久，而且也最具杀伤力，成为劳伦斯作品解禁之前学界普遍认可的一种看法。

吉尔伯特认为，劳伦斯的诗歌艺术之所以遭到诟病，主要是因为诗人所倡导的诗学理论（当然也包括实践）与当时注重诗歌形式的批评观点是相左的（譬如正在兴起的新批评就对反讽、模糊、悖论等艺术手法予以特别的关注），而劳伦斯对诗歌形式的“不屑”[③] 显然是一种跟主流唱反调的做法（Gilbert，1972：9），故而20世纪30年代的一篇评论文章称他

---

① 分别参见 *The Critical Heritage* 第51—52页；O. Shakespear 著“The Poetry of D. H. Lawrence”，载于 *The Egoist*（May 1915）第81—83页。

② 分别参见 Muir 对劳伦斯诗歌的评论，载于 Draper 主编的 *The Critical Heritage* 第228—231页；Aiken 著“The Melodic Line”，载于 *The Dial*（LXVII 1979）第97—100页；Untermeyer 著“Strained Intensities”，载于 *The Bookman*（LIX 1924）第219—222页。

③ 劳伦斯1913年写给 Edward Marsh 的信明确表明，他的诗歌是在表达一种感情，他不屑为别人的耳朵而写作，他要捕捉的是最微妙的本能，这本能远胜于技艺（skill of craftsmen）。参见 *The Letters of D. H. Lawrence* 第2卷第61页。另在 *Women in Love*（Penguin Books，1982）第524—526页中有关马的雕像的一组对话也隐含着劳伦斯对新批评的讥讽态度。

的诗歌“韵律粗枝大叶，毫不严谨，他的词句很少值得牢记不忘”（蒋炳贤，1995：43）。另外，正如诗人本人所言，他的诗歌有着鲜明的自传性质，表达的是他个人的感受和体验，诗歌中言说者的声音主要是诗人自己的声音，这一点与现代派诗歌的代表人物艾略特所倡导并被广泛接受的“非人化”（impersonality）诗学主张也是背道而驰的。当然，除了形式上存在“问题”之外，劳伦斯的诗歌在内容上也存在“问题”，这一点主要因他的小说而起。劳伦斯的小说由于有“诲淫”之虞而遭受查禁，他本人也被贴上了“淫秽作家”的标签，这样一来，他那些表露真情、描写和赞美性爱的诗歌自然也受到了株连，被指斥为“带有挑逗性质的、有关个人情感的变态的呓语”（Marshall：9）。这类诋毁无异于在“淫秽作家”之外再让他背上“淫秽诗人”的恶名。出于这样几个原因，劳伦斯的诗歌屡屡被诟病也就是情理之中的事了。也正是因为如此，在诗人去世后的20世纪30年代和40年代，他的诗名大大下降，导致了他的诗歌研究的低迷——在近半个世纪的时间里，竟然没有一本专门研究其诗歌的专著面世[①]。这种状况一直持续到20世纪70年代。

二　重评与接受

由于有这样一层背景在里面，研究劳伦斯诗歌的专家学者首先要做的就是要消除对劳伦斯诗歌的误解和偏见。随着人们对劳伦斯认识的日渐加深，尤其是随着对他的作品的完全解禁，劳伦斯诗歌中的内容“问题”自然已经不是什么问题了，但是劳伦斯的诗歌艺术或形式总是一个绕不过去的坎，因为对这个问题不加以论证，就很难对劳伦斯的诗歌作出比较公允的评判，诚如乔德哈里所言：“从最基本的层面上来讲，几乎所有的诗歌批评都是要把‘好诗’从‘坏诗’中筛选出来，而对劳伦斯的捍卫者们来讲，这样的编纂程序就显得尤为重要，（因为）劳伦斯必须得用他的‘好诗’来评判，这一点对他们而言至关重要。”（Chaudhuri，2003：1）为此，研究劳伦斯诗歌的学者们尽管各有侧重，所采用的研究路径和角度也各自不同，但他们都有一个共同的地方，那就是对他的诗歌艺术予以特

---

① Dallas Kenmare 的 *Fire-Bird*：*A Study of D. H. Lawrence*（James Barrie，1951）虽然是第一部有关劳伦斯诗歌的著作，但由于该书（仅81页）主要是通过诗歌来看劳伦斯的性格特点，所以一般不被看作是研究劳伦斯诗歌的学术专著。

别的关注，其目的就是要通过肯定劳伦斯诗歌艺术的合理性或是独特之处来说明劳伦斯诗歌的不凡或伟大之处，由此而形成了劳伦斯诗歌研究的一大特色。从时间分布和研究走向上来看，劳伦斯诗歌的重评与接受主要经历了以下三个阶段：20 世纪 50—60 年代的纠偏正名阶段，70—80 年代的复苏繁荣阶段和 90 年代及以后的多元拓疆阶段。

（一）纠偏正名阶段

1960 年前后，随着李维斯等学者对劳伦斯的重新评价和肯定以及《查泰莱》一案在伦敦法院的公开审理和禁令的解除，劳伦斯声名大振，他的作品开始被人们理解，他的诗歌才引起了相应的重视。由威廉姆斯（W. E. Williams）、里夫斯（James Reeves）、雷克斯罗斯（Kenneth Rexroth）和萨加尔（Keith Sagar）等学者选编的《劳伦斯诗选》[①] 都备受欢迎，而由品托（V. de S. Pinto）等主编的《劳伦斯诗歌全集》自 1964 年出版以来几乎年年付印，大有供不应求之势。各种版本的《劳伦斯诗选》尤其是《劳伦斯诗歌全集》的出版掀起了一股不小的“劳伦斯诗歌热”，大大推动了劳伦斯诗歌研究。

在这一阶段，为了让人们重新认识劳伦斯诗歌的重要价值和意义，研究劳伦斯诗歌的专家学者首先要做的就是消除此前对劳伦斯诗歌的误解和偏见。钟情于劳伦斯诗歌的著名学者如品托、布鲁姆（Harold Bloom）、阿尔色雷斯、萨加尔、雷克斯罗斯等努力的一个主要方向就是为诗人“平反”。为此，他们首先对布莱克默发起进攻[②]，通过有效拆解其论断来为诗人正名，用布鲁姆的话来说，这是浪漫主义针对形式主义的攻击发起的一场捍卫战[③]。这其中布鲁姆的“捍卫”颇是带有一种政治意味。他指出，劳伦斯与布莱克、叶芝等诗人一道同属于浪漫主义传统，劳伦斯并非布莱克默所说的那样缺乏思想和想象，恰恰相反，他最擅长的正是思想和创造性想象；布莱克默是在用一种“编纂过的思想和机构化的见识”来

---

① 这四位学者主编的《劳伦斯诗选》的出版年代分别是 1950 年、1951 年、1959 年和 1972 年。事实上，劳伦斯最早的诗歌选集 *Fire and Other Poems* 于 1940 年由美国 Grabhorn 出版社出版，美国诗人 Robinson Jeffers 为其作序，这应是劳伦斯诗歌接受过程中的一个特例。

② 如果说李维斯的 *D. H. Lawrence*: *Novelist*（Chatto & Windus, 1955）通过对艾略特的回击在小说领域来为劳伦斯正名，那么在诗歌领域则是通过对布莱克默的回击来为之正名，二者之间形成一种回应的关系。

③ 原文为“formalist attack and romanticist defense”，参见布鲁姆主编的 *D. H. Lawrence* 序言部分。

评判劳伦斯，这其中无非隐含着这样的潜台词："机构化的秩序要比天才的个人秩序对诗歌而言更有效。"（Bloom, 1986：8，2）萨加尔从宗教的角度对布莱克默予以回击。他认为，布莱克默的做法仍然是基督教一神教试图将千姿百态、变动不居的生命体验变成一种有序的现实的翻版，他摆出的客观性姿态掩盖不了他对生命的冷漠，而劳伦斯对生命的热爱使他的深厚感情能够在经验和语言两个层面上发出回响，从而形成适合他自己的、独特而可靠的诗歌形式（Sagar, 1966：242，241）。布鲁姆和萨加尔都从布莱克默所尊崇的文本形式背后看到了一个更高、更大的"形式"（即意识形态），揭示了布莱克默攻击劳伦斯的深层原因，这就从根本上颠覆了对方的立论。

其他学者主要通过分析诗歌文本来阐明他们的观点。霍夫虽然没有对布莱克默的观点直接提出异议，但他在分析了劳伦斯各个阶段诗歌的得失之后，对其诗歌形式和结构提出了独到的见解："劳伦斯拒绝给他的洞察力施加一种形式，他的经验结构本身就为他的作品提供了一种结构。"（Hough：192）品托、萨加尔等都持类似的看法。品托认为劳伦斯的诗歌形式是一种有机的"表达形式"，是诗人用以表达他"与活生生的宇宙之间的纯粹关系"的恰当形式（Pinto：9），萨加尔的观点则是："（劳伦斯的）形式是内容的完美化身，是他表达思想和感情的完美工具。"[①]（Sagar, 1986：12）这样一来，即使这一"工具"有不好的一面，也有人出来为之辩护。如雷克斯罗斯就将劳伦斯诗歌中不被看好的重复和过度展开（over-expansiveness）归结为诗人独特的创作风格。在他看来，劳伦斯不是那种为了创作而苦思冥想的诗人（如艾略特），而是那种让创作的源头活水尽情流泻的诗人，并说只有二流的诗人才讲究技巧，最伟大的诗歌总是有一种"高贵的松散"（nobly disheveled）（Rexroth, 1959：17－18）。在这一点上，品托的看法也值得人们深思："即使劳伦斯的坏诗也很重要，因为它们是一位伟大诗人发现新的诗歌艺术的实验品。"（Pinto：21）

（二）复苏繁荣阶段

经过第一阶段的"平反"正名，劳伦斯诗歌研究终于迎来了春天，进入了20世纪70—80年代的复苏繁荣期。这一阶段最显著的一个特征是

---

① 该文作于1958年。

一批有影响力的专著陆续出版，对劳伦斯的诗歌艺术从多个角度予以探讨，结束了劳伦斯诗歌研究中专著空白的历史。在这一阶段和第三阶段，我们重点透过专著来看劳伦斯诗歌研究的走势，当然重要的论文也会提及。

总的来看，这一时期的研究在很大程度上仍然侧重于对劳伦斯诗歌审美形式的研究，但在研究方法、深度和广度上较之前一个阶段都有很大的突破，研究的重心也从强调和肯定劳伦斯诗歌艺术的"好"转移到"为什么好"上来。马歇尔的《心灵的航行者》通常被看作是第一部研究劳伦斯诗歌的学术专著，作者主要采用文本细读的方法详尽考察了劳伦斯作为"诗歌铸匠"（a maker of poems）成长的心路历程（Marshall：22）。他的基本观点是，劳伦斯的一生都在寻求一种能够完全表达其感知体验的诗歌风格，他独特的诗歌艺术正是他为自己超群的洞察力所能找到的最恰当的表达形式，通过这一形式，诗人既满足了他作为现代人寻求自我表达的一种心灵上的需求，又找到了一种实现自我的有效途径。（ibid）马歇尔的论证肯定和继承了霍夫等人提出的观点，并在此基础上将劳伦斯的诗歌形式提升到一个新的高度。与马歇尔的做法相仿，吉尔伯特的《凝注行为》也探讨了劳伦斯诗歌艺术的成长历程，所不同的是，她以诗人自己的诗歌理论[①]为标尺、以浪漫主义诗歌传统为参照来评判他的诗歌技巧和创作目的，针对诗人不同时期的诗作阐发了独到的见解。之后，仍有学者对劳伦斯的诗艺进行探讨，但能与马歇尔和吉尔伯特之研究相媲美的当属曼德尔的《凤凰悖论》。作者在这部著作中另辟蹊径，对劳伦斯晚期的诗歌手稿进行了"考古式发掘"（Mandell：9），得出了一个令诗人的批判者和捍卫者都意想不到的结论：劳伦斯并非如他本人所言不在乎诗歌技巧，恰恰相反，他很看重技巧，他修改和加工诗歌的过程与他的世界观和成长经历是相辅相成、紧密相连的。

就研究对象和研究方法的创新而言，默芬（Ross C. Murfin）的《劳伦斯诗歌：文本与语境》也值得一提。作者从影响研究的角度出发，对劳伦斯诗歌中的意象、用典、结构等进行了追根溯源的探究，让读者看到劳

① 凝注行为（acts of attention）是劳伦斯诗歌理论的关键词，意即诗人应对"事件"或"发生"的瞬间予以高度关注，这样才能在"凝注"视像的过程中进入瞬间或是客体的深处。参见 *Phoenix*（Penguin Books，1978）第255—262页。

伦斯的诗歌确实受到了布莱克、雪莱、哈代、惠特曼等诗人的影响，有助于读者在一个更为宽广的语境下来看劳伦斯的诗歌。美中不足的是，作者将大量的篇幅用来探讨“语境”而不是“文本”，有时难免给人一种本末倒置的感觉。莱尔德的《自我与次序：劳伦斯诗歌》一反大多数学者关注劳伦斯晚期诗歌的做法，从叙事学的角度对劳伦斯的早期诗歌（1912年以前）进行了探讨。她的主要观点是，劳伦斯是在自我迷失和自我更新的循环中建构其作品的，因而他能够利用循环来消解连续与断裂之间的紧张；他虽然坚守连贯的叙事逻辑和内心独白的手法，但也常常禁不住诱惑使用象征主义的联想和话语碎片策略（verbal fragmentation）。由此观之，劳伦斯既是一位后维多利亚时代的诗人，又是一位现代派诗人（Laird，1988：17）。莱尔德的这一定位刷新了人们对劳伦斯作为现代派诗人的看法。

主题研究也是这一时期的一个特色。欧茨的《敌对的太阳》是两篇论文的组合，作者主要对劳伦斯的几首著名诗歌进行了印象式评析，并指出：劳伦斯笔下的事物没有高低美丑之分，一切在他看来都是神圣的，因而阅读他的诗歌就是阅读生命本身（Oates，1973：18，8）。米特库奇（Anna Mitgutsch）的《劳伦斯诗歌中的女性形象》和弗里斯 - 梅森（Jillian De Vries-Mason）的《劳伦斯诗歌中的感知》则分别探讨了作者在书名中所标示的女性形象问题和认知问题。麦卡（Douglas A. Mackey）的《劳伦斯：一个没有过错的诗人》以“第四维度”和“最长的旅程”等为主题，第一次比较详尽地考察了劳伦斯的200余首诗歌，堪称劳伦斯诗歌解读之“大全”。

洛克伍德的《劳伦斯诗歌研究》是主题研究中很有分量的一本著作，作者在细读劳伦斯各个时期诗歌文本的基础上考察了诗人的哲学思想和价值观念，内容涉及诗人的爱情观、自然观、艺术观和死亡观等各个方面。他的论断之一是，劳伦斯的许多思想观点首先是在诗歌中表达出来的，而不是在小说中表达出来的（Lockwood，1987：10），这就与品托的看法形成了有趣的映照：劳伦斯在诗歌中所表达的东西从未在他的散文中表达过。另外值得一提的是，洛克伍德在这部专著的末尾附有一份劳伦斯诗歌批评的详细名录，包括专著、期刊文章、论文集等七个大类，时间跨度从1909年一直到1985年，为读者了解这一时期劳伦斯诗歌研究的历史流变提供了十分重要的线索。

（三）多元拓疆阶段

自20世纪90年代以降，劳伦斯诗歌研究除在欧美学界继续展开之外，也开始在欧美之外的其他国家蓬勃兴起，从而使劳伦斯诗歌研究进入多元拓疆阶段。在当下研究劳伦斯诗歌的重要学者中，除赫根（Patricia L. Hagen）、琼斯和萨加尔属欧美作家之外，其他研究者大都来自非英语语言国家。赫根的《隐喻的认知方式》从隐喻和知识的角度剖析了劳伦斯诗歌对后现代趋势的预示，第一次从文化研究的视角来解读劳伦斯的诗歌。琼斯的《渴望完整》从人类解放、真挚情感的力量、邪恶形象和面对死亡等诸多方面分析了劳伦斯的37首诗歌，这些诗歌在他看来表达了诗人对“人性完整”（human wholess）的一种渴望（Jones，2007：xiii）。跟欧茨相仿，琼斯的研究也是一种印象式的评判。萨加尔一直是研究劳伦斯诗歌的重要学者，他于2007年出版的《戴·赫·劳伦斯：诗人》是研究劳伦斯诗歌的又一力作。作者以想象力为切入点，着重论述了劳伦斯诗学追求的几个阶段，包括他青年时代的创作、惠特曼对他的影响、《鸟·兽·花》所取得的成就等。除专著之外，班纳吉（A. Banerjee）主编的《劳伦斯诗歌：解放了的魔鬼》也于1990年出版。这是第一部专门研究劳伦斯诗歌的论文集，收录了历年来研究劳伦斯诗歌的重要论文，对劳伦斯的评价既有积极肯定的，也有消极否定的，是研究劳伦斯诗歌不可多得的重要文献。

在欧美学界圈外，劳伦斯诗歌研究别具一番景象。日本学者蟹山（Hitoshi Kaniyama）的《劳伦斯的诗歌与思想》、印度学者桑德汉（Rita Saldanha）的《新世界：劳伦斯诗歌的主题与模式》跟赫根和琼斯的著作一样，都属于主题或专题研究，二者都紧密结合诗人的实际生活阅历来探讨其诗歌的主题思想，这在一定程度上丰富了劳伦斯诗歌主题研究的内容，但在研究方法上似乎没有太大的突破。

这一阶段最值得关注的一本研究专著（也是进入21世纪以来的第一本专著）是印度学者、作家和诗人乔德哈里撰写的《劳伦斯与差异》。作者突破了以往实用批评的阐释模式，首次运用德里达和福柯等人的现代批评理论来解读劳伦斯的诗歌尤其是他的“坏诗”，读来令人耳目一新。作者指出，劳伦斯打破了线性的话语囿限，创造了一种独特的诗学话语（poetic discourse），重复、不完整和开放式结尾是这一诗学话语最显著的三个特征，也是它的有机组成部分，读者只有“像读《圣经》一样完整地去阅读”，才能“参与”到这种“公众性”（communality）话语中来，而这种“参与性”或“公众性”诗学话语也是劳伦斯诗学一直以来所坚持的一个方向，即“通过对‘差异’的探索来质疑传统阅读模式中的权力结构”（Chaudhuri：5，8）。乔德哈里的研究彻底扭转了人们对劳伦斯的“坏诗”所持的保留态度，堪称劳伦斯诗歌研究的扛鼎之作。在他之后，人们大概无须再为劳伦斯的诗歌形式去费心了，也用不着像雷克斯罗斯和品托那样替他的“坏诗”开脱了。时隔一年，又一位日本学者石川出版了他的博士论文《探索二元之外的新的诗性表达》。作者认为，以往的研究对劳伦斯的生平关注过多，但对他诗歌中抽象的、非人化因素（impersonal element）关注过少，而这些被忽视的因素恰恰关涉到劳伦斯对诗歌创作行为的批评和再思考（Ishikawa，2004：11）。基于这一认识，作者主要探讨了劳伦斯诗歌中的元诗歌特征（meta-poetical features），这对加深人们对劳伦斯诗学思想的认识很有裨益。

我国的劳伦斯诗歌研究也是在这一阶段出现的，因而可以看作是劳伦斯诗歌研究走向多元拓疆的又一表征。我们知道，劳伦斯是20世纪30年代经林语堂、郁达夫、饶述一等人的推介而进入中国的，那时关注的焦点是他的《查泰莱》，鲜有人提及其诗歌。此后直到80年代，由于众所周知的原因，劳伦斯在中国渐渐被遗忘，遑论对其诗歌进行介绍和研究。进入80年代以后，劳伦斯在中国学术界重新得到了承认和接受，但他的诗歌仍未引起人们的重视，这期间除祝龙发的《读劳伦斯“蛇”诗——漫谈其写作特色》（1986）之外，其他研究论文大都围绕其小说展开。直至进入90年代，国内的劳伦斯诗歌研究才开始起步，比国外业已滞后的研究又晚了近50年。这一时期的劳伦斯诗歌研究大致分译介和学术论文两大类。黄锡祥选译的《影朦胧》是国内最早的劳伦斯诗歌译文选集，吴笛选译并作序的《劳伦斯诗选》是国内目前最有影响力的一本诗歌译文选集。除此之外，蒋炳贤主编的《劳伦斯评论集》也收录了品托为劳伦斯诗歌全集所撰写的序言译文。这些译介性成果对国内的劳伦斯诗歌研究起到了十分重要的推动作用。就学术论文而言，论者主要从主题、意象、创作手法等几个方面进行研究。其中主题研究的论文数量最多，内容涉及劳伦斯的爱情观、自然观、死亡观、血性意识、工业批判等诸多方面。研究路径大体上分三类，一类是对诗人的具体诗歌进行解读，另一类是对诗人早期、中期、晚期的诗歌创作分阶段进行评述，还有一类是集中考察劳伦斯诗歌的某一类主题，如郑达华的《歌颂死亡：论劳伦斯的晚期诗歌》就属于这类研究。此外，个别学者在专著中也涉及了劳伦斯的诗歌，如罗婷的《劳伦斯研究》、陈红的《兽性·动物性·人性》就分别评析了劳伦斯的死亡诗歌和动物诗歌。

三　生态研究的现状

从以上的综述中可以看出，迄今为止，国内外尚未从生态批评的视角对劳伦斯的诗歌进行系统研究。但这并不意味着这几个阶段的研究就没有一点点“绿色”。恰恰相反，学者们在整个研究的过程中已经不可避免地涉及了生态的问题，原因是劳伦斯诗歌中的人、物、事本身就是一种自然自在的生态存在，而这种质性的东西在任何研究的视镜中都会反映出来。譬如，在纠偏正名阶段，学者们就已经敏锐地洞察到了劳伦斯诗歌中的“生态”动向，尽管彼时尚未有“生态”一说。这一点主要体现在对劳伦斯自然诗的认识上面。譬如，霍夫就认为，劳伦斯的自然诗是对传统自然诗的一种决裂和反叛，因为他不再将自然作为被欣赏的对象和人类道德品格的载体，而是试图进入自然本身，真实地再现自然本来的面目。萨加尔看到劳伦斯有一种超自然的、能够进入动物的能力，借此表达诗人对非人类自然及其神祇的不可知性的尊重。品托则指出，传统浪漫主义诗人忽视了动物以及自然中的性因素，将自然的生命和静态的风景观感混为一谈，殊不知劳伦斯笔下的自然是一个更为完整的自然，鸟、野兽、鱼、昆虫、植物、石头等无所不包。到了劳伦斯诗歌研究的第二和第三阶段，生态批评开始悄然兴起，人们的生态意识也开始觉醒，这一社会语境势必会对学者们产生影响，因而他们对劳伦斯诗歌的解读就显得更加“生态”。譬如，欧茨从劳伦斯的诗歌中看到了诗人超越理性主义的二元对立，不分“高低、美丑、有诗意还是无诗意”而歌颂一切生命的诚挚勇气（Oates：8）；曼德尔从诗人描写动物和植物的诗歌中解读出这样的信息：如果体验不到非人类的生命和神秘，人性的完满也就难以实现；萨加尔则将劳伦斯的诗歌语言看作“是整体主义和生态中心主义的语言”（Sagar，2007：11），等等。所有这些解读都已经触及到生态批评的内容，已经在自觉或不自觉地传达一种生态的信息，尽管有时只是在“暗中”传达。

事实上，国外的劳伦斯生态研究在20世纪80年代末90年代初①就已开始，只不过研究的重心是在作者的小说、生平传记以及其他散文类作品上面，而不是在诗歌上面。这里我们只提一些比较有影响力的研究。古铁雷斯（Donald Gutierrez）的《劳伦斯作为生态一元论的〈地之灵〉》（1991）拉开了这一时期劳伦斯生态研究的序幕，作者主要针对劳伦斯的游记展开讨论；德莱尼（Paul Delany）的《劳伦斯与深层生态学》（1993）探讨了《白孔雀》和《女人》中的深层生态思想；布莱思（Joan Blythe）的《逃向现实：劳伦斯与卢恩的生态共生》（1996）根据诗人在新墨西哥的经历来观照其生态共生意识；马泽克（Robert P. Marzec）在《文学的生态与后殖民研究》（2007）一书中分专章论述了劳伦斯《虹》中的生态栖居问题。除此之外，有关劳伦斯的生态批评研究目前已有两本专著出版，一本是拉赫佩（Dolores LaChapelle）的《劳伦斯：未来原始人》（1996），另一本是埃勒特（Anne Odenbring Ehlert）的《“一个坏时代即将来临”：劳伦斯小说中的生态视野》（2001）。前者主要将劳伦斯的生平和他的小说以及各类散文作品联系起来考察他所追寻的那种与大地融为一体的原始生态思想，后者则采用文本分析的方法来探讨劳伦斯小说中的生态意识。所有这些研究都很少论及劳伦斯的诗歌，即使偶尔提到，也只是作为其他“文本”的参照或补充说明而被征引的。

可喜的是，这种状况近两年已经有所改观，从生态批评的视角研究劳伦斯诗歌的成果也开始出现，尽管数量很有限。目前针对劳伦斯诗歌的生态研究成果主要散见于个别专著的章节中②。费尔斯狄纳的《诗歌能拯救地球吗》（2009）是一部从生态批评的视角研究诗歌的力作，作者在《给我和美洲狮的空间：劳伦斯在陶米纳和陶斯》一章中主要探讨了劳伦斯在

---

① Del Ivan Janik 在80年代已有相关论文发表。参见“D. H. Lawrence and Environmental Consciousness”（*Environmental Review*, Winter 1983）第359—371页。事实上，劳伦斯作品中对自然的关注和描写早就引起了人们的注意，如Henry Savage在1911年就认识到自然在《白孔雀》中扮演着主人公的角色（参见*The Critical Heritage*第42页）。到了20世纪70—80年代，人们对自然的关注开始从作品转向作者的创作语境，即研究者将劳伦斯的自然观放到西方自然传统语境下来考察，如John Alcorn的*The Nature Novel from Hardy to Lawrence*（1977）、Roger Ebbatson的*Lawrence and the Nature Tradition*（1980）等就是这类研究的典型。

② 笔者查看了EBSCO、Academic Research Library、Gale等数据库所提供的大量有关劳伦斯研究的资料，未能找到一篇直接相关的学术论文。

意大利的陶米纳和美国新墨西哥的陶斯所创作的动物诗歌，涉及的诗歌有《蛇》（"Snake"）和《鱼》（"Fish"）等著名诗歌，也有不大为人所知的《美洲狮》（"Mountain Lion"）。作者最后得出的结论颇是令人慨叹：曾经人和美洲狮都有生活的空间，而今美洲狮早已没有了生存的空间，遑论生活的空间（Felstiner, 2009：169）。

最后值得一提的是麦胡德（M. M. Mahood）在《作为植物学家的诗人》（2008）一书中分专章对劳伦斯的诗歌从植物学的角度所进行的开拓性研究。作者虽然明确表明她采用的不是生态批评的研究视角，但她对劳伦斯诗歌中人与植物之间相互依存关系（interrelatedness）的阐释颇带有一种生态研究的意味。更为重要的是，麦胡德的研究突破了劳伦斯诗歌研究中注重动物而轻视植物、倚重诗学而轻视科学的做法，对我们从生态批评的角度解读劳伦斯的植物诗歌提供了有益的借鉴。

第二节　选题理由及意义

无论是国外还是国内，迄今为止尚未有人对劳伦斯诗歌中的黑色生态意识[①]予以关注，而对这个问题进行研究，在我看来，将有助于开启劳伦斯诗歌研究的又一道门径，进而在劳伦斯诗歌研究的多元拓疆潮流中发出自己的声音。从目前对劳伦斯诗歌的生态批评研究现状来看，国内在这方面几乎还未起步，国外虽然有个别零星的、颇有分量的研究，但相对于劳伦斯诗歌的可观数量及其广博深厚的蕴含而言，这样的研究只能说是起步阶段的一点星火，远未形成燎原之势，这就为我们在生态批评的视域内来研究劳伦斯的诗歌提供了十分广阔的阐释空间。这是本书选题的一个理由。

选题的另一个理由说起来有些偶然，但偶然未必就不是一种必然。近

① 黑色生态（dark ecology）这一概念最早由著名生态批评家提摩西·莫顿（Timothy Morton）在 *Ecology without Nature*（Harvard Universlty Press，2009）一书中提出（见该作第 141—143、181—197、201 页）。莫顿所说的黑色生态主要是指当下生态批评存在的一个误区：我们在谈论自然的时候并没有意识到人类有关自然的观念本身已成为环境思考的一种障碍，这些观念在某种程度上使真正的自然处于缺席状态，如此一来所谓的生态也就成了没有自然的黑色生态，是自然消弭了的生态，是贬义的、负面的。这与本书所说的黑色生态有着截然不同的意指和内涵，具体参见第二章。

年来我一直关注着生态诗歌尤其是当代美国生态诗歌的发展动向，也尝试着在这方面做了一点浅显的研究。当代美国生态诗歌最显著的一个特征便是以丑为美，即肯定和歌颂垃圾、暴力与死亡、“低等”与“有害”动物等诸多丑的东西，期望通过呈示丑中所包孕的自然的神奇与美妙来修正人们以往对丑的陋见，正确认识丑的生态价值、精神价值和生存权利，并在此基础上扭转人们对自然片面的审美体验。当我为当代美国生态诗歌中这种前沿而深刻的生态思想所折服的时候，一个偶然的机遇让我发现，我所知悉的相当一部分生态诗人如罗特克（Theodore Roethke）、金耐尔（Galway Kinnell）、邓肯（Robert Duncan）、布莱（Robert Bly）、莱弗托夫（Denise Levertov）、萨姆逊（Dennis Sampson）、斯奈德（Gary Snyder）、奥立弗（Mary Oliver）等都把劳伦斯作为他们的精神向导①，都从劳伦斯那里汲取思想和艺术创作的养分。换句话说，劳伦斯的诗歌及其所蕴含的生态思想在很大程度上堪称当代美国生态诗歌的源头，后者许多前沿而深刻的生态思想大都从劳伦斯那里继承而来。这一发现使我大为震撼，同时也为自己所作的“无本之源”式的研究感到汗颜，因为在此之前我只知道劳伦斯是一名伟大的小说家，却不知道他还创作了大量的传世诗作，更不知道他与当代美国生态诗人之间的亲缘关系。这就好比我在自己所认定的当代美国生态诗歌这条矿脉上挥锹挖掘的时候，不经意间触到了它的源头，发现这里原来还有一座蕴含如此丰富的矿藏，于是很自然地就想探究一番。作为选题的理由，这一点似乎不大“正式”，但因为这确实是我选定劳伦斯诗歌的一个最初的动因，故认为有必要赘述于此。

当代美国生态诗人之所以尊劳伦斯为其精神领袖，主要是因为劳伦斯有着超越时代的前瞻性生态意识。劳伦斯是最早也是最深刻地认识到世界出了很大差错的作家之一，他不仅认识到工业化进程对自然造成了巨大的破坏，而且也洞察到对自然的破坏必然会导致人精神上的痛苦。直至进入80年代和90年代，关于自然生态和人的精神生态之间“荣辱与共”的观念才开始成为人们的共识。劳伦斯也是最早意识到地球是有生命的有机体的作家之一，他明确宣称：“地球是有生命的躯体，而不是死板的事实。”（*Letters* ii：431）将近70年后，拉夫洛克（James Lovelock）才在其著名的

---

① 劳伦斯被认为是美国诗歌的真正领袖和艺术典范，这一点在Jeffrey Meyers主编的*The Legacy of D. H. Lawrence*中有大量说明，当代美国生态诗人对劳伦斯的尊崇详见第122—134页。

盖亚假说（Gaia Hypothesis）中重申同样的观点，以大量的事实和理论证明了这一观点的正确性。其他如劳伦斯对美化自然的批判、对把人的意志强加给动物的抨击、对永恒的质疑，等等，都表现出一种超前的生态意识。劳伦斯的这种超前意识自然会在他的各类作品中体现出来。但是，诚如品托所言，劳伦斯在诗歌中所表达的一些思想观念从未在他的散文中表达过，同样，他的一些前瞻性生态意识也只在他的诗歌中进行了表达，如他对动物性爱的肯定和认同就属此列。这样一来，劳伦斯在诗歌中所建构的独特而完整的生态景观就成为我们考察其超前意识的理想场所，这是本书选其诗歌进行研究的又一个理由。

劳伦斯的诗歌不仅承载着诗人独特而完整的生态意识，而且也以一种真实和彻底的方式来表达这一意识。所谓真实，是就劳伦斯诗歌的自传性质而言的。他的诗歌如诗人本人所言是其内心情感世界的真实写照。依此来看，他的生态意识也应是这种真实写照的一部分。这也就是说，他的诗歌最能真实反映他的生态思想。所谓彻底，是就劳伦斯的诗歌形式而言的。他的生态意识不仅体现在诗歌内容中，而且也体现在诗歌形式中，因为他的诗歌形式“不是被迫按照规定改制出来的一种结构”（Oates：14－15），而是一种与自身经验结构相符的有机的表达形式[①]，或是乔德哈里所说的那种注重公众性与参与性、质疑权力结构的形式，这样的形式本身就是生态思想的一种体现。这种真实的、彻底的诗性表达方式无疑为我们解读劳伦斯的生态思想增添了又一个可靠的指涉纬度，这也是劳伦斯的诗歌吸引我的一个理由。

本书选题的最后一个理由与我们每一个人都有关系，因而在我看来是最重要的一个理由。这样说并无耸听之意。我们所处的时代是一个经济和科技高度发达的时代，同时也是一个生态灾难不断、生态危机频发的时代。我们一方面享受着高度发达的工业文明带来的种种好处，一方面却不得不皱眉吞咽工业化进程带来的恶果，诸如绿地沙化、水土流失、温室效应、空气污染、洪涝灾害、物种灭绝，等等。这一切不仅仅困扰着我们人类整体的发展，而且已经危及到了我们的生存，用劳伦斯自己的话来说，

---

① Del Ivan Janik 在“Toward ‘Thingness’: Cezanne’s Painting and Lawrence’s Poetry”一文中指出，劳伦斯的诗歌形式中隐含着一种本能和直觉的东西。该文载于 *Twentieth Century Literature*（Vol. 19，1973）第119—128页。

“灾难已经发生，我们置身于废墟之中。”这样的灾难以及引发灾难的深层原因劳伦斯早在他那个时代就已经预见和察觉到了，正如美国诗人杰弗斯（Robinson Jeffers）所言，自《天路历程》以来，没有哪位作家像劳伦斯那样如此肯定地断言我们的世界失落了（LaChapelle，1996：103）。从这个意义上来看，劳伦斯不仅是一位伟大的作家，而且也是一位了不起的生态预言家，因而在生态危机四伏的当下语境中来重读这位生态预言家的诗歌①，了解他的一些前瞻性生态思想，就有着重要的现实启示意义。当然，我们也深知意义未必在短时间内解决得了实质性的问题，但我们寻求意义的过程本身也是对危机作出的一种回应和努力。

此外，研究劳伦斯的诗歌还对生态书写具有重要的启示意义。在传播生态思想、倡导生态行动的生态话语中，以生态文学为主的生态书写无疑发挥了而且正在发挥着不可估量的作用。它在很大程度上唤醒了人们的生态意识，改变了人们对世界的看法，而世界观的改变势必会影响到世界的改变——卡森的《寂静的春天》就是最好的例子。然而美中不足的是，当下的一些生态书写或多或少存在这样一个问题：重纪实而轻想象，道德教化有余而诗学或美学分量不足。斯奈德被誉为当代美国最具生态意识的诗人，他的一部分诗歌就存在这样的问题。劳伦斯书写自然、表达其生态关怀的许多诗歌构思奇崛，想象丰富，手法高超，同时又显得真实合理，感人心怀，具有独特的诗学和美学价值，因而值得生态文学家尤其是生态诗人借鉴，这在生态话语向文化和政治边界大规模渗透的当下语境中更是显得重要。

最后，对劳伦斯诗歌的生态解读还关涉到诗人的文化定位问题。劳伦斯崇尚自然生命的哲学被认为是20世纪60年代英美反正统文化运动的思想源头。女权运动、环境保护运动、言论自由、反战、性自由等都是反正统文化运动的主要内容。从中可以看出，这些不同名目的“亚运动”都是以人为本的，即使环境保护运动也不例外。然而劳伦斯诗歌中的黑色生态意识告诉我们，他所崇尚的自然生命不单单是针对人而言的，更主要的是针对自然万物而言的，所以仅仅视劳伦斯为反正统文化运动的思想先驱似乎有些过于“人化”，更何况他多数时候是与性自由联系在一起的（这

① 帕克（David Parker）认为，诗歌是一个文化思考的前沿（参见陈红《兽性·动物性·人性》，华中师范大学出版社2006年版，第ii页），劳伦斯诗歌中所蕴含的前瞻性生态思想无疑也代表着生态文化思考的前沿，故有此说。

也是曲解)，而仅有的、与自然生态有关的环境保护运动几乎与他“无缘”。可见劳伦斯的生命哲学只是在针对人而进行的文化重建中得到了重视，而在针对自然价值而展开的文化重建中尚未得到普遍的认可，究其原因，大概是因为“他太走在了路的前头，以致他的身影反而显得很小”(LaChapelle：94)。本研究表明，劳伦斯对万物有灵的原始宗教的皈依、对生命的尊重和敬畏、对地球是活的有机体的洞见，等等，可以说在某种程度上已经预示了当代生态思想的诞生——这也是他被当代生态诗人所尊奉的原因所在。从这个意义上来讲，劳伦斯的生命哲学首先应该被看作是当代生态思想的源头，其次才是反正统文化运动的源头。

第三节 主要内容

本书除绪论和结束语之外，共分为五章，各章内容分述如下：

第一章主要就劳伦斯的黑色生态意识这一核心概念进行阐发和说明。提出这一概念的理由共有四点。劳伦斯的生态思想归属于深层生态学范畴，这一范畴本属于深绿色生态意识，但就劳伦斯生态意识的前瞻性和深刻性来看，他的生态意识已经绿到了深处，而绿到深处便是黑色，这就是本书用黑色来标注其生态意识的第一点理由。第二点理由最为关键，也是本章论述的核心：黑色/黑暗在劳伦斯笔下象征着自然大化的本源和本质、非理性、性爱、原始主义、动植物以及死亡等诸多方面，而这些方面又在很大程度上与生态批评所关注的主要内容和焦点是相合的，这说明劳伦斯笔下的黑色既有着宽广的主题覆盖面，又有着深厚的绿色生态意蕴，因而在广度和深度上都做到了黑色与绿色的融汇。第三点理由，“野蛮人”、地狱动物、植物、死亡以及石头等是本书论述的重点，而劳伦斯对这几个方面的肯定和褒扬也与当代生态诗人对自然“阴暗面”的讴歌是相合的，因而用黑色来标注其生态意识还具有颠覆传统、重建自然价值的文化意义。最后一点，用黑色来表征劳伦斯的生态意识也是为了与他本人喜用黑色命名的习惯保持一致。

第二章的着眼点是原始主义。笔者首先从成长经历、社会历史语境以及工业对自然生态的破坏等方面来追溯劳伦斯原始主义思想的成因，然后通过解读诗人书写不同地域的原始土著的诗歌来揭示他的这一思想及其在当下生态关怀语境中的意义。本章以空间叙事为经、以地方精神为纬，对诗人书写欧洲伊特鲁里亚人的《松柏》（“Cypresses”）、美洲印第安人的《红狼》（“Red Wolf”）以及亚洲锡兰土著人的《大象》（“Elephant”）等诗歌从不同的角度予以重点解读。

第三章的中心议题是动物，即通过动物来看劳伦斯众生平等的生态理念。笔者首先对当今动物物种所面临或正在经历的劫难从源头上进行了考察。这番探究旨在表明，除了经济上的原因之外，基督教神学和西方哲学在人与动物、动物与动物之间所制造的等级秩序是导致动物物种加速灭绝的深层原因。以这一语境为参照，我们就能见出劳伦斯书写动物诗歌的非凡意义来。他对鲸鱼、蝙蝠、蚊子、毒蛇、蜥蜴、老鼠等所谓黑色地狱动物的拟写解构了动物之间的等级差别；他的拟人论通过对动物性的拟写开辟了一条人兽之间平等对话的渠道，使人能够真正从本“性”上对动物产生一种认同；他的拟兽论强调了人不及动物的一面，这就从人的“软肋”处攻破了人是万物之灵长的神话，从反面强调了人兽之间的平等与互通。所有这些都是对自然歧视或物种歧视的一种有力反拨，也为当代生态诗人书写“低等”和“有害”动物树立了典范。

第四章围绕劳伦斯的生态死亡观展开论述。劳伦斯的生态死亡观主要体现在他对永恒的质疑和否定、对自然暴力的肯定和褒扬上面，而这两个方面说到底都是出于他对同一个问题不同方面的认识，即出于他对死亡的终极认识：死亡是为了再生或新生命的诞生。劳伦斯的死亡与再生观念也是一种将个体生命与整体生命紧密联系在一起的死亡观，它的认知基础是物质不灭定律以及蕴含其中的对立与平衡哲学思想。劳伦斯对死亡与再生的思考也体现在他所采用的诗学策略上面，即他趋向于将死亡与再生置放到大自然这一语境下来抒写，而植物花开花落的生命周期便使之成为他思考死亡与再生的最佳媒质。诗人的这一思考最终在他灵魂不灭的再生信念中得到了升华。

第五章主要借助于劳伦斯“动化”植物与石头的诗学策略来昭示其极具前瞻性的生态意识。劳伦斯被誉为植物王国的桂冠诗人，植物在他看来既具有动物的运动能力，又具有动物的灵魂或意识，因而他书写植物的诗学策略之一便是将植物动物化或是人格化，这不仅给读者一种奇特的审美体验或感悟，更主要的是赋予植物前所未有的主体地位。同理，劳伦斯也将褐色或黑色的石头“动化”，通过“植物之石”和“肉体之石”两种主要的诗学策略赋予非生命体的石头以生命体的品格和意义，从而彰显出一种彻底的物我胞与的生态宇宙观。

第一章

绿到深处的黑色：超凡的生态思想境界

在这个世上，
没有任何地方可供灵魂为湮灭
寻找完全的寂静的黑暗，
因为人们杀害了地球上的宁静，
掠夺了曾经常有天使降落的全部静谧的湮灭的地方。①

自然界的色彩绚烂多姿，丰富多样，赤橙黄绿青蓝紫各色齐备，可当选用一种颜色来描写自然的时候，人们总是习惯性地选择绿色。我们甚至可以说绿色就是大自然的代名词，或是大自然的象征符号。这样，绿色代表的就不仅仅是一种色彩，而是被赋予一种自然的生命品格，蕴含了自然所具备的一切善的元素。也许由于这个原因，人们喜欢在各种各样的名目前边加上“绿色”二字。我们只需稍稍环顾一下，就会看到“绿色食品”、“绿色组织”、“绿色消费”、“绿色产业”、“绿色政治”、“绿色建筑”、“绿色出行”、“绿色文化”，等等，不一而足。

在这种情况下，关注生态、环境、自然以及人与自然之关系的生态批评就有充分的理由用绿色来装点自己了，因为无论是从本义还是转义上来看，生态批评是名副其实的绿色。自美国学者威廉·吕克特（William H. Rueckert）1978 年发表生态批评的开山之作《文学与生态：一项生态批评

---

① 摘自《疲倦》（“Fatigue”，CP：725），吴笛译。译文出自《劳伦斯诗选》（漓江出版社 1998 年版）以下只注明译者姓名。凡未注明译文出处的皆为笔者自译。

实验》以来，经过20余年的波折起伏，生态批评已然成为当代文学研究领域的显学，与之相应的生态话语也随之成为自然科学与人文科学的主流话语。但无论是当初涓细的源还是如今宏阔的流，生态批评或生态话语的源流中总是流淌着绿色。如在英国，生态批评最初就被称为绿色研究(green studies)，与之相应，生态批评的方法又名绿色方法，生态文学被命名为绿色文学，具有生态思想或意识的人被誉为绿色人士（如梭罗就被誉为美国的“绿色圣徒”），而其思想或意识则是绿色思想或意识，等等。总之一句话，凡是生态的都可以说是绿色的，凡是与生态有关的都可以与绿色挂钩。

依此而论，劳伦斯的生态思想也应该是绿色的，属绿色的生态思想或生态意识，这一点本是确定无疑的，但为什么说劳伦斯的生态意识是黑色的呢？黑色的具体含义是什么？它与绿色的相同点和不同点又在哪里？要回答这些问题，还得从绿色说起。

第一节　浅绿与深绿

自然界的绿色有浅绿和深绿之分，而为生态批评提供科学和哲学理据的生态学也有浅绿和深绿[①]之说。这里所说的浅绿和深绿分别对应的是浅层生态学（shallow ecology）和深层生态学（deep ecology）。生态学在其发端之际并无深浅之分。1973年，挪威哲学家阿伦·耐斯（Arne Naess）发表了《浅层生态运动和深层、长远生态运动之概要》一文，提出了著名的浅层生态学和深层生态学（Naess，1973：95－100）之说。至此，浅层生态哲学和深层生态哲学开始进入人们的视野。

浅层生态学实质上是一种应对策略或方案，是西方文明对工业化进程造成的环境恶化这一现实所做出的应急性反应，目的是为了减少污染、缓解危机、摆脱困境，因而尚未上升到从“生态哲学的形而上层次去思考人与自然的真实关系”的高度，以致“不可避免地落入了人类中心主义的囿限”（王耘，2008：10）。这也就是说，人类保护自然、治理环境的出发

① 或许是受阿伦·耐斯的启发，学界也有人以“深绿”和“浅绿”、“硬绿”和“软绿”等各种绿色来标注生态哲学。参见王耘《复杂性生态哲学》（社会科学文献出版社2008年版）第45页。

点不是为了环境自身，而是为了人类更好地生存，即关注自然只是手段，实现人的价值的最大化才是目的。从这一立场出发，浅层生态主义者相信理性的魔力，认为科学技术（亦即逻辑和理性）是解决环境问题的法宝，而自然的价值则视其对人类是否有用而定，这就从根本上否定了自然存在的内在价值。

这样的生态思想尽管是“浅层”的，但比起一味追逐经济效益而置自然环境于不顾的做法来显然是一大进步，已经显露出一种浅浅的绿意，故名“浅绿色生态意识”。尽管如此，这种浅绿色生态意识与劳伦斯的黑色生态意识还是相去甚远，正如浅绿色跟黑色相去甚远一样。别的不说，单从劳伦斯对机器工业文明戕害人和自然的痛恨、对重建人与活生生的宇宙之间的关系的执着、对自然万物自身生命价值的认同等方面来看，他的生态思想远比浅绿色生态意识要深刻、彻底得多。

深层生态学是作为浅层生态学的对立面出现的，它不仅仅是对浅层生态学的否定，更是超越，因而我们称之为“深绿色生态意识”，这里颜色的深度自然也代表思想的深度。深层生态学最显著的一个特征便是反对和批判浅层生态学中的人类中心主义，倡导生态中心主义或是生态整体主义，即它“把整个生物圈乃至宇宙看成一个生态系统，认为生态系统中的一切事物都是相互关系、相互作用的，人类只是这一系统中的一部分，人既不在自然之上，也不在自然之外，而是在自然之中”（雷毅，2001：28）。基于这一认识，深层生态主义者看重的是自然万物存在的内在价值而不是使用价值或工具价值，这种内在价值决定了每一种生命的生存权和发展权，“不管（它）是美是丑，是大是小，有感觉还是无感觉”（Naess，1995：225）。

与此相应，深层生态学也反对浅层生态学所持的技术中心论（techno-centrism）。技术中心论说白了仍是人类中心主义的翻版，是极端理性主义的体现，它将人有别于动物的理性无限拔高，以为凭借人的理性和技术就可以解决一切问题，包括自然环境问题。深层生态学对极端理性的批判和否定势必要转向与之相对立的非理性，这一点与它所倡导的生态中心主义观念也是一脉相承的。这样一来，非理性的直觉、本能、情感等就得到了肯定和张扬，直觉的感知方法也随之成为深层生态学所青睐的重要方法。仅凭这一点，我们就可以说劳伦斯的生态思想与深层生态学思想最为相合，因为劳伦斯是众所周知的以肯定和褒扬直觉与本能而闻名于世的作家。

依此来推断，劳伦斯的生态意识应该是深绿色的，而不是黑色的。事实上，我们今天所说的生态思想或意识主要指深层生态思想或意识，因而都是深绿色的。从这个意义上来说，劳伦斯自然属于深绿的行列。埃勒特的《“一个坏时代即将来临”：劳伦斯小说中的生态视野》和苗福光所著《生态批评视角下的劳伦斯》都肯定了这一点。

但是，如果仔细研读劳伦斯的诗歌及其他作品，我们就会发现，仅深绿还不能十分恰当地描述或反映出劳伦斯深层生态思想的独特内涵。劳伦斯的生态思想有着很强的前瞻性。一个显而易见的理由是，当今生态批评所关注的一些基本问题劳伦斯早在20世纪初就已经预见或论及。劳伦斯生态思想的深度不仅远远超出他自己的时代，而且也走在了我们这个时代的前列。如在引领当今生态文学前沿的美国，有相当一部分生态诗人都从劳伦斯那里汲取思想的养分。与当下深层生态思想的绿色深度相比，劳伦斯的生态思想显然已经绿到了深处，而绿到深处便成了墨绿色或是黑色[①]。这便是本书采用黑色而不是绿色来描述劳伦斯生态意识的一个理由，但这绝不是全部理由。

第二节 劳伦斯笔下的黑色

黑色本是自然界的一种颜色，而且通常情况下还是一种庄重、典雅、高贵的颜色，没有了黑色的衬托，自然界的许多色彩就会黯然很多。或许是由于这个原因，当人们用黑色的本义来描写人物或事物的本来面目的时候，黑色的意义大都是褒义的，或至少是中性的，如黑夜、黑土地、黑色天鹅绒、黑黝黝的皮肤、黑亮的眸子等。当然，如果黑色是非自然的，则黑色的意义往往是贬义的，如黑色油腻的墙壁、黑色的河水等。奇怪的是，不管是在东方还是在西方，黑色的转义与本义都有着很大的出入，即在许多情况下，黑色的转义是和消极的、负面的意思联系在一起的，如黑暗的统治、黑色的时代、黑社会等。再譬如我们通常所说的光明与黑暗，前者总是与希望和美好联系在一起，后者总是与失望和邪恶联系在一起。天堂自然是光明的，因为“上帝就在那里居住，/放射着他的光，散发着

① 如森林本是绿色的，但绿到深处就成了黑色，故有黑森林一说。

他的热”（Blake, 2002：50）。而地狱则是黑暗的，是上帝囚禁造反者的“完全黑色的监牢”，是“希望永不造访的地方”（Milton, 1965：214）。

那么，在劳伦斯的笔下，黑色又是怎样一种情形呢？总的来看，劳伦斯对黑色情有独钟，他的许多作品都与黑色或黑暗有关。在他的诗歌、小说和散文中，黑色俯拾即是，大有超过绿色之势，可谓劳伦斯作品的主色调之一。为此，莫瑞斯（André Maurois）曾形象地描述说，歌德临终前要求给他“更多的光明”（more light），可劳伦斯不会要光明，相反，他会要“更多的黑暗”（more darkness）（Sword, 2003：134），极言劳伦斯对黑色或黑暗的偏爱，用阿德尔曼的话来说是对“黑色的热吻”（Adelman, 2002：142）——无怪乎劳伦斯称他所尊奉的宗教和上帝为“黑色的宗教”（dark religion）和“黑色的上帝”（dark god），他崇拜的太阳为“黑色的太阳”（the dark sun），他喜欢的花朵为“黑色的花朵”（black flowers），而他本人则“希冀到处是黑色，完全的黑色/身内，身外，黑漆漆/一片”（“Oh”, CP：205）。

与传统的做法相类似，劳伦斯笔下的黑色也有贬义和褒义之分。在《女人》第一章中，劳伦斯通过描写肮脏的矿区城镇、黑乎乎的公共菜园、冒着黑烟的烟囱和煤灰笼罩的田野来抨击工业文明对自然环境的破坏和对人的异化。同样的情形在他的《工厂城市》（“The Factory Cities”）一诗中也得到了再现。作者在这里所运用的黑色的本义无疑是否定的、负面的。在劳伦斯的各类作品中，类似的描写或章节时常出现，黑色所表达的意思也大体相近。劳伦斯在《黑色的撒旦工厂》（“Dark Satanic Mills”）和《噪音的战争》（“Battle of Noise”）等诗歌中所说的黑色主要是一种转义用法，分别喻指现代工厂对人的戕害和战争的荒诞与混乱，因而也是否定的和消极的。这一点跟传统意义上黑色（如《黑暗的心》）所象征的“阴暗面”也是相一致的。

但是，与传统做法所不同的是，劳伦斯作品中黑色的转义大多数情况下是褒义的，而不是贬义的，是正面的、积极的，而不是负面的、消极的，这一点与劳伦斯反传统的一贯做法也是相吻合的。不仅如此，黑色的蕴意也十分丰富，在不同的语境中有着不同的意义。综合起来看，劳伦斯笔下的黑色主要象征着自然大化的本源和本质，非理性的直觉、本能和无意识，性爱王国的本色，远古的原始色调，动植物的自然生命活力以及死亡等。下面分而述之。

一　自然大化的本源和本质

当代美国著名诗人马克·多蒂说，苹果的内核中包孕着黑色的星火一般的种子（Doty, 2002：53）。无论是从本义还是象征意义上来说，任何种子都可看作是生命之源、万物之端。诗人用黑色来形容种子，说明生命的本源是黑色的，而不是白色的或绿色的，同时这黑色的种子还可以像星星一样发光。这种诗意而又不乏悖论的说法几乎就是劳伦斯“黑色本源论”的翻版。劳伦斯在《王冠》一文中集中表述了他的“黑色本源论”：“黑暗养育我们。黑暗是广袤的无限，是起源和本源。太初是一个巨大的黑色的球体，是孕育宇宙的子宫。”（RDP, 1963：6－7）为了抵达或回归这样的本源，人必须“沿着血液之路，越来越深地进入黑暗”，直到他“被造物主领进完全的黑暗并与之融为一体”（ibid：24－25）。

可见劳伦斯不仅把黑暗或黑色归为自然大化的本源，而且还给人们指明了回归本源的方向与途径，那就是恢复人的直觉或本能，或是吉尔伯特所说的触觉（touch）（Gilbert, 1972：155），沿着黑色的“血液之路”一路走下去。如在《逾矩者》一书中，主人公西格蒙德（Siegmund）总认为自己是一个被社会抛弃的人，可是当他在黑暗中行走的时候，他突然意识到：“黑暗是我的母亲”，“在归属于自己的黑色的夜晚，人怎么会被遗弃？”（*Trespasser*, 1981：71, 70）他的诗歌《回归线》（“Tropic”）和《革命者》（“The Revolutionary”）、短篇故事《瓢虫》和《盲人》以及小说《女人》和《虹》等都是这一“黑色本源”思想的集中体现。在作者看来，人类的不幸就在于远离了这样的生命泉源，割断了人与活生生的宇宙之间的联结纽带，故圣·马修（“St. Matthew”, CP：320－323）坠落黑暗的地狱不是堕落，而是为了淬炼灵魂、获得新生，因为“人类的最高境界莫过于融于黑暗之中，飘荡其间，与大自然浑为一体”（《儿子》, 2003：367）。

黑色或黑暗作为本源在劳伦斯的笔下被赋予一种终极的意义，人与宇宙本源之间能否建立起一种终极的、永恒的关系，就要看人是否能够“一点点地将这种关系扩展开来，直到它抵达太阳，抵达黑暗”（RDP：234）。事实上，就目前来看，劳伦斯本人已将这种关系扩展到了极致。在他的视野中，且别说动物和植物，就是石头也是人类的关系伙伴，其中也包孕着黑色的星火一般的种子。我们知道，星星和月亮实质上也是由石头构成的，而“古老的星星尘灰是我们生命的源头”（Rogers，2001：3）。依此来看，诗人所说的“抵达太阳，抵达黑暗”其实也是“抵达”我们生命的源头，这源头既包括人、动物、植物等生命体，也包括石头、风云、雷电等非生命体。关于石头的生命本源问题我们将在最后一章论述，这里暂且不表。

为了强调说明黑色或黑暗本源、终极的意义，劳伦斯在不同的文类中一再表述或再现他的“泛黑”倾向和情结。与黑暗相对的光明在他看来是不真实的，因为光明只不过是无限展开的黑暗的间歇——就连普照大地、给万物提供能源的太阳“（也）是黑暗的，射向我们的阳光也是黑暗的”[①]（中短篇，2006：142－143）。如此一来，还有什么不是“黑暗”的呢？催动地球运转的是那“来自地心的燃烧的黑暗”（*Letters* ii：298），而树则是这黑暗世界燃烧的产物和见证（“Trees”，CP：295）。与树相类，鲜花、女人、男人、动物、泥土、海浪、岩石，等等，在劳伦斯眼里莫不是黑色的。很显然，劳伦斯“泛黑”的结果使得他的黑色本源不再显得遥远和空洞，而是具体可感；不再显得单一片面，而是丰富多样。所有这些都表明，在劳伦斯的世界观和诗学观中，美的、本质的东西往往是黑色的，黑色在很大程度上可谓自然大化的本源和本质。

值得一提的是，劳伦斯所说的象征意义上的黑色也与当代科学发现不谋而合，从而从一个侧面证明了他的黑色本源论的合理性。美国著名物理学家、《银河系简史》的作者蒂莫西·费瑞斯（Timothy Ferris）指出：

> 过去20年来，大量的理论和观察表明，至少有90%，或至多有99%的宇宙物质是黑色的。这类物质之所以肉眼看不见，不是因为它离我们太远，而是因为它既不发光又不吸收光。黑物质中至少有一部分是由我们熟悉的物质构成的，但是它的绝大部分构成至今仍不为人所知（1997：121）。

黑物质的发现是在劳伦斯之后，也就是说劳伦斯未必知晓黑物质这回事，

---

① 劳伦斯笔下的黑太阳（the dark sun/the black sun）还指地球最深处，诗人认为这里发射出来的能量是一切生命的源头。参见 *Mornings in Mexico*（Martin Secker，1930）第164页。

但他靠直觉感知到的黑色的本源竟然和科学的发现如此吻合，这不能不说是一件奇事。这种巧合说明，劳伦斯的黑色本源论不仅具有象征意义，而且也具有合理的科学意义。赫胥黎认为劳伦斯“有一双眼睛，这双眼睛能够穿越光之墙，看到光之外的黑暗和黑暗周围的神秘”（Gilbert，2003：250）。这不能不说是对劳伦斯十分准确的评价。

二　非理性的直觉、本能和无意识

理性被认为是人类有别于动物的一个重要标志，人们惯常所说的“理性的光辉”隐含着这样一层意思，即理性是光明的，而与之相对的非理性则是黑暗的，故有“启蒙”（enlightenment）之说，它的本义就是要照亮人类蒙昧、黑暗的非理性，使之变得“光明”。据此我们可以说，传统语境下的非理性本身就是黑色的，但却是一种带有贬义色彩的黑色。与之相反，劳伦斯用以表征非理性的黑色却是褒义的。他笔下的非理性包括直觉、本能和无意识，三者之间没有明确的界限以示区分，因而常常被互换使用。据拉赫佩统计，劳伦斯用以称呼非理性的词语有多种，常见的有灵魂（soul）、爱（love）、血性意识（blood-consciousness）、无意识（mindlessness）、有机（the organic）、动态（the dynamic）以及黑色（darkness）等。（La Chapelle：82）跟其他词语一样，象征非理性的黑色贯穿劳伦斯不同时期的各类作品。《少女》中的西西欧、《羽蛇》中的西皮阿诺、《瓢虫》中的贝弗里奇等之所以吸引白种女人，就因为他们身上有一种“黑色而强大的本能”（PS，1995：380），或曰神秘诱人的“黑色意识”（dark consciousness）（*Apocalypse*，1976：xx）。劳伦斯将这种黑色意识或是无意识比作巨大而寂静的黑色海洋，而与之相对的白昼意识（daytime consciousness）则是被黑色海洋环绕的小小的陆地，前者在他看来是“黑暗的，冥顽的”，但却是“我们所有意识和存在的根基”（*Psychoanalysis*，2004：26）。另在《塔兰台拉舞》（“Tarantella”）一诗中，诗人感叹说“文明人的灵魂中没有黑夜”（CP：130）。这里的黑夜自然是黑色的别称，是指那种能够随着波涛的节拍起舞的直觉和本能，遗憾的是这些“天赋”在文明人（白种人）身上早已失落了。

除小说和诗歌之外，劳伦斯在他的散文作品如《性与美》、《凤凰》和《哈代研究》中对黑色所代表的非理性意义都有过形象的描述，其中《哈代研究》中的一段话颇具代表性：

> 野性动物正从我们体内的黑非洲冲将出来，夜半时分你会听到它们吼叫……我们每个人的内心都有一片森林，每片森林中都有各式各样大型而危险的动物，我们处在一对一千的境地。长期以来，我们千方百计试图摆脱我们体内最黑的非洲。我们一直忙于寻找北极，忙于说服巴塔哥尼亚人皈依，忙于爱自己的近邻但却想方设法消灭我们体内最黑的非洲。（STH，1985：202）

作者所说的“最黑的非洲”（the darkest Africa）无疑是隐喻的说法，是指人与生俱来的、最原初的直觉或本能，任何试图压制或消灭这种本能的做法都是十分危险的，因而也是不可取的。只有承认和接纳这黑暗的存在，接纳这“最黑的非洲”，才能保持人的自然本性的完整，也才能“在黑暗中滋养新生命无言的花蕾”（*Letters* ii：475）。我们知道，劳伦斯的一生都在致力于为肉体讨回公道，致力于人的自然本性的回归，因而代表直觉、本能或无意识的黑色就成为他作品中出现的一个高频词。

三 性爱王国的本色

众所周知，劳伦斯长期以来被看作是一个性爱作家，并且还因这一名号吃尽了苦头。尽管如此，这个不甚贴切的名号也从一个侧面反映出劳伦斯对性爱主题的关注程度。在《儿子》、《女人》、《虹》、《查泰莱》以及大量的爱情诗和动物诗等作品中，劳伦斯大胆地突破了性爱描写的禁区，以一种直接而坦诚的笔触描绘了性爱的真实图景。从这些作品中我们可以看出，性爱在劳伦斯的价值观体系中占有十分重要的地位。在他看来，性爱既是永葆生命活力的根本所在，又是对抗现代工业文明异化自然与人的重要手段，因而是善的和美的。关于这一点，作者在《性与美》一文中有明确的表述：“性与美是同一的，就如同火焰与火一样”，二者皆为“直觉生命与悠然生命的源泉”，而现代文明造成的一大灾难就是仇恨性，其结果便是“我们错过了一切最好的东西”（2004：3，5）。

如前所述，凡是大地养育的生命以及生命所体味到的宁静与幸福，在劳伦斯眼里莫不是黑色的，这生命中“最好的东西”自然也不例外。性作为“人性的中心之火”，作为“一个人体内最深远的保护区”，往往是“黑暗（的），冥冥难察（的）”（《随笔》，2004：227）。劳伦斯在这里所说的黑暗至少可以从两个方面加以理解。首先，劳伦斯作品中男女相爱的场景大都离不开黑暗，尤其是那种痴迷忘我的性爱体验，如康妮与梅勒斯、厄秀拉与斯克里本斯基、保罗与克拉拉、贝弗里奇与达夫妮之间热烈的性爱，莫不是在黑暗中进行的。再如他的诗歌《农场之恋》（“Love on the Farm”）和《鲸鱼别哭泣》（“Whales Weep Not”）分别写到了恋人之间和鲸鱼之间的性爱，前者发生的场景是暮色笼罩下的小屋，后者则是漆黑的海底。类似这样的黑色/黑暗场景在劳伦斯的诗歌中俯拾即是。从物理形态上来看，这样的黑暗无疑是一种黑色的空间，是黑色的性爱王国，是相爱者感受性爱激情的“保护区”。劳伦斯之所以钟情于这样的空间，用他自己的话来说就是：“在黑暗中我们消融，我们与树一起消融/还有那永不停歇的河流；——我们迷失于斯，消融于斯。”（“In the Dark”，CP：211）这种与自然相融、物我两忘的性爱当属性爱的最高境界，而要达到这样的境界，黑暗似乎是一个不可或缺的前提。当代法国著名哲学家兼诗人巴什拉（Gaston Bachelard）在谈到性与火的关系时指出，性爱等同于“窝的温暖”，而窝又是“怀抱，是隐蔽处，是温暖”（1992：45，62），这一点与劳伦斯黑色空间的特性大体上是吻合的。

其次，性爱本身也是一种黑色的感受，是将自我融入黑暗的全然的忘却，“是一种满足和完善，（是）头脑无法获得的伟大的黑暗知识”（《女人》，1999：41）。我们且看《农场之恋》中的言说者是怎样描述她的“黑暗知识”的：

他低下头来吻我！
他那明亮的黑眼睛
将我俯视，似风帽一般
遮住我的思想！他的唇吻住我的唇，
我被甜蜜的火焰之流淹没。
怎料死亡竟如此美好。（CP：43）

当言说者的思想被黑眼睛遮蔽的时候，她势必无法思考，她的理智在那一刻被“黑屏”掉了，她只有凭借直觉去体验那抵达极致的、死亡一般的性爱激情，而直觉与死亡通常都是黑色的，性爱自然也就成黑色的了。在小说《虹》中，厄秀拉在性爱的激情瞬间最直接、最深切的感受仍然是黑色的感受：“她仿佛随着一股黑暗的风飘走，远远地飘进了远古的黑暗的天堂，飘进了原始的不朽的境界，她进入了那不朽的黑暗的田野”，进而发现了"一个更强大的曾经接触到那黑暗的自我"（2006：445）。

四　远古的原始色调

劳伦斯是一位原始情结颇浓的作家，他的诗歌、游记和小说中透射着一种很强的原始意识。我国学者刘洪涛专门就此进行了较为深入的探讨。他指出，由于非理性和原始性（即他所说的从原始社会形态中提炼出来的本质属性）之间具有同构性，劳伦斯转向原始文明寻求拯救之道乃顺理成章之事，而劳伦斯的拯救之道在他看来就是"试图激活人的肉体、本能、欲望、血性等被工业文明压抑的生命本体冲动"（刘洪涛，2007：277，276）。这固然是一个很重要的理由，但是若将劳伦斯的原始情结仅仅说成是为了"拯救人类"自身，未免有失偏颇。我们知道，劳伦斯一生孜孜以求的是人与人之间、人与自然之间的和谐，他的整部《启示录》所探讨的一个中心议题便是如何重建人类与"宇宙之间活生生的、有机的联系"，原因是现代人"最主要的悲剧是失去了与宇宙之间血肉相连的联系"（*Apocalypse*：126，27），而原始人与自然之间那种有机的、天然的联系正是劳伦斯所追寻的理想，也是他钟情于原始文明的一个最主要的原因。据此我们可以说，劳伦斯转向原始文明的初衷不仅是为了拯救人类自身，也是为了拯救包括人类在内的整个自然。从生态整体主义的视角来看，拯救自然是拯救人类的一个必要前提，因为自然界的一切事物在本质上都是相互联系的，作为生态链上的一个物种，人类与其他物种之间是相互依存、相互制约的，用德韦尔和塞欣斯的话来说就是："谁也不能得救，除非大家都得救。"（Devall & Sessions，1985：67）劳伦斯本人对这一点有着清醒的认识："我是整体的一部分，我永远也逃不掉这一点。"（*Apocalypse*：126）

从劳伦斯拯救自然与人的初衷来看，他所钟情的原始文明的主色调必定是黑色的。在他看来，古老的原始文明所承载的价值观和自然观要比现代工业文明高尚得多。现代工业文明的弊端恰恰在于扼杀了人身上某种原始性的东西，亦即"剥夺了人的动物性的欢乐，抑制了人的高贵而美丽的野蛮"（Draper：309）；原始文明则具备他一贯倡导和褒扬的最主要、最本质的品格，如对本能与直觉的遵从、对性与爱的坦诚、对神秘造化的敬畏、对万物有灵的认同，等等，所有这些都指向他所说的"人类意识非常非常古老的根"（*Phoenix*，1978：145）。这样的品格、这样的根也是劳伦斯一直以来所追寻的那种本源的、终极的东西，是他的“黑色本源”的一部分，因而也是黑色的。

当然，要说明劳伦斯笔下的原始色调是黑色的，最具说服力的莫过于作者自己的话语。在他的考古游记《伊特鲁里亚地方札记》中，劳伦斯从意大利伊特鲁里亚人的陶器中看到一种粗犷而清新的纯自然本性，他因此称这类物品为“黑色的花朵”和“遗世独存的奇葩”。这不仅仅因为陶器的颜色是黑色的，还因为他从中看到了伊特鲁里亚人身上那种“黑色的、想要保持生命之自然本色的欲望”（SEP，1992：39，32－33）。他的诗歌《松柏》更是从不同的视角进一步印证了伊特鲁里亚人的黑色特性——他们有着不同于罗马人的“黑色的生活方式”，他们的绝灭是一种“黑色的失落”，而墨绿色的松柏则是他们的“黑色纪念碑”，闭锁住了他们的“黑色思想”（CP：296－298）。

除了欧洲的伊特鲁里亚人，美洲的印第安人也同样是黑色的，尽管他们的皮肤是红色的！譬如，在《一些美国人和一名英国人》和《美国，倾听你自己的声音吧》这两篇文章中，劳伦斯告诫美国人说，被他们的祖先看作是恶魔的美洲印第安人“持有黑色宗教的永恒的圣火”（CAE，1922：9），“美国必须抓住她那黑色的、土著大陆的精神”，必须“拥抱那红色印第安人的黑色大陆”，唯其如此，美国人才能找回“他们一直追寻的神性”（*Phoenix*：90，91），才能不会忘记他们是谁。

此外，他的小说《羽蛇》和《袋鼠》、散文作品《墨西哥的早晨》和《意大利的黄昏》以及大量的诗歌如《蜂鸟》（“Humming-Bird”）、《伸过来》（“Reach Over”）、《1917 年的伦敦》（“Town in 1917”），等等，都在不同程度上表达了作者对原始文明的认同。从中可以看出，无论是哪一种形态的原始文明，也无论其出现的语境和方式有何不同，它的主色调中总是少不了黑色。

五　动植物的自然生命活力

前文已经提到，树木、鲜花、女人、男人、动物，等等，凡是大地养育的生命在劳伦斯眼里莫不是黑色的。这也就是说，动物和植物也属于他的黑色系列。这里之所以设专节进一步说明其黑色质性，是因为动植物在劳伦斯的创作中占有十分重要的地位，在体现他的黑色生态意识方面起着关键的、不可或缺的作用。鉴于此，我们有必要对劳伦斯笔下动植物的黑色蕴含也有个大致的了解。

劳伦斯的研究者如吉尔伯特（1972：162）、萨加尔（1986：15）、克罗诺夫斯基（Granofsky，2003：29）等一致认为，劳伦斯是在对人类的行为极度失望、对人性失去信心的情况下转向非人类的动物和植物的。他的诗集《鸟·兽·花》是公认的（劳伦斯本人也这么认为）抒写动物和植物的上乘之作，代表了他诗歌的最高成就，因而也最能说明我们要探讨的黑色问题。这部历经四年（1920－1923）淬炼而成的诗集呈现给读者的是一幅幅生动形象的、黑色的动植物画卷。从中可以看出，他的动植物的黑色质性主要体现在以下三个方面：

第一，诗人所选取的许多动物从生理上来看本身就是黑色的动物，如蚊子、蝙蝠、乌龟、老鹰、黑色的火鸡、黑色的狗，等等。还有一些动物本身不是黑色的，但却栖居在黑色或是幽暗之地，我们权且将其也纳入黑色动物的系列，如蛇和鱼，前者栖居在"恐怖的黑色洞穴里"（"Snake"，CP：351），后者生活在深不可测的水底下，人在它看来是"多指的可怕的白昼"（"Fish"，CP：339）。这类黑色的或是栖居在黑色地带的动物在《鸟·兽·花》的"鸟兽"篇中占据了最主要的篇幅，劳伦斯对黑色动物的偏爱由此可见一斑。当然这一点只能说是动物最"表层"的黑色质性。

第二，不管是黑色的还是非黑色的动物，它们都保持着一种本初的、完整的生命意识，它们身上都散发着一种原始的、生命的活力，这种纯自然本性或者说是野性正是劳伦斯所尊崇的"与灵魂的神性同在的古老的神秘"（*Psychoanalysis*：17），也是他惯于用黑色或黑暗来表征的那种神秘。这一点从《动物》（"Creatures"）和《福音野兽》（"The Evangelistic Beasts"）中就可见出。在这两篇简短的引言①中，动物神圣而原始的生命力都是用黑色或黑暗来标识的。给人们带来福音的野兽是"夜晚的统治者"（CP：319），"对于喜欢黑夜的动物而言，白昼是残忍的，痛苦的"（CP：331），而当人类剥夺了它们的黑色/黑暗本性之后，"人类自己也无法像狮子和公牛那样安眠"（CP：319）。这说明，动物的黑色/黑暗本性既是人性的一部分，又是人保持生命活力的源泉所在。遗憾的是，这种黑

① 劳伦斯对 John Burnet 所著《早期希腊哲学》（*Early Greek Philosophy*，Forgotten Books，2012）有着特别的兴趣。在《鸟·兽·花》诗集中，他将所写题材分成九大类，每个大类前边都有一个简短的引言，所有的引言都摘自 John Burnet 的这部著作。

色的、纯然的生命本性在现代人身上几乎丧失殆尽，诗人因此而转向动物，去“倾听内心深处野兽的吼叫”（《随笔》：248），从中汲取黑色的生命养分，进而求得人的自然本性的复苏。

第三，诚如杰弗里所言，劳伦斯在《鸟·兽·花》中描写动物时主要采用写实的手法，而在描写植物时主要采用象征的手法（Jeffrey，1982：84－85）。纵观整部诗集，诗人以象征的手法抒写的植物有多种，而在这些名目繁多的植物中，占据大量篇幅的果类植物主要象征着性，而性无疑是黑色的。不仅如此，诗人还用饱蘸黑色的笔触来描绘这一蕴意，如他的名诗《无花果》（“Figs”）就属此列。除此之外，劳伦斯还借用好几种植物来象征原始时期乃至混沌未开时期世界的状貌或是生命的原初景象，如《松柏》、《葡萄》（“Grapes”）、《西西里仙客来》（“Sicilian Cyclamens”）等。毫无疑问，这类植物也是要被“描黑”的。就连紫色的银莲在诗人眼里也是“黑蓝色的银莲”，因为它是“地狱夫君的花蕾”（“Purple Anemones”，CP：309，308）。凡此种种，足以说明诗人笔下的植物所包蕴的黑色含义。

六 死亡的本色

劳伦斯的一生可以说是伴随死亡走过的一生。兄长的夭亡、母亲的去世，还有他自己因肺炎发作而数次与死神擦肩而过的经历，都使他对死亡有着深切的感受，也是其作品中“死亡的背景始终存在”的一个原因（档案，1991：310）。事实上，死亡不仅仅是作为背景，而是作为一个十分重要的主题贯穿劳伦斯一生的创作。仅凭这一点，我们就可以解释为什么黑色是劳伦斯作品中的主要色调之一——因为死亡的颜色也是黑色的。从上所述可以看出，劳伦斯颠覆了传统赋予黑色负面的、消极的象征意义，多方位赋予黑色正面的、积极的象征意义。但是在死亡这一点上，劳伦斯则承袭了传统的做法——用黑色来象征死亡。大概是因为他找不出比黑色更形象、更准确的色调来描写死亡吧。

劳伦斯既然沿袭了用黑色象征死亡的传统做法，那么他势必也要沿袭黑色所承载的传统的所指意义。在《儿子》的结尾，作者这样写道：“他（保罗）决不去追觅亡母的足迹，到那一片黑暗中去。”（536）这里的黑暗象征的死亡无疑是负面的、消极的，甚至是可怖的，与通常意义上所说的死亡别无二致。类似于这样的黑色所指在劳伦斯的其他作品中也是频频出现。如在《女人》中，极度失望的厄秀拉感到“她（被）置于一片黑暗之中……这黑暗濒临着死亡，她意识到自己一生都在向着这个死亡的边界靠近”（207）。作者在这里描绘的黑色死亡也是一幅颇为传统的死亡图景：死亡是一个可怖的未知世界，一个黑暗的王国，一个至今“还未回来过一个旅人的国度”① ——就连眼看就要回来的俄尔甫斯（Orpheus）的亡妻欧律狄刻（Eurydice）最终仍未能逃脱被黑色死亡吞噬的厄运。

但是，我们不能据此就说劳伦斯笔下的黑色死亡完全等同于传统意义上的黑色死亡。我们知道，劳伦斯对死亡的态度是沿着从排斥到接受再到赞颂这样一个轨迹演进的，黑色的所指意义自然也会发生相应的变化。在《死亡的欢乐》（“Gladness of Death”）这首诗中，死亡的颜色虽然依旧，但诗人用它描绘出来的图景却不再阴暗可怖，而是透射着欢欣与美丽：

我总是希望能像鲜花一样
不为自己的生死所拖累，
在死亡中我相信我会像鲜花一样。

我将开花，像深暗的三色紫罗兰，
我会高兴，在死亡的黑暗阳光之中。
我能感觉到自己在死亡的黑暗阳光中绽放，
变成花一般的完美之物，带着奇异甜蜜的芳香。（CP：677，吴笛译）

同样的黑色死亡，却被诗人的生花妙笔描绘得如此之美好，几欲到了令人向往的地步。古往今来，肯定、颂扬死亡的诗歌也是层出不穷，著名的如丁尼生的《提托诺斯》（“Tithonus”）、济慈的《不要哭泣》（“Shed No Tears”）、惠特曼的《来吧，可爱温馨的死亡》（“Come Lovely and Soothing Death”），等等，但鲜有人能像劳伦斯那样，在保持死亡的“本色”不变的情况下将死亡刻画得如此动人。通过颂扬死亡，劳伦斯进一步为他所钟情的黑色增添了丰富的象征蕴含。

以上所言只是简单交代了劳伦斯笔下的黑色所象征的几个最主要的层面。除此之外，劳伦斯的黑色系列中还包括时间（RDP：26；*Apocalypse*：

① 莎士比亚语，顾子欣译，参见《英诗300首》，国际文化出版社1993年版，第47页。

97）和灵魂（CP：280－281；《随笔》：13，18）等其他方面的内容，鉴于篇幅关系，这里不再详述。需要说明的是，笔者所列的这几个方面也有叠合之处，它们之间并没有一条截然分明的界线。之所以如此，是因为劳伦斯所偏爱的黑色几乎渗透到他所关注的各类主题中，而主题与主题之间本身就存在一种交叉和重叠现象，体现在黑色的象征意义方面，叠合也就是情理之中的事了。

第三节　黑色与绿色的融汇

在这一部分，我们重点考察劳伦斯笔下的黑色到底在多大程度上是绿色的，即在多大程度上与生态中心主义的绿色思想是相合的，从而说明我们采用黑色而不是绿色来命名其生态意识的深层缘由。由于以上关乎黑色的几个方面基本上涵盖了劳伦斯创作的主要主题，他的人生观、自然观和价值观等都已经渗透其中，因而我们只需指出各类黑色中所蕴含的生态思想或是生态思想的片段、元素或成分，就足以说明问题了。

在考察这个问题之前，有必要就生态中心主义再多说几句。前文已经提到，生态中心主义（或曰生态整体主义）是深层生态学最显著的一个特征，也是深层生态学的核心和实质，其宗旨之一就是要重新确立人与自然的关系，认识到人类并不是自然的征服者，而是自然中普通的一员，人与大地群落中其他物种之间没有高低美丑之分，而是“并列在同等完美的阶段上”（王诺，2003：34），彼此之间形成一种相互依存、相互作用、协同进化的共生关系，共同为生态整体的和谐与稳定发挥着各自不可或缺的作用。为此，人类必须学会尊重自然、热爱自然，学会与自然和谐共处，才能实现和维护生态整体的平衡与稳定。从这个意义上来讲，生态中心主义还是一种深刻的生态伦理，对于奠定人与自然的伦理关系起着举足轻重的作用。此外，生态中心主义虽然是深层生态学的重要标志，但它并不是深层生态学的“专利”，而是一种在生态思想理论建构中最具“普适性”的价值观念。利奥波德（Aldo Leopold）的“大地伦理学”[①]（Land Ethics）、拉夫洛克的盖亚假说（Gaia Hypothesis）、马古利斯（Lynn Margulis）的“协同进化论”（Cooperative Evolution）、史怀泽（Albert Schweitzer）的

① 利奥波德的大地伦理又名生态中心伦理（ecocentric ethic），可谓生态中心主义的源头。

敬畏生命（Reverence for Life）等都包蕴着鲜明的生态中心主义的观念或意识，而这几种学说与耐斯的深层生态学一样，皆为生态思想理论建构的奠基之石。据此我们可以说生态中心主义是判断生态思想、生态理念和生态行动的试金石。我们将以此为准来评判劳伦斯笔下的黑色所含纳的绿色生态成分。

总的来看，劳伦斯笔下的黑色透射着一种自发的生态意识，散发出一种浓浓的“绿意”。用古铁雷斯的话来说，“劳伦斯的本意并不是要充当一位生态斗士，但是，他却以一个诗人观察者（poet-seer）的身份看到了人与大地之间那种有机的联系……不管是作为20世纪生态文化的预言者、诗人还是小说家，劳伦斯都值得我们关注。”（Gutierrez，1991：48）从以上劳伦斯的黑色所表征的人、物、事中，我们也能看出他作为诗人观察者的这一洞见。也正是基于这一源自直觉的认识，劳伦斯用黑色喻指或表征的几个方面在很大程度上与生态批评所关注的一些内容和焦点是相合的。下面我们分而述之。

一　生态中心主义的反理性与反理性的生态中心主义

反理性是生态中心主义的宗旨之一。确切地说，生态中心主义反对的是极端理性主义。所谓极端理性主义，就是对人的理性的过度自信，以为人类凭借理性就可以掌握一切真理，操控整个世界。诚然，理性是人有别于其他物种的一个重要标志，是引领人从必然王国走向自由王国的灯塔，但是如果过度依赖理性，认识不到人的理性的局限性，人类文明的巨轮就有触礁的潜在危险。克尔凯戈尔说：“因为我们是有限的存在，所以我们不能像上帝一样知道无限之物。”（艾里克·梅勒等，1998：25）罗素也持类似的观点：“我们自以为有知识的地方，恰恰是我们无知的地方。”（Russell，1972：xiv）遗憾的是，西方文明在基督教、文艺复兴和启蒙运动的共同推动下，把人的理性拔高到神的地位，从而走向一种极端理性主义。极端理性主义主宰世界的一大贡献是促进了科技和经济的高速发展，带来了物质生活的空前繁荣和富足，但与此同时也制造了大量不可根除的污染和无法挽救的生态灾难，在短短数百年的时间里就把人类家园搞得“资源枯竭、全面污染、濒临崩溃”（王诺，2007：16）。

极端理性主义之所以会导致这样的后果，是因为受其主导的科学技术趋向于把一切看作是可资利用的原材料或是资源，奉行“万物皆为我用”

的信条，完全忽视了人以外的自然的存在，扯断了人与自然之间相互依存、和谐共处的天然纽带。这种做法在罗素看来是“我们这个时代最危险的一种形式”（Russell：494），是一种可怕的疯狂，因为这样一来目的不再重要，重要的是过程①——一种不断榨取自然、不断追逐最大利润的过程。由此可见，极端理性主义实质上就是极端的人类中心主义，是造成环境恶化、生态灾难频发的主要根源。这便是生态中心主义对极端理性主义大加挞伐的一个主要原因。如前所述，对极端理性主义的批判和否定势必要转向与之相对立的非理性。但是，生态中心主义的非理性转向并不是要否定人的理性，而是要通过肯定人性中的本能、情感、直觉等非理性因素来打破极端理性主义一统天下的格局，借此解构人类中心主义，重建人与自然的和谐。

劳伦斯早在生态中心主义发端之前就已经转向非理性的直觉、本能和无意识，即他所说的血性意识（blood consciousness）。血性意识的实质是反理性的，这一点从他写给柯林斯（Ernest Collings）的信中就能见出：“我的伟大宗教是相信血液，相信肉体，这些都比智性更智慧。我们的头脑有可能出错，但是我们的血液所感知到的、所相信的和所说的总是真的。”（*Letters* i：503）劳伦斯之所以强调和倡导这种血性意识，就因为他看到西方文化在科学和理性的统辖下，完全遗忘了这种直觉的、本能的认知方式，这在他看来是一种“创造性的元素”，“一种广博而完美的生命科学”（*Psychoanalysis*：18，63）。换言之，劳伦斯的血性意识可谓生命的根基，它的缺失必将毁坏人的天性，导致人的异化。为此，劳伦斯毕其一生，在他的各类作品中抨击头脑意识（mind consciousness）统治血性意识的弊端，肯定和宣扬非理性的重要性。他的诗歌《这些聪明的娘儿们》（“These Clever Women”）和《下来吧，高高在上的头脑》（“Climb Down，O Lordly Mind”）即是典型的例子，后者这样宣称：“你的时辰已到/你独霸的日子已经结束。/人类意识中的专制主义早该滚蛋。”（CP：473）在他的绘画如《复活》（*Resurrection*）、《飞回天堂》（*Flight Back into Paradise*）、《丽达》（*Leda*）等作品中，画中人物的身体都比较大，而头却比

① 关于这一点，海德格尔和霍克海姆分别在《关于技术问题》和《工具理性批判》中进行了批判。分别参见：“The Question Concerning Technology”，载于 *The Question Concerning Technology and Other Essays*（Harper Torchbooks，1982）；*Critique of Instrumental Reason*（Seabury Press，1974）。

较小，这大概也是劳伦斯对理性主义过分放大“头脑”、有意缩小“身体”的一种反拨。

如果说生态中心主义通过反对极端理性来解构人类中心主义，重建人与自然的和谐，那么劳伦斯却在反理性中凸显出一种生态中心主义的自觉意识。劳伦斯反对理性、弘扬非理性的一个最主要的原因就在于理性凭借它所谓的客观依据或是事实扼杀了有生命的自然存在[①]，斩断了“我们与大地、太阳和星星的联系”，导致“我们的根在流血”（《性与美》：150）。作者所说的根就是指人与自然之间那种息息相通、血脉相连的亲缘关系。在他看来，即使生命中最为脆弱的小草，也与人的命运息息相关，因为它“在所有的时间支撑维持了所有的生命”，因而比帝国、耶稣和佛祖还要重要[②]（SEP：36）。事实上，劳伦斯反理性的根本目的就是要人放下“理性”拥有者的架子，消除理性在人与自然之间制造的“隔阂”，这样人才能够重新将自己“根植于宇宙之中”，并伴着“宇宙节奏”的律动走向永恒（《性与美》：160，158）。换言之，人只有恢复自己的直觉和本能，完全彻底地与自然融为一体，成为自然大家庭中的一员，人生的价值和终极意义才能得以实现。否则，一个“一切都是自我”的世界将是一个“令人厌倦的世界”（“New Heaven and Earth”，CP：256）。

贾尼克曾在《劳伦斯与环境意识》一文中指出：“劳伦斯是第一个也是最著名的作家中……对人类中心主义和人文主义进行质疑的作家。”（Janik，1983：364）劳伦斯是不是第一位质疑人类中心主义的著名作家，这一点还有待商榷，但劳伦斯反理性的实质和结果就是摒弃人类中心主义，代之以生态中心主义，这一点应该是确定无疑的。他的生态中心主义思想就体现在他所倡导的人与自然的和谐关系中，这样的关系也正是他所说的那种“道德本质”（essence of morality），那是一种“在自我和客体之间保持完美关系的最基本的欲望”（*Psychoanalysis*：27）。这样的“道德”无疑也是一种深刻的生态伦理道德。

---

① 劳伦斯所说的扼杀是指人们趋向于用科学的眼光而不是宗教的眼光或是美学的眼光来看待世界。爱伦坡在他的《致科学》（“To Science”）一诗中表达了同样的看法，参见《美国文学选读》（高等教育出版社 2011 年版）第 57—58 页。

② 美国诗人杰弗斯（Robinson Jeffers）也持类似的观点，详见 *Ecopoetry*：*A Critical Introduction*（The University of Utah Press，2002）第 53 页。

二 性爱中的生态中心主义蕴意

作为一种价值观和伦理观，生态中心主义也是一种基于本体论认识意义上的信条（抑或是行动指南）。生态中心主义本体论否认人类与非人类自然（non-human nature）之间的区别，赋予非人类自然和人类同样的内在价值和平等权利。这一本体论意义上的规定表明，人在本性上是认同非人类自然的，与非人类自然是相通的。法国当代著名哲学家和社会学家埃德加·莫兰（Edgar Morin）在他的《迷失的范式：人性研究》一书中说："一切都促使我结束关于一个非人类的自然和一个非自然的人类的观点。"（1999：1）莫兰之所以有此一说，大抵上也是基于同样的认识。这样一来，只要有了人类"顺其自然"的生活（living in accordance with nature），人与自然之间的关系焉能不和！因为这本身就是一种尊重和顺从自然内部运行法则的活法，因而也是一种生态中心主义的活法。毋庸讳言，人类"发乎于情，止乎自然"的性爱也是一种"顺其自然"的行为或活法。遗憾的是，在生态中心主义所强调的生态理念和实践中，作为人类与非人类本性中十分重要的"性"[①]（sex）似乎未能占到多大的比重。当然西方生态批评中也常常提到"sex"，但这主要是针对性别[②]而言的，而不是针对性而言的。

虽然生态中心主义尚未对性予以足够的重视，但这并不能降低性本身所蕴含的"生态成分"，尤其是对劳伦斯这样一位关注性爱且擅长描写性爱的作家来说，情况更是如此。事实上，这一点业已蕴含在劳伦斯反理性的生态中心主义思想中。我们知道，劳伦斯一直以来将人性中"最黑的非洲"，即他所说的血性意识看作是生命的根基或源泉，而性作为"人性的中心之火"，作为血性意识的本质和内核，无疑是"源泉"的源泉，无异于生命本身，因而也是他用以反理性的"杀手锏"。在劳伦斯看来，现代文明的最大灾难就是残害性、压抑性，对性怀有一种病态的仇恨，而残害性就是残害生命，是导致生命之根流血的深层原因。为此，他将讴歌和赞美性看作自己的神圣使命，试图通过性爱的力量来"反对这个世界、反对金钱和机器以及兽性的道德的同盟者"（《查泰莱》，2007：293）。

---

① 列维·斯特劳斯在关于文化现象的分析中，就把性和食物看作是支撑人类生活的两大主轴。

② 如生态女权主义就牵涉到性别，认为女性比男性更接近自然。

性之所以具有如此巨大的威力，是因为劳伦斯早就认识到，在一个更为宽广的维度上，性与生生不息的大自然的生命律动是联系在一起的，如《虹》中的厄秀拉、《查泰莱》中的康妮，都是通过深层的性爱体验来开启她们对整个大自然的意识的。时隔半个多世纪，劳伦斯的这一洞见才在贾斯特布那里得到响应："要体验性爱的活力与温暖……（人）必须通过身体与整个宇宙建立起一种爱的关系（love relationship）。"（Jastrab，1994：63）由此可见，性爱是人与自然建立联系的天然纽带，是人融入自然的重要途径，性之爱在某种意义上就是自然之爱，所以说劳伦斯借助性爱来对抗机器工业文明的最终目的仍然是为了让人重新"根植于宇宙之中"。这其中所蕴含的生态中心主义思想是不言而喻的。

出于同样的理由，劳伦斯除了写人的性爱之外，也写动物的性爱和植物的性爱，他的诗歌如《乌龟的呼喊》（"Tortoise Shout"）和《驴》（"The Ass"）等就是典型的例子，这一点我们将在后面的章节中重点分析讨论。需要指出的是，劳伦斯性爱思想中所蕴含的生态意识在新的维度上丰富了生态中心主义的思想内容，扩展了生态中心主义的思想空间，这一点值得我们关注。

三　原始主义与生态中心主义的契合

原始主义（primitivism）有多种表现形式，由于侧重点不同，人们对它的解释也不尽相同[①]。综合来看，原始主义大致包括这么几方面的内容：它是18世纪以来弥漫在欧洲文学、艺术、思想领域的一种"原始复兴"倾向，主要体现为对原始艺术、文化、生活方式的迷恋以及对原始先民的崇尚，后者被认为具备现代人所缺乏或向往的一切美德，如真诚、自然、单纯，等等，他们因此被称为"自然人"或是"高贵的野蛮人"[②]；它是一种别出心裁、具有原始艺术特色的创作风格，是西方艺术家表达自我、显示其创作态度的一种方式；它是一种批判现行社会尤其是西方发达社会的模式，人们通过怀念古老而美好的过去或是想象原始而朴拙的异域

---

① 此处参阅的文献有：*Columbia Dictionary of Modern Literary and Cultural Criticism*（1995）；*New Princeton Encyclopedia of Poetry and Poetics*（1993）；*Columbia Electronic Encyclopedia*（2009）。

② 这一说法最早由卢梭提出，具体参见 *Benet's Reader's Encyclopedia*（1996）中的"noble savage"词条。

来表达对现行社会的不满，这种做法说到底也是一种常见的怀旧模式，是人性深处总想回归过去“黄金时代”（Golden Age）的一种心理情结；它也是一个带有贬义色彩的术语，因为它在对异域情调的想象中往往隐含着一种不平等的、歧视性的东方主义成分，暴露出西方世界对非西方世界所持的一种居高临下的心态。

从以上所列的四点内容中可以看出，劳伦斯对原始文明或文化的青睐也是原始主义的一种表现，因为他迷恋异域远古文化的原始情结和表达这一情结的方式与原始主义中的第一点和第三点是十分相合的（这从前文的论述中也能看得出来），而这两点内容也恰巧蕴含了生态中心主义所倡导的自然观念和“向后转”的方法指归。我们知道，工业化进程所引发的严重的生态危机已经威胁到人类和地球上其他物种的生存，这一严峻的生态现实迫使西方世界向异质文化或是异域文明中寻求拯救之道。在这一历史语境下，原始宗教文化中人与天地并生、与万物齐一的自然观就有着巨大的感召力，成为生态中心主义思想家和批评家谋求解决当代环境问题所依赖的一种重要的思想和行动源泉。原始先民的这种自然观说到底是他们作为“自然人”的有机组成部分，是他们身上未被现代文明所毁坏的自然天性的流露，也是他们“自然”地与自然界的一草一木、一禽一鸟息息相通的一种生命本能。这样的自然观与生态中心主义所倡导的那种有机的、富有生命活力的自然观是十分契合的，而正是这种契合促成了生态中心主义的“向后转”。

由于“劳伦斯对世界的理解与原始宗教最为切近”（Hough：224），他自然会转向原始文明寻求拯救自然、拯救现代文明的出路。无独有偶，劳伦斯多年前就对原始主义情有独钟，若干年后他的这一原始情结又被生态思想家、生态批评家以及生态文学家所传承，这说明他所钟情的原始主义与生态中心主义所倡导的思想观念是一脉相承的。

四 生态死亡观

死亡自古以来就是一个永恒的主题。法国剧作家尤内斯库对死亡的描述堪称经典：“从第一天开始，死亡总是在这里，存在于种子里。它是即将成长的幼芽，即将开放的花朵，是我们所知道的唯一的果实……它是基本真理，也是终极真理。”（Ionesco，1963：65）这说明，无论生命是何等的欢欣和美丽，也无论在生命的哪一个阶段，死亡的身影总是陪伴左右，生与死永远不可离分。也许是因为如此，视拯救地球生命为己任的生态批评和生态文学仍然不可避免地要涉及死亡，死亡主题仍然占有十分重要的席位。譬如，当代著名生态诗人休斯（Ted Hughes）、斯奈德、史蒂文斯（Wallace Stevens）、奥立弗、埃弗森（William Everson）以及罗杰斯，等等，都在诗歌创作中对死亡予以特别的关注。与传统的做法不同，生态诗人主要从顺应自然规律、维护生态平衡的立场出发来肯定、接受和颂扬死亡，表达了一种深刻的生态死亡观。其要旨是：大自然的永恒之美在于它的周而复始和变动不居，而死亡则是大自然循环往复环节中的关键，因为它不仅是生命的终点，而且也是生命的起点，故而肯定和接受死亡是出于对自然生命的尊重，最终也是为了生命之树常青。为此，生态诗人不仅肯定花的凋谢、树的腐朽、人的老死等自然死亡，而且也肯定蛇捕食青蛙、鬣狗捕食鹿等暴力行为引发的死亡。

前面已经提到，劳伦斯对死亡的态度经历了一个从恐惧排斥到欣然接受的过程。他在生命的晚期之所以大力肯定和颂扬死亡，并且还将死亡描绘得那样优美动人（如《死亡的欢乐》），就因为他深深认识到死亡是生命的一部分，只有历经死亡，回归大地，才能返回新生。在《死亡之歌》（“Song of Death”）、《巴伐利亚的龙胆》（“Bavarian Gentians”）、《睡与醒》（“Sleep and Waking”）、《凤凰》（“Phoenix”）以及《灵船》（“Ship of Death”）等书写死亡的名诗中，诗人都直接或间接地表达了这层意思，从而使他成为现代作家中少有的、如此真挚地将死亡和生命联系在一起的作家之一。如在《死亡之歌》中，诗人一开始就直抒胸臆，表明他赞美死亡的缘由：“唱起死亡之歌，哦，唱起来吧！/因为没有死亡之歌，生命之歌就会变得愚蠢，没有活力。”（CP：723，吴笛译）劳伦斯歌颂死亡的缘由其实也是目的，正如郑达华所言，诗人“歌唱死亡是为了唱好生命之歌”（2004：99）。在劳伦斯看来，没有谁能比伊特鲁里亚人更能“唱好生命之歌”。他们总是身着盛装、用珠宝、美酒和伴舞的牧笛声迎接死亡①，因为死亡在他们眼里只是自我融进自然大化的一个必然过程，是朝着再生方向的又一次旅行。劳伦斯对伊特鲁里亚人推崇有加，原因之一就在于他本人十分认同后者的这种死亡观。除此之外，他也肯定和颂扬自然界的暴力死亡，这一点在他的动物诗歌、小说和游记中都有所体现，斯夸

① 参见 SEP 第 19 页。

尔（J. C. Squire）（Draper：301）、克罗诺夫斯基等学者也都注意到了这一点（Granofsky：22，38）。

这样，我们只需把劳伦斯的死亡观和生态死亡观进行比照，就可以肯定地说劳伦斯笔下的黑色死亡不仅是“生态”的，而且还是生态死亡观的前奏，因为他早在当代生态诗人之前就已经具备这种生态死亡意识。劳伦斯对死亡的坦然接受归根结底仍然是一种“顺其自然”的表现，是尊重和顺从自然内部运行法则的又一行为，只是这是一种“顺其自然”的“死法”而不是“活法”，其中透射出来的生态中心主义思想意识不辩自明。

由于黑色所表征的动植物、石头以及自然大化本身就是生态中心主义思想的载体或物质外现，其中所蕴含的生态中心主义思想也最为显见，因而这里不再赘述。

综上所述，劳伦斯用黑色喻指或表征的六个方面基本上涵盖了他创作的主要主题，而这些方面又在很大程度上与生态批评所关注的主要内容和焦点（生态中心主义）是相合的，这说明黑色在劳伦斯的作品中既有着宽广的主题覆盖面，又有着深厚的绿色生态蕴意，这便是我们采用黑色而非绿色来描述劳伦斯生态意识的第二个理由，也是最主要、最关键的一个理由。另外，本文重点要探讨的“野蛮人”、“低等”和“有害”动物以及死亡等在西方传统文化中原本也是以邪恶的、丑陋的、黑色的面目出现的，反映在文学作品中，往往和自然或生活的“阴暗面”牵连一处。为了对这一传统进行反拨，当代生态诗人采用审丑（anti-aesthetic）① 的诗学策略，着力表现那些表面看来鄙陋卑丑、令人感到不快和厌恶的那部分自然，通过揭示包蕴在“阴暗面”中的生态价值和精神价值来扭转人们对自然片面的审美体验，重塑人们对自然的看法。这样一来，劳伦斯笔下黑色的生态蕴意与当代生态诗人所讴歌的“阴暗面”又是不谋而合的，黑色因此还有着颠覆传统、重建自然价值的文化意义。这是我们采用黑色来命名的又一个理由。最后，黑色也是劳伦斯的所爱，既然他本人喜欢用黑色来命名宗教、太阳和鲜花，那我们也可以用黑色来命名他的生态意识，以便和他用黑色命名的习惯保持一致，这样做至少会得到劳伦斯本人的认同吧！

---

① 参见拙作《当代美国生态诗歌的审丑转向》，载《当代外国文学》2009 年第 3 期。

理查德·奥尔丁顿在《劳伦斯传：一个天才的画像，但是》一书的前言中说过这样的话：一本书要是取了个奇怪的书名，作者就得赶紧说明理由，否则会引起诸多误解（1989：1）。基于上述理由，拙作也取了一个奇怪的书名，所以加以说明是十分有必要的。

第二章

对野蛮人的朝觐：追寻失落的黑色原始之根

伸过来，伸过来
跨过黑暗的深渊。
黄昏中沉默的人，真正的人
我生命中最为亲近的人。①

第一节　劳伦斯钟情于原始宗教文化的成因

劳伦斯的一生都在追寻人类的原始之根。从幼年野莓野花的采集者到盛年“野蛮”之乡的朝觐者②，他始终都在追寻和体验一种原始的生活、原始的生命和原始的精神，总之是在寻求一种原始的野性甚或是野性的原始。在他死后，他的骨灰也被运至他生前最留恋的卡尔瓦牧场（Kiowa Ranch）③，从此他便永远和那里的原始土著朝夕相守，完满地实现了他生前所追寻的原始之梦。劳伦斯对原始的根寻如此一以贯之，如此执着，说明原始土著民身上一定有一种让他着迷的“魔力”。这种“魔力”到底是什么呢？我们不妨来看一下劳伦斯是如何评价印第安人的宗教的：

---

① 摘自《伸过来》（“Reach Over”，CP：763—765）。

② Catherine Carswell 在其著作 *The Savage Pilgrimage*（The Cambridge University Press，1981）中较为翔实地叙述了劳伦斯朝觐“野蛮”之乡的线路和经历。

③ 该牧场位于新墨西哥的陶斯（Taos），是卢恩（Mabel Dodge Luhan）1924 年赠送给劳伦斯的妻子弗丽达的一个牧场，劳伦斯生前在此跟印第安人一起劳作、生活。

一种曾经摄统地球的博大古老的宗教仍然留存于新墨西哥从未间断的作息实践中……（在那里）人整个的生命努力（life-effort）就是为了让其生命直接与宇宙的基本生命元素相接，诸如大山的生命，云彩的生命，雷电的生命，空气的生命，大地的生命，太阳的生命。人从这种直接的、可感知（felt）的接触中获得能源、力量和某种黑色的快乐。这种没有任何中介的赤裸裸的接触努力是真正意义上的宗教（*Phoenix*：146－147）。

作者在这里所说的"真正意义上的宗教"是指印第安人与大地之间那种本能的、天然的联系（即他所说的接触），这种联系使他们相信万物如大山和云彩等跟人一样都是有灵魂的生命，但"不是那种超自然的生命，而是自然的生命"（ibid：146），而人的生命的意义就在于将自己和大自然的其他生命形式有机地融为一体。这种万物有灵的生命观和自然观从根本上保证并促进了自然生命的活跃与繁盛，因而在劳伦斯看来是"唯一活的宗教"。相比之下，基督教一神教则是"宗教的尸首"（Lawrence，1961：170）。可见原始初民吸引劳伦斯的不是别的，而是其泛灵主义的自然宗教文化①，这正是他们吸引劳伦斯的"魔力"所在。

劳伦斯之所以崇尚甚至是迷恋原始生命和原始宗教，这与他的成长环境和经历是分不开的。劳伦斯的青少年时代是在诺丁汉乡下度过的，那里明净的天空、红色的砂岩和茂密的橡树林使他对大自然产生了深厚的感情。劳伦斯的父亲"作为一个自然的、未被毁掉的人"，熟知当地所有鸟兽花草的名称（LaChapelle：9），劳伦斯不仅从父亲那里学到了这一切，而且也遗传了父亲热爱野外生活和各种自然生命的天性。他年轻时在乡间搜寻和采集各种野花的经历、在海格斯农场（Haggs Farm）的生活和劳动体验、在舍伍德原始森林（Sherwood Forest）的探险，等等，不仅使他热

① 万物有灵的思想也逐渐为现代科学所接受。W. Fox 在谈到深层生态学与科学的关系时指出："科学的理解和万物有灵论并不是必然地相互排斥的，物理学、化学、生物学和生态学对复杂的自组织系统的最新研究表明了一种可能性，即科学的世界图景正在放弃机械论的模式，而转向一种多元的建立在科学基础上的万物有灵论（hylizoism）。"这里所说的万物有灵论与通常所说的万物有灵论（animism）不同，即它把生命看成是具有某种物质特性的东西，也把物质看成是具有某种生命的东西。参见雷毅《深层生态学思想研究》（清华大学出版社 2001 年版）第 141 页。

爱自然的天性得以强化，而且也使他与自然之间达成了一种契合（communion）与互通（interpenetration），这在赫胥黎看来是劳伦斯“最了不起的一种天赋”，这一天赋使他“能够意识到各个层次的宇宙，从无生命的物体到动植物再到人类以至这之外的一切”（Mori，1974：18）。而据劳伦斯的妻子弗丽达（Frieda Lawrence）回忆，劳伦斯不仅能够“意识到各个层次的宇宙”，而且还能够与之直接“相遇”：“（劳伦斯）与任何自然造物之间的关系（relationship）和联系（bond）是如此神奇，这中间没有任何先见（preconceived ideas），有的只是一种相遇（meeting）。他和一只动物、一棵树、一朵云，或是任何造物之间的相遇莫不如此。”（Lawrence，1961：273）从他对印第安人宗教的描述中可以看出，劳伦斯和自然之间的这种“相遇”或是接触方式与印第安人如出一辙。

劳伦斯和自然之间的契合与互通以及契合与互通的方式为他后来自然主义思想的形成奠定了基础，而这一思想又使他的“原始转向”成为必然。霍夫在《黑太阳》一书中对劳伦斯自然主义思想的特点进行了很好的总结。他指出，劳伦斯遵循的是一种自然主义的哲学，这种哲学将整个自然秩序看作是上帝，或认为上帝就存在于自然之中；所有的自然造物，包括人在内，必须在其自身的自然存在中和与整个自然秩序的和谐共生中去实现自我；这是一种泛神论和泛灵论兼具的思想，是一种泛神主义的有灵论，因而与原始宗教对世界的理解最为切近（Hough：223－224）。从霍夫的论述中可以看出，劳伦斯的哲学思想在本质上也是一种原始的自然宗教思想，因而他能够从根本上领悟原始宗教文化的真谛，毕其一生去追寻和倡导原始宗教文化中的生命精神。

劳伦斯对原始宗教文化的钟情也与原始主义盛行的社会历史语境有着密切的关系。原始主义作为一种文化现象有着多重含义，这里所说的原始主义主要是指18世纪以来尤其是19世纪晚期欧洲迷恋原始文化、崇尚原始先民的一种社会风尚。它以自然、简朴和本真为价值评判的标准，将工业文明之前的原始自然状态看作是人类最理想的生存状态，因而对往昔的怀念和赞美就成为它的一个基本特征。这种崇拜原始生命、将原始社会理想化的倾向古已有之，是西方文化中一种根深蒂固的心理习惯，也是人性深处总想回归过去黄金时代的一种怀旧模式。原始主义之所以能够在19世纪晚期流行起来并成为一种社会风尚，原因是多方面的，其中最主要的莫过于这样两个原因：一是工业化进程中资本主义对效益和利润的一味追逐导致了严重的

“不适”（discomfort），诸如人的物化、世风的日下、自然环境的破坏等；二是大量的考古发现和人类学研究①的兴起让人们认识到“野蛮人”身上确有许多现代人所缺失的“高贵”品质，诸如那种未被现代文明所玷污的纯真和人与自然之间本然的和谐等。两相对照，人们自然会对原始文化和原始土著产生一种向往和认同，从而促发了原始主义的盛行。由此看来，原始主义对往昔的怀念实质上是“文化危机的一种表征”（Stewart，1999：104），是一种“向后看”的批判策略，即通过怀念古老而美好的过去或是想象原始而朴拙的异域来表达对西方发达社会的不满。

原始主义盛行的年代恰好是劳伦斯生活的年代，作为一名具有深刻思想的文化精英，他不可能不对这一现象予以关注。事实上，他不仅关注而且还站在了接受原始主义的前沿，因为他的思想中早就有一种自发的原始主义倾向，而他崇尚往昔、批判当下现实的做法本身就是原始主义的一种做法，因而他对原始主义的接受就更加顺理成章。据劳伦斯 1915 年写给罗素的一封信中称，他是在读了弗雷泽（Sir James Frazer）的《金枝》和《图腾崇拜与族外婚》之后，愈加坚定了他在 20 岁时就已经产生的有关血性意识的想法。（*Letters* ii：470）此外，弗罗本涅斯（Leo Frobenius）的《非洲之声》、泰勒（Edward Burnett Taylor）的《原始文化》等都是作者所熟知的作品，他在 1916 年写给莫雷尔夫人（Lady Ottoline Morrell）的信中对后者大加赞赏，称其为难得的杰作（*Letterrs* ii：593）。所有这些都对他原始主义思想的进一步形成或是原始文化情结的进一步生成产生了重要的影响。

退一步讲，劳伦斯即使没有受到原始主义的影响，或者更确切地说没有让他已有的原始主义思想倾向得到“科学”的印证或强化，工业化进程对自然生态的破坏以及由此而导致的人性的失落十有八九也会使他“向后转”，因为他所肯定和赞美的血性意识（blood consciousness）、他所执着的泛灵主义自然观等诸多原始特质很容易使他对“将大自然作为家园和母亲”的原始文化或原始文明产生一种认同（Togovnick，1990：246），自然而然地以此为鉴来针砭现代文明。我们知道，在劳伦斯创作的年代，以英国为先导的欧洲主要国家开始进入垄断资本主义阶段，工业革命和科学技

① 如泰勒的《原始文化》（*Primitive Culture*，1871）和弗雷泽的《金枝》（*The Golden Bough*，1890）就属这方面的研究成果，这类著作在很大程度上促发了原始主义的盛行。

术迅猛发展，促进了经济的繁荣和物质的日益富足，但资本主义的“繁荣”和“富足”却让自然和人都付出了沉重的代价：自然环境遭到破坏和污染，农田和森林相继消失，原始自然生态濒临毁灭，而这种对自然的掠夺和破坏又导致了人与自然的疏离和对抗，造成了人的物化或异化，使人的自然天性严重扭曲。面对这样的生态现实和生存状况，劳伦斯“力图在未被工业文明玷污的原生状态中寻求出路”（蒋家国，2003：13）。这出路说白了便是重拾或回归原始的自然宗教传统，皈依自然，尊重自然，重新完善自我与“动物、盛开鲜花的树、土地、天空、太阳、星星和月亮之间纯粹的关系”（《灵与肉》，1991：10－11），只有这样，自然和人类才能得到拯救。可见劳伦斯钟情于原始文化的一个主要原因还在于它是一种救赎的力量。

正因为他对原始文化的救赎力量有着深刻的洞察，劳伦斯才不遗余力地倡导世人向这种天人合一的自然宗教传统回归。遗憾的是，他的吁请在当时不仅没有引起重视，反而招来讥讽和误解①：他的主张被看作是一种倒退，他对原始土著民的描写被认为是一种美化，意在蛊惑现代人退回到野蛮的原始状态，等等。针对这一指责，劳伦斯在《潘神在美国》一文中指出，我们不可能退回到原始的过去，或是简单地采取一种原始的方式，但我们仍然可以选择“潘神的活的宇宙”而非“现代人机械的、被征服的宇宙”来调节我们的心态和生活②（*Phoenix*：31）。时隔半个多世纪，尤其是进入20世纪90年代以来，随着生态灾难的频发和生态危机的日益加剧，人们逐渐认识到支撑和主导西方技术和工业文明的价值体系、信仰体系和伦理体系是破坏自然、毁坏生命的根源所在，而要缓解乃至最

---

① 按理说回归原始的主张在原始主义盛行的年代很容易被接受，为什么劳伦斯会招来诸多误解呢？这一方面说明对任何一种思想的接受过程都是复杂的，存在许多例外的情况，另一方面也可能与劳伦斯的小说有一定的“牵连”（对他诗歌的接受就是明证），但最主要的原因可能是劳伦斯主张回归原始的彻底性、执着性和实践性超出了当时人们接受的底线，因为对许多人而言，原始主义只是一种时尚，一种风雅的谈资，真正付诸行动的并不多见。劳伦斯的戏剧《高度》（*Altitude*）就讽刺了原始主义者们在理念上崇尚印第安人与大地一同律动的生命力，但在行动中却对印第安人采取一种居高临下的姿态。详见劳伦斯著 *The Plays*（Cambridge University Press，1999）第543、548页。

② 事实上，劳伦斯本人对那些将原始土著理想化的改革家和理想家颇有微词，称他们为“死鸟”（death birds）和“痛恨生命的人”（life－haters）。具体参见 *Studies in Classical American Literature* 第149页。

终解决危机，西方文明必须“向外转”和“向后转”，即在异质文化如中国的道教和原始文化中寻求出路。直到这时，人们才不约而同地回到劳伦斯早在20年代就已经指明的路子上来，环境主义者、生态批评家、生态诗人和小说家等大都对原始文化和原始文明表现出极大的兴趣。① 诚如梅茨纳所言，“资源保护者（conservationists）试图复制土著民关爱大地的一套做法，生态哲学家指向美洲土著以及其他原始部落敬畏自然的精神性中所包孕的生态智慧”（Metzner，1994：1），教育家如鲍尔斯等将向土著民学习、具备土著民的环保意识作为遏止环境破坏的一个必要前提（Bowers，1993），而美国当红生态诗人斯奈德则认为“原始社会是人类唯一成熟的社会”（Elder，1985：32）。这一切表明，劳伦斯既“倒退”又前瞻的原始主义思想在当下的生态关怀语境中勃发出一种强大的生命力。

与同时代的人相比，劳伦斯可谓最彻底的原始主义者。原始主义者们大都通过追求一种原始状态的努力来反省和批判现代西方文明的弊端，探寻人类回返精神家园的途径，但很少有人像劳伦斯那样在思想上、作品中和行动中全面而彻底地贯彻原始主义。在劳伦斯那里，原始主义不是什么时尚，也不仅仅是一种理念，而是一种具体的诗学和行动，而这也正是当下具有原始主义思想的生态人士所追求的一种境界。从这个意义上来讲，劳伦斯确实如迈耶斯所言“不仅是那种继承和发扬一种传统，而且也是那种激发一种传统”的人（Meyers：1）。下边我们通过考察劳伦斯的诗歌来看他是如何在诗学和行动中来表达他的原始主义思想或是原始文化情结的。

第二节　伊特鲁里亚人：一个在黑色松柏中栖身的黑色思想

劳伦斯在诗歌中主要描写和再现了两类原始的世界，一类是以动植物为主的原始世界，这是一个在人类出现以前就已经存在、或是人类在初现之际所感知到的最原初的世界②，《鸟·兽·花》诗集中的一部分诗歌如

---

① 这是否可以理解为原始主义的第二次大规模复兴呢？

② 在《女人》中，伯金“宁愿认为云雀是在一个没有人的世界里醒来的”，他指的也是这类原始的动植物世界，参见该书第136页。

《西西里仙客来》、《蜂鸟》、《葡萄》等就是想象这一世界的经典之作；另一类是以人类为主的原始世界，这是最原初的动植物世界和现代世界之间的一个中间地带，也是诗人重点予以关注的原始世界①，因而除了诗歌之外，他还在小说、游记、散文、书信和戏剧中描写和再现这一世界。本章重点探讨劳伦斯关乎原始的人类世界的诗歌。

从地域上来看，劳伦斯笔下的原始土著分布在欧洲、亚洲、美洲、非洲、澳洲等几乎所有的大洲，但他真正有所接触并在诗歌中加以表现的有意大利的伊特鲁里亚人，美国新墨西哥的印第安人、墨西哥的印第安人和锡兰（即今天的斯里兰卡）的土著人。对这些有关不同地域、不同原始土著的诗歌进行解读，将有助于我们从整体上来把握诗人原始主义生态思想的概貌。

伊特鲁里亚人是一个已经绝灭的原始种族，埋葬他们古老文明的墓地就位于佛罗伦萨西南部。据作者自己说，坐落在派拉加（Perugia）② 的博物馆使他第一次开始关注伊特鲁里亚文化（SEP：2）。其实，早在1920年的时候，劳伦斯就对伊特鲁里亚人遗留在菲耶索雷城（Fiesole）的断墙产生了兴趣，两年后他从克拉格斯（Lugwig Klages）的著作《宇宙起源的爱神》中进一步了解了伊特鲁里亚文化，并于1927年春和一位名叫布鲁斯特（Achsah Brewster）的朋友实地考察了伊特鲁里亚人的墓地。他的著名游记《伊特鲁里亚地方札记》就是那次考察的成果，作者在游记中生动地描写和记录了他们考察伊特鲁里亚古墓和遗迹的所见、所闻和所感，字里行间流露着对伊特鲁里亚古老文化的崇敬和向往。然而正如洛克伍德所言，劳伦斯的许多思想观点首先是在诗歌中表达出来的，他以伊特鲁里亚人为主题的创作也不例外。这方面的诗作当属诗人1920年创作③并于1923年10月发表在《德尔斐》（*The Adelphi*）杂志上的《松柏》一诗。在这首诗歌中，诗人以诘问的方式和沉郁的笔调肯定和赞美了被罗马人认为是野蛮邪恶的伊特鲁里亚人及其精神。

诗歌一开始，诗人就发出这样的诘问："托斯卡纳的松柏，/这是怎么

---

① Jack Stewart 认为劳伦斯主要是从树木、动物、太阳中而不是从"真正的野蛮人"身上寻求原始的质性，这种看法可能有失公允，劳伦斯有关"野蛮人"的游记和诗歌就能证明这一点。参见 Jack Stewart 著 *The Vital Art of D. H. Lawrence* 第97页。

② 位于意大利中部乌巴利亚的一个主要小镇。

③ 创作地点为菲耶索雷城，可见伊特鲁里亚文化给诗人的第一印象是十分深刻的。

回事?”枝叶卷拢的松柏在诗人看来宛若一个黑色的思想，裹封着一个黑色的秘密。这是诗人十分渴望知道的秘密，却也是一个“不可言说的秘密，/与死亡的种族和言语一同消亡的秘密，只有/伊特鲁里亚的松柏，/为它竖起黑色的纪念碑”（CP：296）。由于不可能确切地知道这个业已消亡的秘密，诗人于是发出一连串的疑问或诘问，借此来推测和想象这一秘密。这样的发问、推测和想象就构成了诗歌叙事的主体，牵引着诗歌叙事一步步向前推进，而诗人（而或是读者）所关注的秘密也就在这一过程中一点点地显露出来，尽管这显露出来的部分仍然只是一种可能的真实。这种诗性话语的不确定性颠覆了传统作者无所不知的角色定位①，反倒增添了诗歌叙事的真实感和可信度，使读者从不确定性中感悟到一种确定性。而这不确定性中最具确定性的一点便是，这一秘密的守护者是“长鼻子的伊特鲁里亚人”，他们以一种“半微笑的宁静和非洲式的泰然”从事他们的事务（CP：296）。至于他们从事的是一种什么样的事务，现代人已经无从知晓了，唯一可觅的乃是他们留存在松柏中的黑色思想：

> 然而我越发看到，你这托斯卡纳的松柏，
> 用你的黑色集聚起
> 一个古老的思想：
> 一个古老的、微妙的、不死的思想，你这亘古不变的
> 伊特鲁里亚的松柏；
> 这黝黑的、微妙的、精髓的思想，独属于
> 伊特鲁里亚古国修长而飘逸的子民——
> 罗马人称之为邪恶之徒！（CP：297）

伊特鲁里亚人虽然已经消亡，但他们的思想依然长存。罗马人所谓“邪恶”的说辞无疑是伊特鲁里亚人被灭绝的主要原因，也是他们的黑色思想只能栖身于植物世界的主要原因，但诗人并不会像多数人那样相信征服者的话语，因为他深知“give a dog a bad name and hang him”（欲加之罪，何患无辞）是许多征服者惯用的伎俩：“对贪婪成性者而言，谁阻挡其贪婪攫取之道谁便是邪恶的化身。”（SEP：21）伊特鲁里亚人被冠以邪

① 按照乔德哈里的说法，这也是诗人质疑传统阅读模式中权力结构的一种方式。

恶罪名的理由仅仅是因为“他们的习俗怪异，令人费解，幽黑如/风中的松柏”（CP：297）。对于欲使一切归于一统的罗马人来说，任何一个与之有别的他者世界或生命方式都是邪恶的，都必须作为异己被铲除，而伊特鲁里亚人“怪异”的习俗或生活方式自然也就成了征服者灭绝他们的一个口实。由此观之，真正邪恶的不是伊特鲁里亚人，而是邪恶罪名的罗织者罗马人，他们否认他者世界或生命多样性的行径才是最大的邪恶。“邪恶，什么是邪恶？/世上只有一种邪恶，那就是对生命的否决。”（CP：298）诗人以一种不容置疑的口吻否决了罗马人的说辞，他对罗马征服者的谴责也是基于他对生命多样性的尊重和理解，而这种为当下生态伦理所倡导的善也在他的小说《亚伦的杖杆》[①] 中得到了形象的表述：“（要知道）有许多个不同的世界，而不仅仅只有一个世界。那种只有一个世界不断战胜、用它永不满足的贪欲吞噬多个小世界的做法……最终必将导致生命力的完全丧失。”（Aaron，1988：152）相反，“无穷的多样性，/将使战争永无存身之地”（“Future War”，CP：612）。大约40年后，阿尔贝特·史怀泽提出了敬畏生命的生态伦理观，而他有关善恶的界定与劳伦斯的看法如出一辙：“善是保持生命、促进生命……恶则是毁灭生命、伤害生命，压制生命的发展。”（1992：9）

恶的可怕之处还在于，它在毁灭生命的同时也“埋葬了生命中太多迷人的魅力”，毁掉了生命中许多独特而有价值的东西，故诗人的使命就是要“向逝者乞灵”，向他们的精神回归，以期“重新找回生命的意义”（CP：298）。伊特鲁里亚人的精神（亦即诗人所说的黑色思想）集中体现在他们的生命宗教上面，这一点诗人在《伊特鲁里亚地方札记》中表述得最为全面，其中最主要的莫过于他们的纯真天性和自然自在的生命方式。伊特鲁里亚人始终完整地保持着人的自然本性，保持着那种“最为独特的、结合了自然性（naturalness）和自发性（spontaneity）的单纯”，因而他们能够“如呼吸一般自然”地劳作和生活。他们的人生、他们的生活因此而显得丰富多姿，充实完满——就连“死亡也是美满生活的一种自然延续”（SEP：19）。伊特鲁里亚人的天性也决定了他们看待生命的方式。对他们而言，天地万物都是活的，宇宙间的一切皆跟人一样都有自己

---

① 劳伦斯1917年开始创作《亚伦的杖杆》，1922年发表，这跟他创作《松柏》的时间大体上属于同一时期。

的生命、灵魂和意识，而“人类该做的事情就是将自己融入其中，源源不断地从世界的巨大能量中汲取生命的活力”（SEP：57）。所有这些都是诗人所追寻的伊特鲁里亚人的生命精神，“一方我们完全失去了的、极有价值的知识世界”（SEP：125），而“为了找回这珍贵如兰花的/所谓邪恶的伊特鲁里亚/（他）宁愿舍弃一切”（CP：297）。诗人所说的价值或珍贵自然是针对现代人而言的。在他看来，现代人的幻灭感在很大程度上是由于丧失了原始的生命意识和生命精神，而救赎之道只有一条，那就是重归原始的生命之根。他的《圣·莫尔》、《羽蛇》以及《少女》等故事或小说皆表明这一点。这就更加显示出诗人追寻伊特鲁里亚人生命精神的意义之所在。

马尔库塞（Herbert Marcuse）曾尖锐地批判现代工业社会把人变成了工具、变成了仅仅受物质欲望支配的人（夏军，1986：151），而工具化或物化的人（诸如劳伦斯笔下的杰拉德）只会把自然看作其攫取财富或利润的资源、工具或原材料，从而使自然从有生命、有灵性的主体沦落为被征服的客体和对象，导致了对自然生态的严重破坏。与现代人不同的是，伊特鲁里亚人对待自然生命的方式将使人与自然永远处于一种互为主体、相互依存的和谐关系之中，因而不存在破坏自然生态的问题，更不会引发当今严重的生态危机。由此观之，伊特鲁里亚人生命精神中所蕴含的生态意识是不言自明的，而诗人对这一精神的尊崇和追寻自然也是对这种生态意识的一种肯定和认同。

事实上，诗人用松柏为诗歌命名并通篇用松柏来喻比和指涉伊特鲁里亚人的诗学策略本身就传达了一种“生态”的信息。诚然，松柏在西方传统文化中的象征意义诸如哀悼、悲伤、不朽、荫庇等是诗人借此来追忆伊特鲁里亚人的一个原因，但从松柏与人之间契合互动的关系来看，诗人的用意显然不止于此。松柏之所以被看作是伊特鲁里亚人活的纪念碑，还因为两者都保持了一种“亘古不变”的自然品格，而这种品格又使两者之间的互动成为可能。“我是多么敬佩你的忠诚，/你这黑色的松柏！”（CP：296）诗人所感佩的松柏的“忠诚”（fidelity）可以有两种解读，一是指松柏始终如一地守护着伊特鲁里亚人的墓茔，二是指松柏自始至终“保持”（remain）着自然的属性和原始的状貌，而这一点与伊特鲁里亚人始终保持不变的自然天性达成一种完美的契合。我们看到，“柔美的、火焰一般高的松柏/将它们修长的黑色向四周摇曳”，而伊特鲁里亚人则以一种“不易察觉的、半微笑的宁静/和非洲式的泰然”从事自己的事务（CP：296）。不管是松柏还是人，都保持了一种“自其在、顺其然”的本真状态。既然人的天性也是自然属性的一部分，那么伊特鲁里亚人保持其自然天性的完整也就意味着保持了自然属性的完整。依此来看，松柏的原貌无疑也是伊特鲁里亚人保持其自然天性的一个必然结果。反过来说，如果没有以松柏为代表的自然大化的滋养，伊特鲁里亚人也绝难保持其自然天性的完整。

除了依存互动的关系，树与人之间还是一种互通互融的关系。整首诗歌给人的感觉是树有着人的音容笑貌，人有着树的姿态芬芳，实现了一种人中有树、树中有人的完美融合：

在那黑色的深处
那搅动着乳香、流溢着没药的
松柏的幽深处，
消逝的人类生命
散发着如此的芬芳！（CP：298）

人与树之间的空间界限已经不复存在，原因是伊特鲁里亚人已经消隐至松柏的深处，化作松柏的根叶和肌理，散发着松柏的乳香和没药的芬芳。诗人让伊特鲁里亚人化作松柏，自然是取其万古长青之意，但这里的万古长青不仅是象征意义上的，而且也是物理意义上的，因为诗人从意大利农民仍旧保持着传统的、仪式般的生活中看出，“当今意大利的生命节律中显然拥有更多伊特鲁里亚人的成分，而不是罗马人的成分，这种状况将永远持续下去。”（SEP：36）这大概也是诗人所说的“一个古老的、微妙的、不死的思想”的含义之所在吧？而同样的松柏，诗人交替使用托斯卡纳（Tuscan）和伊特鲁里亚（Etruscan）来加以修饰，因前者侧重的是地点或空间，后者侧重的是人，借此说明生长在托斯卡纳的松柏也是有着伊特鲁里亚人气质的松柏，是名副其实的“消亡种族的栖居之所”（CP：297）。正是因为如此，松柏摇曳的姿态和悉索的声响仿佛让人看到、听到伊特鲁里亚人轻盈的步态和喃喃的低语，感觉到这个灭绝种族的生命仍然在悸动。作为大自然的子民，不管是生前还是死后，伊特鲁里亚人总是与大自然融为一体，而他们与松柏之间的互通互融可谓人与大自然息息相通的一个缩影。

洛克伍德在解读《松柏》一诗时指出，劳伦斯并没有因为解读和创造松柏的意义而破坏其本质属性，而正是因为如此，诗人解读和创造出来的意义才显得更加有说服力（Lockwood：110）。在我看来，诗人在保持松柏本色不变的前提下来实现其意义，这本身也是一种生态意识的体现。传统自然诗大都是借景抒情，或是寓情于景，但“景”只是背景、客体或供诗人挖掘意义的资源，“情”才是主体和目的，这就往往使自然沦为寓言和象征祭坛上的牺牲品。劳伦斯的不凡之处就在于，他突破了传统自然诗的这一囿限，在言“情”的同时尽量保持“景”的原貌，或是在“情”“景”互动中真实地再现自然的本来面目。诗人曾称赞麦尔维尔（Herman Melville）为大海最伟大的洞察者和诗人，就因为后者笔下的大海是自然真实的大海（SCAL, 1953：142）。同理，诗人在抒写松柏时也是如此，这一点从他所采用的诗歌形式中也能看得出来。

从结构布局上来看，全诗共由15个诗节构成，各个诗节的长度变化不定，最长的有12行，最短的只有两行，这些长短不一的诗节参差地穿插在一起，感觉就像一棵棵枝叶错落的松柏，长长短短地拢聚在一起。这种呈示或再现松柏样态的结构正是霍夫所说的典型的劳伦斯式的经验结构，是一种表达“有机”思想的有机形式。此外，诗人还通过描摹松柏的声音和姿态使这一结构变得鲜活起来。诗歌最显眼的是“Tuscan cypresses”、“Etruscan cypresses”和“dark cypresses”这几个含有一个或多个“s”音的关键字眼像叠句一样反复出现，尽管它们不是真正的叠句。与之相呼应，诗歌中出现了“supple”、“insidious”、“vicious”、“race”、“smile”等许多含有“s”音的其他字词，再加上“wavering”、“flickering”、“swayed”等字词所暗示的“如呼吸般自然”的节奏，诗人将黑色松柏在风中摇曳的姿态及其发出的悉索之声形象生动地呈现在读者面前。有了这样的结构、这样的样态和声音，松柏自然会“抖落意义的薄片”（“Corot”，CP：917）。这种描摹松柏本色的形式与松柏所蕴含的意义相辅相成，共同呈示出一种黑色的生态意识。

第三节　印第安人：红狼所追寻的生命精神的化身

美洲印第安人可能是劳伦斯书写得最多的“野蛮人”。他的《墨西哥的早晨》、《羽蛇》、《骑马出走的女人》等就是分别书写印第安人的游记、小说和短篇故事。与此同时，他还创作了不少有关印第安人的散文，如《新墨西哥》、《印第安人与一名英国人》、《陶斯》等，这类文章大都收录在他去世后出版的《凤凰》一书中。除此之外，劳伦斯还在其他散文类作品中频频提到印第安人，如他的《无意识幻想曲》就含有大量有关印第安人的论述。劳伦斯之所以对印第安人予以特别的关注，除了宾纳（Witter Bynner）所说的“红色印第安人的诱惑”（the Red Indian lure）（Ehlert，2001：112）之外，还因为印第安人是他所看到过、接触过、乃至于在一起劳动和生活过的“野蛮人”。在《印第安人与一名英国人》中，劳伦斯描述了他第一次接触印第安人的感受：

> 我永远忘不了那个夜晚，那个我第一次和红种人零距离接触的夜晚，在阿帕切（Apache）部族居住的遥远的乡下。那次接触与我想象的太不一样了，对我简直是一种冲击（shock）。我灵魂深处的某个东西崩溃了，更加苦涩的黑暗弥漫了进来。这是一种痛苦而彻底的觉醒，是对失落的往昔、古老的黑色……的一种痛彻的觉醒。（*Phoenix*：95）

劳伦斯虽然因为不是印第安人而未能进入印第安人的教堂，但教堂内印第安老者的吟唱让他感到“每一滴自我都与那古老的声音一起发出生命的颤动”，并由此而感悟到那有着“黑色脸庞和铜色嗓子、讲述着部落故事的老者”就是他自己的父亲（ibid：99）。作者对印第安人的这种深度认同愈发强化了他的原始主义思想，深刻地影响了他在美国新墨西哥和墨西哥居留期间①的创作。诗人关乎印第安人的诗歌创作也是这一认同或影响的直接结果，印第安人的文化、自然宗教、原始的本能，等等，都在他的笔下得到了诗意的表达。由于诗人所了解的印第安人主要以美国和墨西哥的为主，他的诗歌创作也是围绕这两地的印第安人展开，所以我们的解读也以此为准。

---

① 诗人在这两地居留的时间分为两个时段，即从1922年11月到1923年8月，从1924年3月到1925年9月。

一　美国印第安人

诗人在新墨西哥居留期间，创作的诗歌数量颇是有一些，这期间他完成了《鸟·兽·花》诗集的创作，其中的最后一首诗就是我们下文要重点解读的《红狼》，该诗与其他标有陶斯（Taos）和劳博（Lobo）这两个新墨西哥地方字样的诗歌一起，构成了诗人在此地创作的主体，但与印第安人直接或间接相关的诗歌则是《红狼》、《陶斯的秋天》（“Autumn at Taos”）和《新墨西哥人》（“Men in New Mexico”）等有限的几首。

《红狼》主要写诗人与印第安人之间的对话和交流，表达了诗人渴望被对方理解乃至接纳的心情，因而和《印第安人与一名英国人》所表达的意思颇为相近。马歇尔认为，《红狼》在劳伦斯的诗歌创作中占有相当重要的地位，一来它指向《羽蛇》中的诗歌和晚期的社会预言诗歌，二来它是诗人借助人物而不是动植物来表达其思想的开端之一（Marshall：156－157）。笔者认为，这首诗歌的重要性还在于，它表明了诗人回归印第安原始生命精神的根由和决心，蕴含着重要的生态启示意义。

诗歌中的红狼[①]就是诗人自己，他在日暮时分的沙漠上与一位印第安老者交谈，这位印第安老者是一位“高大的、年岁已老的魔鬼”（CP：404），他的“白色羊皮袄/裹到了眼睛上方”（CP：403），以致红狼看不清其面目，只知道他名叫老尼克（Old Nick）或是老哈里（Old Harry）。红狼追寻印第安生命精神的根由，他的执着以及实现执着追求的可能性皆隐含在两人之间的对话中：

你是黑脸的老魔鬼，
我是丧家犬一般的小白脸，
从黎明时分的东方追赶太阳，
向东向东再向东直到太阳他自己回了家，
将我抛在了这儿，无家可归的我黑暗中来到你门前。
你觉得我们相处得来么，
老魔鬼，你和我？

---

① 劳伦斯在新墨西哥居留期间，当地印第安人称他为红狐（red fox），故诗人自比为红狼也是事出有因的。

你和我，小白脸，
长着小白脸的你和我
怎能相处得来。

我们不能试试看？

你的上帝呢，白种人？
你的白色上帝在哪里？

他坠入尘埃犹如黄昏降临①，
已成暮霭，在我抬起离开东方的
最后脚步之时。

那你就是一只长着小白脸的白色丧家犬，
可现在白天已死……

轻轻地抚摸我吧，老爹，
我的胡须是红色的。

小白脸的瘦红狼，
瘦红狼，回家吧。

我没有家，老爹，
所以我来到了这里。

我们不接收饿着肚子无家可归的小白脸……

老爹，我没有要求你做什么。
我已经来了。我已经到此。红色黎明之狼
在你的地盘上四处嗅。

① 坠入和降临在原诗中皆为“fell”。

扯起嗓子对着普韦布洛[①]的墙放声长嚎，
宣布他的到来。(CP: 404 - 405)

红狼之所以无家可归，表面看来是落山的太阳将他抛在了幽暗的荒漠，但真正的原因则是其宗教信仰的破灭，正如他失去太阳的照耀和指引一样。从红狼的叙说中我们得知，他所信奉的白色上帝不再高高在上，而是“坠入尘埃”，化作沉沉的暮霭。这里的白色上帝无疑是指基督教。老尼克所说的“白天已死”除了指白天已经逝去、黑夜正在降临之外，也隐含着基督教已经死亡的意思，这一点在诗歌开始部分就已经埋下了伏笔：“白天没入鼠尾草一般灰绿的沙漠尘埃/宛若十字架上掉下来的白色基督没入尘埃。”（CP：403）对于红狼这个现代文明世界的流放者而言，失去宗教信仰犹如失去家园一般，他必须再度寻找新的宗教，才能重归失去的精神家园。很显然，当红狼“对着普韦布洛的墙放声长嚎”时，他无疑是在传达这样一个信息：他将皈依印第安人黑色的、富有生命活力的宗教，摒弃苍白的、缺乏生命活力的基督教[②]。从这个意义上来看，诗歌中阴暗的日暮反倒含有一种开启黎明的意味。

毫无疑问，红狼对基督教的摒弃源于劳伦斯本人对基督教弊端的深刻认识。对于在基督教世界出生和长大的人来说，他/她都不可避免地要受到基督教文化的影响，劳伦斯自然也不例外。他在一个信奉卫理公会的家庭中长大，从小受到基督教的影响和熏陶，这使他对基督教产生了一种深刻的理解和认识，而正是因为如此，他才能够更加敏锐地洞察到基督教的种种弊端，并因此而放弃了基督教，即诗人所说的“出卖了基督教”（“As For Me, I'm a Patriot”, CP：534）。在劳伦斯看来，基督教的弊端之一便是对自然生命的压制和否定，尤其是对自然主体性和灵性的否定，这在他的《霍皮人的蛇舞》中有明确的表述：“我们的宗教说宇宙是物质，是人的精神（Spirit of Man）能够征服的物质……（但）美洲印第安人并没有精神和物质之分，也没有上帝和非上帝之分。一切都是有生命的，虽然不都是人格化的生命。”与印第安人敬畏自然生命的宗教相比，基督教

---

① 原文为“Pueblo”，指美国西南部等处的印第安人村落，也指居住在此的印第安人。

② 劳伦斯在新墨西哥牧场写给朋友 Rolf Gardiner 的一封信中明确表明他对基督教一神教的极端厌恶和对印第安人泛灵主义宗教的尊崇。参见 *Letters* 第 5 卷第 67 页。

一神教则使自然沦为无生命的物质，其存在的唯一理由就是服务于人，而人则通过役使自然使自己“成为大地的征服者和神祇”(MNM, 1930: 142, 144)。劳伦斯在行文中将 Spirit of Man 用大写标出，十有八九也是为了突出人以大地的征服者和神祇自居的狂妄心态，而有了这样的心态，人对自然的掠夺和榨取就成为一种必然。劳伦斯对基督教弊端的这一认识具有极强的生态前瞻意识，原因是当今生态批评对基督教所蕴含的反生态因素的批判和反省与他的这一看法基本上趋同。譬如，美国科学史家怀特于1967年在美国的《科学》杂志上发表了著名的《生态危机的历史根源》一文。文章称，基督教是造成当代生态灾难的元凶，是“世界上人类中心主义思想最严重”的宗教，它“摧毁了异教的泛灵主义，漠视自然万物的情感，从而使人能够心安理得地榨取自然”(White, 1996: 9, 10)。怀特的文章拉开了生态批评中文化批评的序幕，成为宗教与当代环境议题互动的滥觞。但劳伦斯的诗歌和游记告诉我们，他早在40多年前就已经敏锐地察觉到了这一问题。

我们从诗歌中的一个细节也能看出基督教对自然生命的压制和否定。与红狼对话的印第安老者无疑是自然力量的化身，那只在“陶斯的沙漠上空”盘旋的“黑色老鹰”就是他的象征[①] (CP: 403)，用克鲁潘特的话来说，“从开始接触的那个瞬间起，印第安人在美国的象征体系中总是等同于自然”(Krupat, 1989: 6-7)。但在基督徒或是白人殖民者看来，印第安人代表的是魔鬼一般的邪恶力量，他们专与上帝的羔羊作对[②]，故这位印第安老者被称作老尼克或是老哈里，因这两个名字都是魔鬼或撒旦的别称。我们知道，作为一名印第安人，这不可能是他的本名，而是白人殖民者强加给他的名号。再者，诗歌将二人之间的对话放在暮色苍茫的沙漠这一空间中来进行，更是暗示出老尼克的魔鬼身份，因为《圣经》中的魔鬼就是在沙漠荒野中试图引诱耶稣的[③]，荒野因此被看作是魔鬼的巢穴，是上帝放弃而魔鬼占据的地方，那里“空无一人/除了魔鬼和野蛮人/邪恶在此猖獗”(戴斯·贾丁斯, 2002: 178)。红狼之所以称他为老魔鬼，遵

---

① 劳伦斯倾向于以鹰来喻比印第安人，这一点在他的《新墨西哥的鹰》(“Eagle in New Mexico”)一诗中也能反映出来。参见 CP 第780—783页。

② 老魔鬼身上的“白色羊皮袄”是否也在暗示这一点呢？

③ 曼德尔在其著作 *Phoenix Paradox*（第117页）中也提到了这一点。

循的也是“传统”的话语定势和称呼惯例，只是他眼里的老魔鬼不是魔鬼，而是他所追寻的圣者罢了。不管是老魔鬼、老哈里还是老尼克，这些命名本身就隐含着基督教对印第安人及其所代表的自然生命力量的压制和否定。诗人在《美国，倾听你自己的声音吧》一文中发出的吁请就是针对这一现状而言的：“美国人必须再次认识到这种高尚的土著精神，认识并拥抱它。要知道，我们诅咒为魔鬼的土著先辈们拥有我们一直在追寻的神性。”（*Phoenix*：90）

正因为如此，无“家”可归的红狼对于这种神性的追寻更显执着。他不畏辛劳，一路追赶太阳，“向东向东再向东”，可当他找到了那“黑色的十字架”，那“像黑色鹰一样/展翅在孤独的夜空”的十字架时（CP：403），老尼克却告诉他说印第安人不接收无“家”可归的白种人[①]。不仅如此，他还告诉红狼：“黑色普韦布洛的狗/长着很长的獠牙。”（CP：405）面对老尼克的拒绝和“恐吓”，红狼不但没有气馁和退却，反而扯起嗓子，大声“宣布他的到来”，借此表明他追寻印第安人生命精神的坚定决心。在《印第安人与一名英国人》中，劳伦斯虽然对印第安人有一种深深的认同，但印第安人却因为他是白人而将其拒之门外。为表达他的不满，作者在文章结尾写道：“我不是他们的敌人，远远不是。那来自远古时代的声音不是给我听的。我不懂他们的语言，我也不希望知道。”（*Phoenix*：98－99）一些批评家如斯坦顿等据此得出结论说，劳伦斯并没有回归印第安人原始生命精神的真意，他只是将其作为检验他的救赎理论的一个参照对象而已。（Stanton，1997：68）可如果他们结合诗人在同一时期（即1923年）创作的《红狼》及其所蕴含的这种执着精神来看，大概就会得出一个更为公允的评判。

尽管老尼克认为他和小白脸相处不来，但对方不屈不挠的执着精神似乎赢得了他的信任。我们看到，老尼克起初称对方为小白脸（这其中明显隐含着一种对白人的不屑），后来改称他为瘦红狼，再到后来称他为红狼，并且还告诉红狼说他真正的名字叫星路（Star-Road）。同样，红狼刚开始称老尼克为老魔鬼，但到后来改称他为老爹。福勒指出：“文学中的名字通常发挥的是一种策略功能，如组织主题，建立联想，提供虚构世界与现实世界之间的界面等。”（Fowler，2008：113）老尼克与红狼之间在称

① 从中可以看出，这一点也是诗人在《印第安人和一名英国人》中所述经历的真实写照。

呼对方名称上的变化无疑也是诗人表达回归主题的一种策略，反映出两者之间从不信任到信任再到相互认同的一种关系变化，暗示了现代人向印第安人生命精神回归的一种可能性。

事实上，从诗歌所采用的空间叙事策略来看，回归的可能性似乎已经变成了回归的现实。诗歌的空间叙事是指诗歌意象的空间叙事，其叙事模式是从一个意象切换到另一个意象，或是从一个诗性空间切换到另一个诗性空间，其叙事功能主要体现在三个方面：奠定诗歌的整体基调，制约诗歌的叙事节奏，推动诗歌的叙事进程（闫建华，2009：90，95）。《红狼》中的陶斯沙漠就是一个典型的表示地点的情境意象①，一个有着鲜明的印第安特色的地志空间，那里的印第安人与天上的雄鹰、日落时分的平顶山、鼠尾草和大齿杨等融为一个有机的整体。诗人将这一空间设置为红狼追寻印第安生命精神的终极之地，这就在很大程度上奠定了红狼的"印第安化"基调。换言之，红狼回归印第安生命精神的表征就是要跟印第安人一样，将自己完全融入这一地志的空间。事实也是如此。诗歌中的小白脸和红狼既是诗人的不同称号，又是两个不同的主体意象②，分别象征着诗人在白人世界和印第安世界中的不同身份，但随着老尼克与红狼之间对话的不断深入，小白脸这一主体意象开始逐渐消隐，而红狼这一主体意象则越来越鲜明，给人的感觉是前者似乎完全融进了后者。耐人寻味的是，到了后来红狼已经不再是一个名字、一个人，而是一只名副其实的动物③，一只"红色黎明之狼"（the red-dawn wolf），他蜷起尾巴蹲在陶斯沙漠上等待太阳升起的形象俨然是那里的一道自然景观，这象征着红狼已经完全融入了这一地志的空间，而"红色黎明之狼"本身所蕴含的原始的生命活力与希望就是他实现回归梦想的一种昭示。

红狼融入陶斯这一地志空间的另一个表征便是他的语言。跟印第安人的看法一样，自然界的一草一木在红狼眼里都充满生命的灵性，都有着人

---

① 情境意象是指表示地点或是隐含着地点的意象。劳伦斯在哈代研究中将《还乡》中悲剧的根源归结于埃格顿（Egden）荒原，可见他对空间有着非同寻常的感悟力。参见 *Study of Thomas Hardy* 第 25 页。

② 指表示叙事对象、行为或状态等的意象，是诗歌空间叙事的中心意象。

③ 诗人的这一变形策略也折射出一种生态意识。当代生态诗歌的一个主题就是变形，尤其是变形为"低等"和"有害"动物，这是因为对这类动物的认同最能体现出物我胞与的生态宇宙观。参见拙作《当代美国生态诗歌的"审丑"转向》，载《当代外国文学》2009 年第 3 期。

或动物的特质，故红狼用以描述自然的语言也都是“活”的语言。且看他是怎样描述太阳的：“我要蜷起尾巴蹲在这儿/等他带着新的故事归来。”（CP：405）红狼在这里所说的“他”是指太阳，但他并不是在刻意使用拟人化的修辞手法，而是已经“习得”了印第安人描述自然的语言，这种语言与整首诗歌所采用的印第安人的谣歌节奏相辅相成，形象地传达出红狼“印地安化”了的说话方式和语气。与此形成对照的是，在《陶斯的秋天》一诗中，诗人也采用了跟红狼相近的语言模式。可见不管是作为诗歌中的红狼还是现实中的诗人，不管是诗内还是诗外，劳伦斯都倾向于用印第安人“活”的语言来描写自然[①]。反过来说，他也常常用这种“活”的、自然的语言来描写人，如他这样写道：“人是一株永远开花的植物，一只永远发情的动物，也是一只永远歌唱的鸟。”（STH：31）这些无疑也是红狼实现回归的又一注脚。

《红狼》所采用的空间叙事策略也透射出诗人所说的那种地方精神(spirit of place)。地方精神是诗人在《美国经典文学研究》中提出的一个著名观点，其要旨为：

> “每一个大陆都有属于它自己的地方精神。每一个民族都集中在特定的地域，这地域就是家园和故园。地球上不同的地方有着不同的生命激流、不同的振幅、不同的化学气体、不同星球的不同磁极——随你怎么称呼都行，但无论名称有何不同，地方精神总归是一个伟大的真实。”（SCAL：16）

很显然，劳伦斯所说的地方精神是指人与地方之间达成的一种默契、和谐与共融，用科布（Edith Cobb）的话来说，劳伦斯的地方精神“意味着人与地方之间活生生的生态关系”（LaChapelle：12）。换言之，人一方面在改变地方，另一方面也为地方所塑造，二者之间的互动以及在互动过程中人对地方所产生的感情、对地方的了解和爱护等就促成了地方精神的形成，而地方也因这样的精神成了人的“家园和故园”。美洲印第安土著民族的一个显著特征便是对其所生活的“村落有一种深沉而强烈的依恋”（MNM：72），这种强烈的家园意识促使他们本能地热爱、保护乃至敬畏自己生活的地方，

① 劳伦斯不仅把植物比作动物，即使抽象的思想也被他比作动物。具体参见 CP 第417页。

并使自己完全融入其中，成为地方或是环境的一个固有部分。凭着这样的地方精神或是家园意识，印第安人在美洲大陆休养生息了上万年，始终完好地保持了那里的原始自然生态状貌。与之形成鲜明对比的是，家园意识缺失的白人殖民者只用了短短的不到两百年的时间，就将这一方绵延了千年万年的沃土破坏得满目疮痍，由此而导致的生态危机才唤醒了殖民者的后裔们的生态意识，使他们深切认识到尊重自然、与自然和谐相处的重要性。依此看来，诗人将陶斯作为红狼回归的终极之地，并让它完全融入这一地方的空间叙事策略中也潜藏着一种深刻的生态蕴意。

当今生态批评所倡导的地方意识（sense of place）可以说在某种程度上就是劳伦斯地方精神的一种翻版。生态批评所说的地方也是指具体的、可感知的、人化的空间，人能否爱这样的空间、能否对它产生感情，即有没有一种地方意识，这将对一个地方的自然环境产生深远的影响。诚如美国生态诗人佰瑞（Wendell Berry）所指出的那样："（人如果）没有对自己地方的全面了解，没有对它的忠诚，地方必然被肆无忌惮地滥用，最终被毁掉。"（胡志红，2006：252）生态批评由此将地方意识的建构作为培育生态意识、消解生态危机的一种有效途径，这对于家园意识淡漠，或是失去地方根基的现代人而言尤其显得重要。地方意识也是当代生态诗人普遍关注的一个话题。据布赖森研究，当代美国生态诗人如佰瑞、默温（W. S. Merwin）、奥立弗、哈欧（Joy Harjo）等都将现代人的异化看作是地方意识严重缺失的一种症状，其中哈欧的诗歌最具代表性。哈欧是一名印第安诗人，她的种族身份更使她对现代人的无根性有着深切的体认，故她在诗歌中频频哀悼现代社会是一个没有地方、无家可归的世界（Bryson，2005：51，49）。不管是生态批评家还是生态诗人，他们对地方意识的关注更加凸显了劳伦斯强调地方精神的预见性和不凡之处。

但是，劳伦斯在强调地方精神的同时，并没有将地方理想化，没有给地方涂上一层浪漫色彩，因为他深知这样做无异于用人类阿卡迪亚式的理想去逼自然"就范"，其结果必然是否认自然的复杂性和多样性，导致对自然的破坏——即使《圣·莫尔》中以他钟爱的卡尔瓦牧场为原型的拉斯·奇弗斯牧场（Las Chivas）也在"绝对的奇美中"透着一种野性的暴力，那儿老鼠成群出动，动物的尸骨随处可见（CSN，1982：416）。诗人在《美国经典文学研究》中明确指出："你不能把大地母亲理想化。你可以试试。你甚至可能成功。可一旦成功，你也就完了。她不容任何纯粹的理想主义之子。一个也不要。”（SCAL：122）明白了这一点，我们就能理解《新墨西哥人》一诗呈现给读者的别样的“地方精神”：同样的陶斯，在《红狼》中是一个鹰飞狼奔、充满生命活力的地方，而在《新墨西哥人》中则是一个令人昏昏欲睡的地方，一个梦游者的世界。在那里，除了太阳在天上跃动（leaps）之外，整个大地都在沉沉入睡，怎么也唤不醒。我们看到，灰白色的沙漠宛若一层沉睡的膜，像黑色的毯子一般裹住了一切，沙漠四周的“山脉在印第安众神/最后的黄昏中/扎营睡去，/再也醒不过来。//印第安人跳舞、奔跑、跺脚——/一点没用”（CP：407）。白人开金矿、枪战、用鞭抽打自己①，也没用，反而使自己也成为这片土地上的梦游者。毫无疑问，这种令人“梦游”的地方远不是人们向往的地方，但它的价值恰恰就在于此，在于它的“不悦人”，在于它那原始的、难以被“唤醒”的荒野特性和荒野价值。霍尔姆斯·罗尔斯顿（Holmes Rolston）指出：“荒野是我们在现象世界中能体验到的生命最原初的基础，也是生命最原初的动力。”（2000：242）或许是由于具备荒野最原初的生命动力，陶斯的山脉才能够“在沉睡中/将白人开挖的金矿复原”（CP：407）。这样的地方、这样的精神不也是印第安生命精神的一种折射么？

二　墨西哥印第安人

如果说《红狼》表达了个人对印第安生命精神的一种追寻和回归，那么《羽蛇》组诗所表达的则是一种集体的回归行为。所谓《羽蛇》组诗是指穿插在小说《羽蛇》中的26首圣歌，这些圣歌通常被看作是劳伦斯有关墨西哥的诗歌创作②。《羽蛇》的主题是复归墨西哥印第安人古老的宗教传统，因而可以说是考察劳伦斯原始主义思想的理想文本，为这一主题服务的诗歌自然也不例外。小说主人公唐·拉蒙（Don Ramón）拟通过发动羽蛇神的回归运动来恢复印第安人古老的宗教传统，借此革除现代社会的种种弊端和陋习，用他的话来说，他要“给世界来个大扫除”，其中就包括清除“那些钱的害虫们”，因为他们“就像大地身上的虱子，/将大地噬咬得遍体鳞伤”（“Quetzalcoatl

① 指诗歌中所说的Penitentes，他们是天主教互戒苦修会会员，通过鞭打自己来赎罪。

② 雷克斯罗斯是首次对《羽蛇》组诗进行研究的学者，自此确立了组诗作为劳伦斯“正式”诗歌的地位。

Looks Down on Mexico", CP: 792, 793)[①]。由于印第安人原始宗教的实质是泛灵主义的自然宗教，因而唐·拉蒙便将改变现代人的自然观念作为回归这一传统的出发点，而他所宣扬的自然观无疑与印第安人的自然宗教观是相一致的。这其中所蕴含的生态意识不仅体现在小说叙事中，而且也体现在深化小说叙事的这些圣歌中，其中唐·拉蒙为羽蛇神所作的第四首圣歌《羽蛇神在墨西哥所见》（"What Quetzalcoatl Saw in Mexico"）最具代表性，我们重点以此为例来加以说明。

跟红狼一样，唐·拉蒙这个有着印第安血统的人也深刻认识到基督教一神教的弊端，因为基督教教义与印第安人的自然宗教和生活方式格格不入，它对印第安文化造成的危害与白人滥伐墨西哥原始森林的危害并无二致[②]，唐·拉蒙因此把基督描写成"一颗陨落的星星"，"一只临死前歌唱的鸟"（"The Coming of Quetzalcoatl", CP: 786）。但与基督教的弊端相比，殖民者在墨西哥推行的工业技术似乎有过之而无不及。按照卢恩的说法，墨西哥是"印第安人真正的家乡"，是"蒙提祖玛（Montezuma）部族[③]的故乡"（Luhan, 1932: 120），亦即印第安文明的发祥地。但在唐·拉蒙看来，殖民者的机器工业文明正在逐渐抹去印第安文明的辉煌，给印第安人休养生息的这方故土带来双重的灾难。其一便是对人的异化。那里的印第安土著民在殖民者的盘剥和压榨下变得迟钝麻木，他们"蹲在地上，茫然地瞪着双眼，什么也不干，/除了酗酒、争吵、打架，/或是给白人主子做奴仆"（CP: 795）。这种可悲的生存状态和麻木的精神状态使他们不再像其先祖那样热爱自然、热爱自己生活的地方和家园，而是对"他们的环境漠不关心。他们愿意肮脏地活着。大地在他们眼里是一个大大的垃圾坑。他们在地上乱扔东西，毫不

---

① 为方便查找，所引《羽蛇》中的诗歌仍以 CP 中收录的为准。

② 劳伦斯在写给朋友 Schwiegermutter 的信中说，要不是信仰基督教，以印第安人为主的墨西哥人将是一个更有希望的民族。参见 *Letters* 第 4 卷第 452 页。

③ 属于阿兹特克印第安人，他们于 11 世纪中叶迁徙至墨西哥盆地。在那里，由首领蒙提祖玛牵头，阿兹特克印第安人与其他两个部落一起缔结为阿兹特克联盟。这个联盟，从大首领到普通部民，都是万物有神论者。他们所信奉的神很多，如象征丰收的玉米神、提醒人耕作的春神等。但是，他们最信奉的是自己的部落神、战神兼太阳神威济济波特利。具体参见《远古回声》（浙江人民出版社 1991 年版）第 36 页。小说中唐·拉蒙等人要恢复的传统与阿兹特克人的自然宗教传统有着十分密切的关系。

在乎”（PS：123）。但他们却“在乎”殖民者的“机巧”，崇拜殖民者的火车、汽车、飞机和电影院，盼望有一天能够据为己有，这样他们就可以“一直玩这些东西”（CP：794）。对于一个有着久远的自然崇拜传统的民族而言，这种“不在乎”大地和家园，而是“在乎”乃至崇拜“机巧”的行为无疑表征着人的极端异化。

其二便是殖民者对自然的掠夺和榨取。殖民者真正的动机并非他们自己所标榜的那样是要“帮助”墨西哥，或是让墨西哥人变得“开化”起来，而是为了攫取那里的财富，以满足其无尽的贪欲。唐·拉蒙对此有着清醒的认识，他在圣歌中无情地揭露了殖民者的不良用心和贪婪行径：

这些外国人，
不知从何而来。
他们有时候告诉我们一些事，
但大多数时候都是一些贪取之徒。
那么他们想要什么呢？
他们要山里的金子和银子，
他们要海上的石油，很多的石油。
他们从很高的甘蔗秆中榨取白糖，
从高地上掠走小麦和玉米；
从热带丛林掠走咖啡，甚至是刚割下来的橡胶。
他们竖起冒烟的烟囱，
他们用最大的房子放置机器，噪音隆隆不断
铁臂不停地上下翻动，
它们的爪子钳住无数铁丝！
真棒啊，贪婪者的机器！（CP：793）

唐·拉蒙对殖民者掠夺和榨取墨西哥自然资源的揭批、对殖民者技术和机器工业的抨击和拒斥既是出于政治斗争和宗教斗争的需要，同时也是出于保护自然环境和自然资源的目的，从中透射出一种很浓的生态意识。我们看到，殖民者是一帮没有根基、地方精神缺失的入侵者，这种无根性使他们可以毫无顾忌地在墨西哥大地上恣意劫掠和破坏——从山上的金银到海里的石油，从高地的谷物到田野的甘蔗，从热带丛林的咖啡到橡胶，没有一个地方、没有一处产出能够幸免得了。换言之，殖民者四处（everywhere）劫掠和破坏的行径是由其不知“从何而来”（nowhere）的无根性决定的，二者之间的反差就从空间意义上揭示了殖民者贪婪榨取自然的根由，而机器工业则又为殖民者大规模的贪取提供了技术上的保障。且不说“冒烟的烟囱”和“噪音隆隆不断”的机器造成的空气污染和噪音污染，单从这些机器“不停地”运转来看，墨西哥有限的自然资源终将被吞噬殆尽。事实上，这些会发声（talk）、长着手臂（elbows）和爪子（claws）的机器就是殖民者的化身，它们“不停地翻动”、“钳住无数铁丝”的贪婪样态就是殖民者掠夺和压榨自然以及墨西哥民众的真实写照。

费里（Luc Ferry）指出，“自然资源的耗竭、工业废料尤其是核废料的不断累积和传统文化的破坏”等是紧密相连的，它们共同构成了对生态社会的威胁（Ehlert：138）。从上所述可以看出，西方殖民者的机器工业不仅对墨西哥的生态社会、也对其生态自然构成很大的威胁。面对这样的威胁，基督教显然无能为力，或只能使情况更糟，唯一的出路便是向印第安人的古老宗教发出诉求，这样才能消除威胁，获得拯救。唐·拉蒙对基督教和殖民者机器工业的抨击显然是为了反衬出印第安人的古老宗教及其生活方式的伟大之处，借此表明回归传统的必要性和紧迫性，因为与机械的、吞噬自然和使人异化的物质主义相比，墨西哥印第安人的古老宗教是“活的”宗教，是保持和促进生命繁盛的宗教。唐·拉蒙对此进行了形象地说明：“地球是活的。整个世界是一条巨大的蛇，岩石是蛇鳞，树木就生长在蛇鳞间……如果他死了，我们也活不成。只有他活着，土地才香甜，玉米才能生长。”（PS：175）这种物我胞与的宇宙观无疑是最具生态意识的一种宇宙观，也是诗人/红狼所追寻的“适合于所有人种的一种宇宙宗教”（*Phoenix*：147），其要旨与生态学界拉夫洛克提出的盖亚假说几乎完全相合：地球是一个活的星球，地球上的一切生命和物质构成一个复杂的、自我调节的有机体；人是地球的一部分，如果地球的健康出了问题，人也就无法生存（詹姆斯·拉夫洛克，2007：5，3）。在《羽蛇》发表80多年后，频频发作的生态灾难一次又一次地证明，诗人所追寻的“活的”宇宙宗教是多么富有先见性：对大地生命的戕害终将反害人类自身。由此观之，劳伦斯追寻原始生命之根的意义不仅仅在于拯救盎格鲁—

撒克逊文明[①]，而是对拯救整个地球都有着积极的借鉴作用。

第四节 锡兰土著人：与大象共舞的黑色魔鬼舞者

劳伦斯对伊特鲁里亚人是百分之百的肯定和赞美，对印第安人除了在《印第安人与一名英国人》中有一点微词之外，也主要以肯定和颂扬为主。相比之下，他对锡兰[②]土著人似乎持一种褒贬不一的矛盾态度。这一态度也影响到人们对《大象》一诗的解读。《大象》是诗人以锡兰为主题的唯一创作，也是他有关锡兰土著人的唯一一首诗歌。由于劳伦斯的诗歌是其"内心情感生活的传记"，故学者们在解读的时候一般都会参照他的相关书信或游记，可他在这类文字中对锡兰土著人的矛盾态度却往往使人无所适从，或至少很难将其纳入特定的批评框架之下。由于存在这样的困惑，学界在解读《大象》一诗的时候要么只是泛泛地提及，要么将着眼点放在大象身上，要么放在王储身上，但对诗歌中的锡兰土著人却往往语焉不详。由此看来，在考察《大象》中的锡兰土著人之前，我们首先有必要弄清楚劳伦斯的矛盾心态产生的根由。

无论是洛克伍德（Lockwood：128－131）还是卡斯韦尔（Carswell，1981：160－166），都将锡兰看作是劳伦斯原始朝觐路线[③]上的一站。锡兰是劳伦斯到过亚洲的唯一的地方，他在那里居留了大约六个星期。初到锡兰的康提[④]，劳伦斯的第一感觉是锡兰太美了，他将"永远不离开"（Nehls，ii，1958：123）。到锡兰后一个星期，他写信告诉妹妹艾米莉（Emily）说，锡兰是一个"相当迷人的地方"，他在锡兰的所见所闻"最奇特也最迷人"，并希望妹妹也能看到这一切（*Letters* iv：215，216）。三个星期后，他写给玛丽·坎南（Mary Cannan）的信又是另一幅情形："当地生活是富有诗情画意——但实话对你

---

① David Ellis，Donna R. Miller 等皆持类似的看法。分别参见 *D. H. Lawrence*：*Dying Game*（Cambridge UP，1998）第 65 页；"Construing the 'Primitive' Primitively"，载于 *Language and Verbal Art Revisited*（Equinox Pub.，2007）第 47 页。

② 英文名为 Ceylon，是斯里兰卡的旧称（1972 年以前）。

③ 劳伦斯追寻原始生命之根的路线是一条曲折的路线。根据洛克伍德的叙述，劳伦斯的原始朝觐路线可简单标示为：英国的康沃尔郡→意大利的西西里→锡兰的康提→澳大利亚的新南威尔士→南太平洋诸岛→美国的新墨西哥→墨西哥各地。

④ 康提（Kandy）位于斯里兰卡中部，是闻名于世的佛教圣地。

说，也相当愚蠢。我所看到的东方似乎有些愚蠢。我一点也不喜欢。我不喜欢那些愚蠢的黑人……亲爱的玛丽，千万不要绕世界一周来看它——它只会让你感到恶心。”（*Letters* iv：221）前后相隔仅两个星期，劳伦斯对锡兰的态度就发生了180度大转弯。为什么会有这样的变化呢？综合起来看，主要是身体原因导致的。劳伦斯的身体状况一直欠佳，肺结核是困扰他多年的痼疾，天气过冷或过热都会影响他的健康。初到锡兰的新鲜劲过去之后，锡兰炎热的气候使他感到痛苦不堪，一个月下来，他感觉自己因“流汗几乎变成了一个影子”（ibid：226）。更为糟糕的是，他在这期间还传染上了疟疾，这无疑使他的健康雪上加霜，大大影响并改变了他对锡兰最初的看法。此外，锡兰的康提是佛教圣地，有着浓厚的佛教氛围，佛教教义中的“色戒”和“六根清净”等主张在某种程度上是对身体和性本能的一种否定，而这恰与劳伦斯所倡导的血性意识相抵触，用诗人自己的话来说，这是“对灵魂①的一种否定”（ibid：121）。这大概也是劳伦斯因身体原因而排斥锡兰的又一个原因吧。

劳伦斯本人后来也意识到他对锡兰负面的看法主要是由身体原因导致的。他告诉朋友布鲁斯特说，由于生病，他对锡兰的印象很不可靠，所以他有关锡兰的创作少之又少（Nehls，ii：120）。换句话说，倘若劳伦斯当时没有生病，那么他对锡兰的看法就会可靠得多，或者确切地说，就会正面得多。也许是因为意识到了这一点，当回过头去看他在锡兰的这段经历的时候，劳伦斯往往流露出一种留恋的情愫。他写给朋友的信就是很好的证明：“我曾经多么恨自己在锡兰的那段时间呵：我从来没有病得那么重过。但现在看来，那是一段非常珍贵的记忆、无价的记忆……无论是时间还是永恒，都不能销蚀掉我心中的锡兰和东方。”（Nehls，ii：112）无论作者“心中的锡兰”意味着什么，它给人的感觉总是那么一种神圣的、值得珍藏的精神性的东西，绝无任何诟病之意。

事实上，劳伦斯“心中的锡兰”正是《大象》所描写和再现的锡兰，他在诗歌中浓墨重彩描绘的锡兰土著舞蹈也是他终生难以忘怀的一幕。他曾在朋友面前惟妙惟肖地模仿墨西哥印第安人和锡兰土著人的舞蹈（Nehls，iii，1959：83），他也在写给威尔科克斯（Mary Willcocks）的信中将这两种舞蹈相提并论，认为二者都是与活的大地、活的宇宙一起律动的舞蹈（*Letters* vi：80）。劳伦斯对锡兰土著舞蹈的怀念和赞许无疑透射着他对

① 如前所述，劳伦斯笔下的灵魂有时指非理性的直觉和本能。

舞蹈者的一种态度或看法。再者，《大象》是劳伦斯抵达锡兰十天后创作的，那时他尚未生病，因而他对锡兰土著人的印象应该是比较“可靠”的。所有这些为我们“正面”解读《大象》，或是参照诗人提供的“正面”材料来解读《大象》提供了依据。

《大象》是诗人1922年春观看了锡兰土著人为佛牙节（Perahera）[①]举行的游行庆典之后创作的。与以往不同的是，此次庆典恰逢威尔士王储（即后来的爱德华八世）来访。作为锡兰的殖民统治者[②]，这位王储高坐在游行队伍的一头大象上，接受土著人的觐谒。劳伦斯当时就站在王储对面，亲眼目睹了这一切。《大象》一诗就是围绕土著人盛大迷人的游行庆典和王储的拙劣表演展开的。这首约200行的长诗可分为两部分。第一部分简要描写锡兰土著人的日常生活，旨在为第二部分的庆典做好铺垫。诗歌一开始，诗人就为我们描绘了一幅原始的、人与环境或地方浑然一体的景象：

你沿林荫走到河边，在那里，裸着身子的当地人，坐在
平坦的棕色石头上，在太阳下，凝望渡船；
你和裸着身子的人一起，乘渡船到对岸，沿着
炎热的小径
穿过棕榈树林，走过空旷的稻田，在那里
裸着身子的人在打谷。
一群庞大的水牛，好似年代久远、沾满泥浆
而又长着毛发的石头，在那里闲栖。（CP：386）

诗歌接着用差不多两倍长的篇幅描写了大象在稻田之间的堤坝上搬运原木的景象。这幅人与水牛、稻田、石头、大象等所构成的天然和谐的图景是锡兰土著人日常生活的真实写照，也是他们完全融入锡兰这一地志空间的一个表征，读者不必也不会为他们“裸着身子”的样子感到难堪，

① 在斯里兰卡的康提，一年一度的佛牙节是佛教最盛大的节日之一。佛牙节的主要活动是把佛牙舍利塔放在大象背上，巡游全城，让民众分享佛牙的荣光，并对佛牙舍利表示敬意。盛装的象群和数以千计随鼓起舞的舞者是佛牙节游行庆典最吸引人的地方。

② 锡兰于1815年沦为英国殖民地。

因为裸体在土著人眼里就跟水牛身上的毛和石头上边的泥巴一样自然，倒是衣冠楚楚的殖民者与这样的环境格格不入。盛大的庆典仪式就是在这种十分原始的背景下进行的，而且是在“半夜，在热带的星空下”（CP：387）、在无数火把的映照下进行的，从而使人在原始而自然的空间背景下进一步感受到一种原始的神秘和力量。这种神秘和力量通过“黑色血山一般神秘”的大象行走时发出的铃声（CP：390）、阵阵的鼓声、踩着鼓点的遒劲舞步以及与这一切相和的音乐向四周的黑暗发散，而黑暗又使得“咚—咚”（tom-tom）的鼓声和大象身上“铛—铛”（tong-tong）的铃声听上去更加分明，更加富有力量感，仿佛整个大地也与之一起搏动：“更多的大象，铛，铛—铛，赫然出现…… /魔鬼舞者的汗珠在闪亮，踩着震天的鼓点/舞个不停，/咚—咚，咚—咚，伴着这魔鬼的神秘音乐，无数的丛林土著放声歌唱。”（CP：388）这些来自丛林的“魔鬼舞者”确实与众不同，他们赤裸的身上只缠着一根棉布带子，眼睛里荡溢着欢乐，汗水淋淋的胸脯就像金属在闪亮；他们似乎永不疲倦，又是跳又是跑，间或突然转身，叉开双脚腾跃，他们无拘无束，发出“赤裸的、闪亮的黑色笑声”，“尽情地释放热带的能量”（CP：389）。

这里所说的魔鬼跟《红狼》中的魔鬼有着同样的蕴意，即诗人遵循的仍是白人殖民者命名他者的“传统”惯例，而非诗人自己的本意。诗人之所以沿用这一称呼，仍然是因为“魔鬼舞者”是自然生命和力量的象征，是殖民者压制和否定的对象。关于“魔鬼的神秘音乐”，拉赫佩的看法很有见地。她指出，对许多欧洲殖民者来说，咚咚的鼓声总是劣等民族敲响的“地狱的鼓声”，他们分不清什么是战斗的鼓声，什么是庆祝新春生命的鼓声。但劳伦斯不一样，他对土著民族擂鼓的意义和作用早就有所认识：鼓声能使人类与周围宇宙以及自然的轮回变迁紧密相连①（LaChapelle：109）。譬如，在《羽蛇》中，当凯特（Kate Leslie）踩着鼓点和印第安土著一起舞蹈的时候，她才认识到人与大地是相通的，感受到她的生命之流随着鼓点的起落缓缓地从“脚心流向大地黝黑的躯体”，“直至抵达大地的根脉”（PS：115）。凯特的认识无疑也是诗人的认识。在《墨西哥的早晨》中，诗人认为印第安人的圆形鼓舞是“踩着地心节奏的一种舞蹈，而鼓声又与人的心跳保持一致……（在鼓舞中）黑色血

① 拉赫佩还提到有人通过鼓声来治疗心理和生理疾病，以此来表明劳伦斯在这方面的预见性。

液流离头脑，流离视觉、言语和知识，向伟大的中心之源回落（great central source），那里是生命栖息和更新之地”（MNM：107）。拉赫佩将劳伦斯的这一洞见归结于他在新墨西哥与印第安人一起生活娱乐的经历，而《大象》是劳伦斯去新墨西哥之前创作的诗歌，故她在论及鼓舞时对锡兰土著人的舞蹈只字未提。但是，诚如劳伦斯本人所言，“无论人类的精神有何不同，血液总是相同的”（ibid：105），印第安人在鼓声和舞蹈中与大地一起律动的生命感受同样也是锡兰土著民的感受。

事实上，劳伦斯早就认识到了这一点。我们在前文提到他写给威尔科克斯的信就是在讲二者之间的这种同一性：“我们永远说不清黑色上帝是什么——从知识的意义上来讲，也无法知道……我认为地球是活的，整个宇宙也是活的……印第安人的宗教舞蹈是我所见过的最美也最纯粹的舞蹈——还有我在锡兰看到过的所谓的魔鬼舞蹈，既神秘又漂亮。”（*Letters* vi：80）

与锡兰土著人形成鲜明对比的是威尔士王储。这位王储尽管是游行庆典瞩目的核心人物，是土著人和大象敬拜的所谓的王者，他出场的本意是要显示殖民统治者的威仪，或是给殖民地土著人造成一种威慑，但他那瘦弱苍白、缺乏自信、毫无生气乃至神经质的仪表和机械的语言不仅没有达到这种效果，反而在充满生命活力的土著人面前相形见绌。这，不能不说是对殖民统治者的一种讽刺。从某种意义上来讲，威尔士王储既是西方工业文明的代表，又是它培育出来的宠儿，因而他的拙劣“看相”和呆板的语言也可看作是对西方工业文明的一种暗讽：

大象一群接一群卷起长鼻，巨大的身影，
有些放声嘶鸣
在它们上前行礼之际，在火星不断溅落的火把下面，
那位脸色苍白的王储高坐在那里，他只会重复说
我效忠[1]。

王储脸色苍白，无精打采，手托着下颌，身心
疲惫不堪，

① 原文为德语“Ich Dien”，英语为“I serve”。

虽在观看却几乎没看见，卷起长鼻走上前来，笨拙地
抬腿向他致敬的
最大、最古老的野兽，在夜空下，在火光的照耀下。
他是王室成员，虽然高高坐起，却苍白萎靡。
在下边，朦胧的巨兽向他行大礼，在夜空下，
赤着脚，扬着鼻子。（CP：388）

很显然，相对于下边卷鼻抬腿向他行礼的大象而言，这位在空间方位上高高在上的王储不仅不显得高大，反而显得很渺小、很卑微，给人的感觉是他根本就不配也承受不起“地球第一巨兽”对他的敬拜（CP：392），反倒是夜空下身影朦胧、放声嘶鸣的大象让人产生一种亘古的神秘感和对地球生命的敬畏感——王储和大象似应交换位置才对。我们知道，劳伦斯向来对自然、本能的生命本体崇尚有加，对机械呆板、扼杀生命活力的西方殖民者予以严词抨击，故他在描写大象和王储之时流露出来的好恶态度以及二者之间的巨大反差无疑也是他的生态伦理观和价值观的一种自然映现，而王储与大象之间的反差则越发衬托出锡兰土著人与大地一同律动的生命活力。之所以如此，是因为锡兰土著人是一个与大象共舞的民族，他们和大象一道组成古老的锡兰大地的一个有机部分，二者朝夕相伴，息息相通，彼此不可分离，因而王储与大象之间的反差也反映出他所代表的殖民统治者与锡兰土著人之间的反差。这种反差引起了“大象国土上”的土著人对这位王室统治者的鄙夷和不屑，他们“深深的鞠躬敬拜”与其说是对王储的朝拜，毋宁说是对他的嘲弄：“他们开始明白。/拉洋车的男人们开始明白。/他们的脸上现出了魔鬼，/但却是不同的魔鬼，冷漠、抗议、嘲弄的魔鬼。”与此同时，“地球第一巨兽”的敬拜也变成了一种“愤怒的敬拜”（CP：391，390）。

锡兰土著人与大地一同律动的生命活力也通过植物体现出来：

这些长着黑脸膛、缠着棉布带子的土著人
越聚越多，低声私语，好比
夜晚稻田中的谷穗，
这些长着黑脸膛、缠着棉布带子的土著人，数也数不清，
密密层层站在湖边，就像水滨密不透风的野稻子，

等待庆典之后的焰火。
焰火升起来了，无数被焰火照亮的黑脸膛
宛若黑色的稻谷在生长。(CP：391)

诗人将锡兰土著人比作生长的稻谷自有他的深刻寓意，尤其当我们将土著人和统治者放在一起来考察的时候。在《伊特鲁里亚地方札记》中，诗人称征服者为蠢货，他们用蛮力摧毁了一切，而被征服者在他看来是小草，其强大的生命力谁也摧毁不了："蛮力摧毁了许多植物，然而它们又会重新生长"，即使"所有生命中最为脆弱的小草，（也）在所有的时间支撑维持了所有的生命。如果没有这种绿色的小草，任何帝国都不会出现，谁也吃不到面包：因为谷物也是小草；没有小草，赫拉克利斯、拿破仑或是亨利·福特的存在都会被否决"（SEP：36）。由此看来，诗人将锡兰土著人比作生长的稻谷，而且连续三次重复同样的比拟，除了极言其多之外，还蕴含着对锡兰土著人小草一般顽强而旺盛的生命力的肯定和褒扬。

与诗人笔下的其他"野蛮人"相比，锡兰土著人最为古老，也最具原始本色，这一点诗人踏上锡兰大地不久就感受到了："（锡兰）的空气中似乎流动着一种黑色，透过这种黑色，你看到的是一个大洪水之前的洪荒时代，到处是湿地，大象是灰泥颜色的，水牛从泥浆里钻出来，数不清的土著人像水下的作物在生长。"（*Letters* iv：226）或许正是因为古老和原始，锡兰土著人才保持了那种本然的、与自然生命和谐一致的生命方式，与大地一起律动的生命本体冲动，与地方或环境浑然一体的日常作息；他们渺小旺盛如稻谷小草，古老坚忍如大象水牛，这一切当是他们生生不息的生命力的本源所在。从这个意义上来讲，锡兰确实如诗人所言是人类的根所在的地方，它在某种程度上是我们每个人古老的家园（Nehls，ii：117）。

第三章

众生平等的动物王国：对物种歧视的拒绝

我在想，在这个空荡荡的世界，一定有我和美洲狮的空间。
我在想，在世界的另一边，我们会轻松地忽略掉成千上万的人
而从不去想念他们。
然而，当一张洁白如霜的美洲狮的脸，那只修长的黄色美洲狮
　的脸
消逝了的时候，这世界将裂开多么大的一个豁口！①

第一节　动物的劫难探源

动植物物种的加速灭绝是困扰当今世界的一大生态危机②。据科学家分析，地球上有大约500万至5000万种生物，其中一半以上在森林中繁衍栖息。全球森林的大量破坏加速了现有物种的灭绝，其速度是自然灭绝速度的1000倍。这也就是说，全世界每天有35—150个物种灭绝，平均每小时就有3个物种被贴上死亡标签，其中许多物种还没来得及被科学家描述和命名就已经从地球上消失了。除不可抗拒的自然历史及自然灾害等

---

① 摘自《美洲狮》（“A Mountain Lion”，CP：402）。

② 我们今天所说的生态危机可归为六大类：绿地沦为荒漠、水土大量流失、干旱缺水严重、洪涝灾害频发、物种加速灭绝、温室效应加剧。详见 http：//www. bjxhjj. com：8081/v/showNews. jsp？NewsID =40086。

因素之外，人类是普遍认可的导致物种加速灭绝的罪魁祸首。诚如利奥塔等在《盖亚的报复》中所言，人类的行为和傲慢使之成为地球生态最大的、唯一的威胁（Liotta，2007：141）。

问题的严重性还在于，动植物物种的加速灭绝等各类生态危机愈演愈烈，使人类自身的生存也受到了严重的威胁。如果任由危机蔓延和加剧，那么在不远的将来，人类也很有可能从地球上消失，成为地球上灭绝物种中的一员，其中的区别只在于，人类是唯一一个因自身的行为导致自身灭绝的物种。（ibid）迫在眉睫的危机迫使人们寻求解决危机的出路。但要解决危机，首先要找到危机的症结所在。沃斯特认为，人类所面临的生态危机不是生态系统作用的结果，而是伦理系统作用的结果（Worster，1993：27）。怀特在《生态危机的历史根源》一文中将生态危机归咎于主导西方科技发展的信仰体系和价值体系。但无论是伦理、信仰还是价值体系，归根结底都是文化。生态危机之所以愈演愈烈，不是自然出了问题，而是文化出了问题，这一点已成为生态批评领域的一种共识。为此，人们从宗教、哲学、艺术、语言、文学等各个领域入手，对传统文化进行全面审视和反思。

针对动物的文化反思就是在这一情势下展开的。从现有的研究成果来看，学者们大都将动物的劫难归咎于基督教神学和西方哲学。如库切就指出，西方残酷对待动物的理由之一是，人（而不是动物）是按照上帝的样子创造出来的（Coetzee，1999：99－100），并据此赋予人统辖和役使各类动物的权利——不管是地上的野兽、天上的飞禽还是海里的鱼都掌握在人的手里，任由人来处置。在托马斯看来，这种将人置于动物之上、并赋予人生杀大权的做法实则是一种有用的文化改制（cultural adaptation），因为这样一来，人就可以心安理得地“捕猎、驯养、食用、解剖动物，大规模地消灭害虫和猎食者”（Thomas，1983：41）。所谓的害虫主要是指野性动物，它们不仅没有家养动物的用途/用处，反而要来与人争地盘。譬如，卢克莱修（Lucretius）① 就认为，世界的一大缺陷是太多的地方“被盘踞在山脉和森林中的野兽贪婪地占据”（Nash，1982：9）。西欧中世纪基督教神学的集大成者阿奎那则认为，神并不是因动物自身的价值而爱它们，而是因为它们对人类有用而爱它们（安德鲁·林基，2005：17）。野性动

① 古罗马诗人、哲学家，生活年代大约为公元前94—公元前55年。

物就因这样的认识标准而成了害虫，成了被消灭的对象，它们的栖身之地也随之成了“嗜血的豺狼和妖魔鬼怪潜藏的荒野，而人的天职就是去征服这种与人为敌的荒野，将其纳入人的掌控之下”（Serpell, 1986：137）。

这说明人类征服荒野、驯化或是消灭野性动物的行为不仅仅是出于生存和发展的需要，同时也是出于宗教道义上的需要。纳什对美洲拓荒者的描述颇能说明这一点：

> 拓荒者的深刻感受是，他们不仅是为了个人生存与荒野搏斗，而且也是以民族、种族、上帝的名义与之搏斗。使新世界文明化意味着变黑暗为光明，变无序为有序，变邪恶为善良。在有关西部拓荒的道德剧中，荒野永远是恶棍，而拓荒者则永远是消灭恶棍的英雄。将蛮荒之地改造成文明之邦，是对他所做出的牺牲的一种奖赏，所取得的成就的一种肯定，也是他赖以骄傲的一种资本（Nash, 1982：24）。

事实告诉我们，这种以道德或宗教的名义对动物施行的杀戮比起因生存需求而施行的杀戮来更具杀伤力。譬如，众所周知的狼就因为是恶魔的化身，是邪恶、贪婪和残忍的象征①而几乎在北半球被消灭殆尽，而它们被剿灭的彻底程度和残忍程度则远远超出了农业和经济发展的需要（Serpell：160）。又譬如，鹪鹩只是一种会唱歌的鸟，但据爱尔兰短篇小说家奥康纳在其传记《独生子》中回忆说，每到圣诞节，他的父亲就跟朋友一起出去猎杀鹪鹩，因为据《圣经》上说，是鹪鹩暴露了基督在客西马尼园藏身的地方，以致他被罗马士兵抓捕并钉上了十字架（O'Connor, 1970：135－136）。鹪鹩的厄运虽然只是一个极端的例子，但也足以说明基督教是动物遭受劫难的渊薮之一。

基督教对待动物的态度及方式与西方崇尚理性、贬低动物的哲学传统，尤其是斯多葛学派（the Stoic School）的哲学传统是一脉相承的。根据斯多葛学派的目的论学说，自然界存在一个由低到高的等级秩序，这一

① 小红帽的童话故事尽人皆知，其中就讲到了狼的狡猾和凶残。在奥维德的《变形记》中，阿卡迪亚的国王由于渎神而被变成了一头嗜血的狼，以示对他的惩罚。参见 *Metamorphoses* (Books I - VIII) 第19页。

秩序是由某种目的所决定和安排的，其中植物的存在是为了动物，而动物的存在是为了人类。人类之所以高居金字塔的顶端，是因为人类的“本性和本质是神圣的”（Gilbus，2006：38），这主要表现在人类具备理性思维能力和语言能力，而动物除了本能之外别无其他。一旦人将理性和语言作为内在价值判断的依据，那么不具备这种内在价值的动物便只有工具价值，这便是动物必须服务于人类的全部理由。出于这样的认识，斯多葛学派的一位领袖人物爱比克泰德（Epictetus）说：“上帝创造的每一种动物都是为人类服务的：有的用来吃，有的用来耕作，有的用来产奶酪。”（ibid：40－41）

这种人类与动物之间的等级差别也是古希腊哲学家如毕达哥拉斯（Pythagoras）和恩培多克勒（Empedocles）等人所持的一种观点。所不同的是，古希腊哲学家在差别中还看到了人与动物之间的相通性，即动物和人一样都有灵魂，都参与到轮回转世的循环之中，而且人可能转世为动物，动物也可能转世为人（ibid：38）。但随着斯多葛学派的兴起和壮大，人的理性被无限拔高，人与动物之间通过灵魂维系的唯一纽带开始断裂。到了17世纪的笛卡尔手里，动物纯粹变成了机器和物体：“动物充其量是一台由机械装置组成的机器，而机器是没有灵魂的。”（Coetzee：33）约瑟夫·里克比（Joseph Rickaby）则在《道德的哲学》一书中明确宣称：“我们对低等动物没有任何义务，就像我们对棍子和石头没有义务一样。”（Regenstein，1991：114）被剥夺了灵魂的动物由此便成了任人宰割的对象，成了机器、商品、资源和财产。奥德修斯缘何可以绞死一打女奴而没有受到道德和良心上的谴责？利奥波德对此所作的解释是，当人们把某种东西看作是自己的私有财产时，他们是不会对其产生伦理观念的，因而想怎么处置就怎么处置。① 同理，当动物被看作是机器、商品、资源和财产时，同样的厄运也会降临到它们头上。

这种以人为中心的文化不仅在人与动物之间制造等级秩序，而且还将动物也分成三六九等。奥威尔（George Orwell）的名言“所有动物一律平等，但是有些动物较之其他动物更加平等”② 即是动物界的真实写照。同

---

① 利奥波德在《沙乡年鉴》（吉林人民出版社1997年版第191页）中引用并阐释的一个著名例子。

② 奥威尔的名著《动物农庄》（*Animal Farm*）中经常被引用的一句话：“All animals are equal，but some animals are more equal than others”。

样是动物，人类却根据自己的好恶和需求认为，家养动物优于野性动物、脊椎动物优于无脊椎动物、热血动物优于冷血动物，等等。体现在文学、宗教等文本中，后者往往是邪恶的、可怕的、低等的，因而现实中对其鄙视、厌恶进而遏制或打杀就成为理所当然。如苍蝇、虱子、毛毛虫等动物在《圣经》中无一不是以瘟疫的形式出现的，所以人们总是把它们与恶联系在一起，视之为理所当然的消灭对象。这种从现实到文本、再从文本到现实的二度转换无疑深化和加强了人类对动物的谬见，使之对待动物的不公正行为进一步合理化。这不能不说是导致动物灭绝的又一个重要因素。

从生态中心主义的视角来看，世间万物都有其存在的特殊理由，都在生态系统中发挥着不可替代的唯一作用，彼此之间无任何高低等级之分。正如南非作家库切所说的那样："从生态的角度来看，大马哈鱼、水苔草、水里的虫子都与地球和气候互动共舞……每个有机体都在这个复杂的群舞中发挥着自己的作用。"（Coetzee：53－54）德国著名科学家、现代生态学先驱赫克尔（Ernst Haeckel）更是一针见血地指出："对于宇宙来说，（人性）并不具有比蚂蚁、夏日的苍蝇、微小的纤毛虫或最小的杆菌更大的价值。"（王诺，2003：32）库切和赫克尔所言与协同进化论的基本观点也是一致的：尽管生物进化的总趋势是由低级到高级、由简单到复杂、由种类少向种类多演进，但从整个生物共同体的稳态关系来看，却是低等与高等同在，简单与复杂并存，它们之间无所谓优劣好坏，而是多彩纷呈，和谐共处，协同进化（叶平，2006：66）。基于这一认识，也作为一种减缓并希冀解决生态危机的文化策略，人们开始在各个领域有意识地匡正有关动物的种种谬见或偏见。如在宗教界，对动物的态度就经历了一个从敌对到漠视最终到关怀的过程，世界最大的基督教组织"世界宗教联合会"（The World Council of Churches）的宗旨之一就是引导人们树立"解放生命、尊重每一个动物的伦理观"（Regenstein：164）。在美术界，鲍伊斯（Joseph Beuys）的表演艺术《丛林狼：我爱美国，美国爱我》[①] 也是典型

① 1974 年在纽约的雷诺艺术画廊，鲍伊斯身着毛毡躺在地上，和一只丛林狼进行为期一周的"对话"。丛林狼无疑代表着哥伦布发现新大陆之前的美洲，象征着人与自然之间那种原初而野性的和谐。鲍伊斯旨在通过这一独特的艺术形式促使人们领悟丛林狼所代表的荒野的内在价值，重新思考人与自然的关系。参见拙文《从非生态到生态：美国美术中的自然意识变迁》，载《江西社会科学》2009 年第 7 期。

的匡正动物谬见的作品。

在文学界，生态诗人也对动物予以特别的关注，创作了大量以动物为主题的诗歌。与传统自然诗人有所不同，生态诗人除了抒写传统自然诗中象征力量、仁慈、忠诚、可爱等品质的动物如老虎、夜莺、鹰隼等之外，更多的将关注的目光投向毒蛇、老鼠、苍蝇、鼻涕虫等历来备遭鄙视的“低等”动物和“有害”动物，以此来颠覆以往诗歌中人的中心地位，解构人与动物之间以及动物与动物之间的等级差别，并通过揭示这类动物的生态作用和生态意义为“沉默和受压迫阶层”的自然与非人类生命代言（Buell，1995：20）。

正是在这类动物诗歌的创作方面，劳伦斯担当起了当代生态诗人的精神向导和美学向导。换句话说，当代生态诗人，尤其是当代美国生态诗人，大多从劳伦斯那里汲取思想和艺术创作的养分。之所以如此，是因为劳伦斯对“动物和植物所持的那份深切的同情和想象远远超出了他之前的任何文学作品”，更为重要的是，他对动植物的同情和想象“扩大了（人们）对生命作出想象反应的范畴”（Marshall：10）。当代生态诗人对“低等”和“有害”动物的关注、对动物界的暴力及死亡的肯定和认可、对动物自身生命存在的看重，等等，总体上来看仍然是在劳伦斯扩大了的“想象反应的范畴”内进行的，因而在很大程度上是对劳伦斯动物诗歌的一种继承和发扬。在迈耶斯主编的《劳伦斯遗产》一书中，当代生态诗人如罗特克、布莱、金内尔、莱弗托夫、萨姆逊、邓肯、休斯、斯奈德等都承认他们的诗歌尤其是他们有关动植物的自然诗歌深受劳伦斯的影响。这也就是说，当代生态诗歌中许多前沿而深刻的生态思想也是从劳伦斯那里继承而来，这就为我们考察劳伦斯的动物诗歌增添了一个有力的反观视角。

第二节　因黑色地狱动物而完美的天堂

粗略统计一下，劳伦斯诗歌中涉及的动物不下80余种，其中有西方文化语境中人们通常喜爱或是带有褒义色彩的动物，如夜莺、云雀、知更鸟、老鹰、鹿、老虎、海豚等；也有人们厌恶、憎恨或是带有贬义色彩的动物，如臭鼬、乌鸦、蝙蝠、毒蛇、蚊子、老鼠、鬣狗、毛毛虫、白蚁等，这类动物所占比例最大；还有一类动物介于这两者之间，无所谓“好”，也无所谓“坏”，我们不妨称之为中性意义上的动物，如兔子、山羊、美洲狮等。总的来看，除个别情况或是个别特定的语境之外[①]，诗人对他笔下的动物尤其是历来遭人鄙视或是厌憎的动物持一种肯定、理解、接受乃至褒扬的态度和看法——即使“一条死狗身上的蛆也是亲吻腐肉的上帝”（*Rainbow*, 1996: 312）。这对西方文化中普遍存在的“自然歧视”或是“物种歧视”无疑是一种有力的反拨，而且从某种意义上来讲，也是对史怀泽提出的敬畏生命的生态伦理观的一种兆示：一切生命都是神圣的，生命之间不存在高级和低级、富有价值和缺少价值之分（阿尔贝特·史怀泽：132，131）。这也就是说，劳伦斯对动物所持的众生平等的态度和看法跟他的性爱观一样，也是远远地走在了时代的前列。

诗人的这种前瞻意识与他超越时代的自然观和美学观有着密切的关系。自古希腊诗人忒奥克里托斯（Theocritus）于公元前3世纪首创《田园诗》（*Idylls*）以来，阿卡迪亚式的田园风光一直是人们心目中理想的自然境界，并在19世纪欧美浪漫主义诗人手里臻于完善。阿卡迪亚的影响是如此根深蒂固，以致在第二次世界大战期间乃至以后，在人们普遍对“黑暗的心”、对人性中的恶深感失望的历史语境下，与之不相合的“纯洁的自然”（innocent nature）仍然大有市场。譬如下边这首诗：

> 我还没出生；哦，听我说。
> 不要让吸血蝙蝠或是老鼠或是臭鼬或是
> 长着畸形足的食尸鬼靠近我。
>
> 我还没出生；给我
> 荡漾的碧水，成长的绿草，会说话的树，会歌唱的
> 天空，还有指引我的鸟儿
> 和白色的光。（MacNeice, 1954: 215）

这是第二次世界大战期间爱尔兰著名诗人兼戏剧家麦克尼斯（Frederick Louis MacNeice）的一首诗作。诗人对阿卡迪亚式自然的向往、对与之相左的自然的拒斥是显而易见的，然而就在这种厚此薄彼的行为背后，却

① 如在《羽蛇》组诗第19首（CP: 806—807）中，懦夫、说谎者和叛徒就被比作该杀的灰狗。

存在着一种将“自然人工化和理想化的缺陷”（Gifford, 2002: 77），潜藏着人对自然美感的强制利用和对自然本真面目的有意歪曲，从而在某种程度上误导着人对自然的正确认识。

劳伦斯早就认识到了这种“唯美”的弊端。在他看来，花是世界上最美的，但它的根却扎在粪土中（“Introduction to Pansies”, CP: 417－418），而天鹅的美就在于它有着“埋在泥浆里的爬行动物一般的爪子”。与之相反，华兹华斯的诗歌之所以不尽人意，是因为他诗歌中的自然过于人化、过于“甜美和纯洁”（RDP: 75, 170），有悖劳伦斯“一切皆是美，一切皆是善，一切皆是上帝在赋形”的自然观和审美观（“The Wild Common”, CP: 34）。在《庄子·知北游》篇中，当东郭子问庄子道在哪里时，庄子的回答是道无所不在：在蝼蚁中、杂草中、瓦块中和屎尿中。庄子旨在说明，无论是怎样低微卑贱的地方都有道的存在，而所谓的低微卑贱其实也是人为的，因为“以道观之，物无贵贱”。庄子之说可谓劳伦斯自然观和审美观的最佳诠释，而正是基于这种对万物一视同仁、毫无偏爱的立场和态度，诗人才能够钟情于天堂与地狱的结合，真正做到“肯定和颂扬表面看来并不美的事物”①（Oates: 17）。下边我们重点来看诗人所刻画的“丑”之动物。

鲸鱼是诗人笔下最大的动物。美国诗人菲利普·莱文（Philip Levine）指出，劳伦斯书写大型动物的诗歌是用英语语言写就的最伟大的动物诗。（Adelman: 127）《鲸鱼别哭泣》无疑是其中“最伟大”的一首。在这首诗中，诗人着重描写了有着“最热、最野、最狂的血液”的各类鲸鱼在“七海深处”、在“水开始和结束的地方”游荡、嬉戏、交配的快乐。那是一种令人陶醉的欢欣，“像天神一般，在巨大而强烈的欲望中荡摇”。这种本然的、血性的、纯粹动物性的快乐是有着自我意识的人类永远无法企及的一种快乐，鲸鱼因此而被比作天神，概因只有天神才能达到这样的极乐境界：“这一切发生在大海里，盐水中/那儿上帝也是爱，只是没有语言：/阿佛洛狄忒是鲸鱼的爱人/最最幸福的她！”（CP: 694, 695）——无怪乎诗人自己也想成为一头没有意识、只有血液的鲸鱼！（Draper: 301）

---

① 劳伦斯对“丑”之自然的钟情与颓废派诗歌对他的影响是分不开的。亨特（Violet Hunt）和吉西·钱伯斯都提到了这一点。分别参见 *D. H. Lawrence: A Composite Biography*（1957）第1卷第127页和《档案》第87页。

诗歌的不凡之处就在于，诗人只是形象而忠实地再现鲸鱼之爱和鲸鱼之乐，并没有试图从中挖掘出什么宏大的意义，而恰恰是这种只重"表面"的诗学策略使诗歌不仅在读者的头脑中成形，而且也在血管中成形，即读者可以从生理上感受到诗歌所描绘的一切[①]。鲸鱼本能而神性的品格正是在这一感受的过程中得以凸显。

奥尔丁顿在为劳伦斯《最后的诗》（*Last Poems*）所作的序言中说，《鲸鱼别哭泣》一诗完全是劳伦斯的创新之作，他没有借鉴任何人的作品（CP：596）。然而，抛开麦尔维尔对劳伦斯的影响不说[②]，古英语中就有一首名为《鲸》（"The Whale"）的诗歌。其大意为：大海里有一头巨鲸，形体像海面上凸出的一座小岛，可当疲惫的水手在"小岛"上搭起营帐准备休憩的时候，这头巨鲸便突然沉入波涛滚滚的海底，将众水手"淹没在死亡的厅堂里"。鲸鱼由此被说成是诱人堕落的魔鬼，它的目的就是要"打开地狱之门[③]，接纳那些不要灵魂的幸福，偏要愚昧地追求肉体欢乐的人"（陈才宇，2007：82）。由于同样是以鲸鱼为主题的诗歌，《鲸鱼别哭泣》的创作自然不会在《鲸》的期待视野之外进行。然而两相对比，劳伦斯笔下的鲸鱼却完全突破了这一既定的期待视野，对《鲸》进行了有效的解构和颠覆：鲸鱼不再是魔鬼，而是上帝、是天神；鲸鱼的快乐不再是肉体的堕落，而是其动物本性（因而也是神性）的自然宣泄；鲸鱼不再是宗教隐喻祭坛上的牺牲品，而是作为生命、作为动物的一种真实存在。由此观之，《鲸鱼别哭泣》几乎就是针对《鲸》而作的一首"反诗"，有着鲜明的反传统意识，而这或许也是诗歌标题的含意所在——鲸鱼不再是被打入地狱的恶魔，它们栖息的深海这一空间也不再是黑暗的地狱，而是爱神与之共舞的天堂，因而何须哭泣！从这个意义上来看，奥尔丁顿所说的"创新之作"不是没有道理，尽管"针对性的创新"可能会更准确一些。

与鲸鱼相类，蝙蝠也被看作是地狱里的动物，是吸血鬼的化身，是黑

---

① 这是当代美国诗人祖可夫斯基提出的一种诗学观。诗成为物或是诗的物化是诗歌能够实现的一种圆满状态，读者可以像感受一件事物一样感受一首诗。详见桑翠林《路易·祖可夫斯基的客体派诗歌观》，载《当代外国文学》2009 年第 3 期。

② 劳伦斯在《美国经典文学研究》中对《莫比·迪克》崇尚有加，《鲸鱼》一诗无疑受到了该书的启发。吉尔伯特在《凝注行为》第 280—281 页中也提到了这一点。

③ 暗指鲸鱼的巨腭。

暗、肮脏、荒芜、颓败等的象征[①]。譬如，在《少女》中，爱尔维娜在矿井里的恐惧感觉就是通过蝙蝠传统的象征意义来表达的："她觉得自己会像蝙蝠一样黏附在这满是裂隙的地下世界那漫长的黑暗中。像只蝙蝠一样黏附在此，永远在层层黑暗之中昏昏沉沉地摇晃。"（少女，2008：41）

诗人关于蝙蝠的诗歌共有两首，一首是《蝙蝠》（"Bat"），另一首是《人与蝙蝠》（"Man and Bat"），二者之间形成互补和递进的关系。《蝙蝠》大意是说，诗人起初将黄昏时分"用一圈圈黑线缝合阴影"的飞行物误认为是燕子，等辨明是蝙蝠之后，诗人不由得"头皮发麻"，脑海里浮现出一幅令人作呕的群蝠倒挂图："蝙蝠！/像块破布一般将自己挂起来睡觉的动物；/而且还是那种令人恶心的倒挂。/像破布片那样一排排令人恶心的倒挂/而且还在睡眠中露齿狞笑。"令诗人感到不可思议的是，声名如此狼藉的蝙蝠竟然"在中国被看作是幸福的象征"（CP：340－342）。毫无疑问，蝙蝠诡异的长相、怪诞的生活习性外加地狱动物的文化内涵是其令人感到恶心、恐怖和不可思议的主要原因，而恶心、恐怖和不可思议等诸种不良感觉本身就透射着对蝙蝠他者性的否认——即使劳伦斯这样的大家也不例外。所以当"恶心"的蝙蝠误入诗人的住所之后，他无论如何也不能容忍，于是开始了一场人蝠之间的"大战"。不打不相识，诗人通过这场"大战"反倒改变了对蝙蝠的看法，这便是《人与蝙蝠》一诗的主要内容。

跟《蝙蝠》中的情形一样，诗人起初以为在他房间里飞旋的是一只鸟儿，可等看清楚是一只蝙蝠之后，他的第一反应是厌恶和反感，他决不允许"一只恶心的蝙蝠"在他"房间的隐蔽角落里/有片刻的停留"（CP：342，343），于是他拿起手帕开始驱赶蝙蝠，可每当蝙蝠接近窗口的时候又不顾一切地折回房间乱飞乱撞，引得诗人不停地拍打驱赶。诗人坦认，他可以"接受每一个缝隙中的上帝"（CP：346），可就是不能接受令人"恶心"的蝙蝠，但就在人蝠"大战"的过程中，诗人对蝙蝠的认识逐渐发生了变化：

　　他出不去，

① 原因是《圣经》将蝙蝠定义为不洁的、令人厌憎的动物。参见《圣经》中《利未记》（第11：13—20节）、《申命记》（第14：11—19节）、《以赛亚》（第2：19—21节）等章节。

我也意识到……
那是白天的亮光让它无法进入，
正如我无法进入白热化的熔炉一样。

他不能跃入窗外涌流的亮光，
这太有悖他的天性。(CP：344)

爱默生说："任何生命，在我们了解其习性之前，对我们来说都是魔怪"，而一旦了解其习性，我们不仅会消除偏见，而且还会将其"转换成有价值、甚至是令人敬佩的东西"（Emerson，1966：17）。诗人对蝙蝠的认识正是这样一个过程。一旦认识到蝙蝠天性如此，认识到"蝙蝠必须是蝙蝠"，而且蝙蝠跟人一样有着无法逾越的障碍之后，诗人对蝙蝠的态度开始转变，由最初的恶心和厌憎逐渐转向理解和同情。这样一来，诗歌叙事其实就在明暗两条线上同时进行：明线是将蝙蝠赶出房间，赶出人所生活的物理空间，暗线是将人对蝙蝠的偏见赶出头脑，也就是将蝙蝠接纳进人的心理空间。尽管要克服对蝙蝠的反感心理不是那么一件容易的事，但诗人最终接受了这样的事实，即蝙蝠自有其存在的内在价值，一种并不以人的评判标准而存在的内在价值。更为重要的是，诗人还将对蝙蝠个体生命价值的认识扩展到对生命整体价值的认识："啊死亡，死亡/你没有办法！/蝙蝠必须是蝙蝠。/只有生命才有出路。"（CP：346，347）

诗人所采用的其他叙事手法也值得一提。诗歌通篇用第三人称"他"(he)[①] 来指代蝙蝠，并在结尾部分将诗歌中人的叙事声音和视角切换成蝙蝠的叙事声音和视角，这就赋予蝙蝠某种独立的人格，使其享有跟人一样平等的话语权，进而对人的价值和行为模式进行批判："我相信他吱吱地欢叫，看我坐在露台上写作：/*他坐在那里，那个又长又吵的家伙！/但我比他伟大……/ 我从他手里逃了出来* ……"[②]（CP：347）休恩认为，通过采用蝙蝠的声音和视角，言说者（即诗人）实际上跨越了横亘在人与蝙蝠之间的一道鸿沟，"摆脱了狭隘的人类文明的羁绊，在人与动物所共享的生命与精神中获得一种自由"（Hühn，2005：198）。在笔者看来，休

---

① 用"他/她"（he/she）指代动物是劳伦斯动物诗歌的一大特色。

② 原文为斜体，故译文也用斜体。

恩对诗歌叙事策略的洞见也是对整首诗歌的要旨所作的一个精当的评判。

在劳伦斯之后，罗特克和贾雷尔（Randall Jarrell）都创作了以蝙蝠为题的诗歌。二者都以人称代词“他”或“她”来指代蝙蝠，并且都写到了蝙蝠与人的相像和相通之处，其中贾雷尔笔下的蝙蝠妈妈更是一幅令人感动和钦佩的母性形象。这些迹象表明，蝙蝠在西方传统文化中的负面形象已经有所改观，人们对蝙蝠的看法也渐趋公正。对于这一变化的促成劳伦斯功不可没。

蚊子是人人痛恨的吸血虫，因而无一例外地被列入害虫之列。尽管它不像蝙蝠那样令人感到恶心和恐怖，但也让人感到恼火和烦心。劳伦斯有关蚊子的诗也有两首，一首是《蚊子知道》（“The Mosquito Knows”），另一首是《蚊子》（“The Mosquito”）。前者只有短短的五行，主要讲蚊子虽然也是猎食者，但它并不贪婪，而是只管吸饱肚子，并不会把吸取的血存进银行。诗歌对人类贪取者的讽刺是显见的。相比之下，倒显出蚊子不贪不占的好品质来。后者主要描写蚊子叮咬诗人的“诡计”、样态以及诗人与之周旋并最终拍死蚊子的过程和感想。蚊子虽然很可恶、很小，几乎算不上是什么东西（nothingness），但作为自然界的一个物种，它生存的方式就是吸食他者的鲜血，因而它同时也是某种东西（something），并且是可以与人“斗智斗勇”的东西。诗人称蚊子为“先生”、“你”、“带翼的胜利者”，足见他是将蚊子作为与人一样的对手来看待的。最后的结果虽然是蚊子被打杀，但诗人并没有因此而产生某种快意，而是对蚊子“消逝进一坨暗黑色的污渍”表示遗憾和同情（CP：334）。因为在他看来，吸食鲜血本是蚊子的天性，而且它只是吸够它的肚子能够容纳下的那么一点血量，为此丧命实属无辜。

杰弗里指出：“虽然劳伦斯赢了这场不平等的对抗赛，但被拍死的蚊子却赢得了道德上的胜利，从而将它的微不足道（nothingness）转化成人们必须得严肃对待的某种东西（something）。”（Jeffrey：86）杰弗里的评价可谓言中了诗歌旨在传达的蚊子的精神价值，如果不是生态价值的话。事实上，在人们眼里可恶的蚊子却在生态系统中发挥着不可或缺的作用：它们是鸟类重要的食物来源，尤其是雏鸟的“免费午餐”，蚊子的幼虫和尸体还是鱼类的美食，此外它们对促进生物有机体的分解和自然循环也发挥着不可小觑的作用，等等（Locke，2000）。

蛇是又一个被西方传统文化打入地狱的动物。在著名的《蛇》诗中，诗人仍旧给我们描绘了一幅人兽相遇相知的图景。跟蝙蝠相比，蛇似乎要幸运很多，因为诗人看见蛇的第一反应并不是反感和厌恶，而是一种本能的敬畏和爱意。诗人告诉我们，当他到水槽来汲水的时候，意外地看到一条金色的蛇在那里啜饮。蛇饮水的样子很从容、很坦然，“就像一头牛那样”。（CP：349）诗人对蛇的到来也表现得很客气、很大度，“仿佛蛇是造访的客人”，同时他也“感到很荣幸”、“很高兴”，并“渴望能与（蛇）交谈”。当然他也感到害怕，但是他越害怕，“越感到荣幸”，因为造访他的客人“来自神秘大地的黑暗之门”，有着“天神一般的王者仪态”。然而诗人对蛇本能的好感却与他所接受的教育格格不入。就在他表达对蛇的敬意和爱意的时候，他所接受的教育总是跳出来对他说：“他必须被杀死，/因为……金蛇是有毒的。//……如果你是男子汉/你会拿起一根棍子打断他，/结果了他。”诗人起初一直在抵制“教育发出的声音”（CP：350），可当蛇饮完水离去的时候，当他看到蛇有意钻进那“可怕的黑色洞穴”的时候，诗人感到一阵“莫名的恐惧和反感”（CP：351），于是他捡起一根椽子砸向金蛇。可椽子刚一扔出去，诗人就后悔不迭，虽说他并没有砸中金蛇：

> 我立刻感到懊悔。
> 我在想，我的行为是多么无聊、粗俗、低劣啊！
> 我鄙视我自己，憎恶那可恨的人类教育的声音。
> 我想起了信天翁的故事①，
> 我希望他能够回来，我的蛇。
> 因为他又一次让我感到他像是一位王者，
> 一位被流放的国王，被废黜到了地狱，
> 而今该是他重新加冕的时候。（CP：351）

致使诗人下手砸蛇的原因表面看来有两个，即“教育”和所谓的本能，但归根结底只有一个，那就是以人为中心的文化。从上所述可以看出，诗歌基本上用肯定的、带有褒义色彩的语词来描写蛇，但却用“可怕”和“恐怖”等贬义色彩的语词来描写蛇洞。诗人对蛇产生“莫名的

---

① 这里指柯勒律治《古舟子咏》中有关水手杀死信天翁遭报应的典故。

恐惧和反感”的那一瞬间并不是因蛇自身而起，而是因蛇有意钻进那“可怕的黑色洞穴”而起。换言之，让诗人感到恐惧和反感的是蛇所生活和归属的空间，一个黑色的未知世界，而这样的世界往往被看作是远离社会和道德规范约束的邪恶之地。这也就是说，蛇自身未必就邪恶，但因为它所栖身的空间是人类文化所划定的邪恶的空间，蛇因此也就变邪恶了。由此可见，当以人为中心的文化被作为评判自然生命之准则的时候，其荒谬性就不可避免地暴露了出来。更为糟糕的是，文化的传承还会使荒谬不断积淀，并逐渐内化为特定群体的心理结构和思维定势，使之“本能”地对动物及其生存环境作出反应。诗人砸蛇的“本能”举动也是他被“内化”的一个必然结果。这大概也是诗人“憎恶那可恨的人类教育”的一个原因吧。

当然蛇的“邪恶”不仅仅是因其生活在“可怕的黑色洞穴”里。西方文化特别是基督教对蛇的诅咒是尽人皆知的。在这一文化语境下，诗人将蛇描写成一位被流放但王者风度依旧的君王，并通过人的卑劣来反衬蛇的高贵，这是十分难能可贵的。尽管诗人因一时的“冲动”砸了蛇，但他的懊悔、他对自己的鄙视和谴责以及他通篇赋予蛇的王者形象等表明，他对这位“生命的君王”所代表的黑色而神秘的自然生命有着深刻的认识（CP：351），说白了就是：“我们跟蛇享有同样的生命、同样的生命律动。”（RDP：84）前文提到的唐·拉蒙有关蛇的一番议论也是基于同样的认识。由此看来，人类将蛇打入地狱的实质乃是对自然生命的一种否决，其结果必将导致对人类自身生命的否决。这也是诗人引用信天翁典故的寓意所在。我们知道，柯勒律治《古舟子咏》（“The Rime of the Ancient Mariner”）中杀死信天翁的水手因为看到大海中的七彩水蛇并对其产生由衷的祝福和热爱之后才被解除了诅咒，而他及其同伴所遭受的可怕的诅咒也可看作是大自然惩罚人类的一个隐喻。以这样的“互文”意义为参照，我们就更能理解诗人敬畏和热爱毒蛇，并欲为之“重新加冕”的深刻用意。

当代美国生态诗人莱弗托夫的《致蛇》（“To a Snake”）颇是有《蛇》诗的遗风。诗歌主要写诗人为能够将一条绿蛇缠绕在自己脖子上而感到幸福、快乐和荣耀，而离开蛇之后，明媚的早晨在诗人眼里成了黑色的早晨。诗人为蛇而感到荣光，这是否也是为被废黜的蛇“重新加冕”的又一努力呢？

作为蛇的“亲族”，蜥蜴也是人类“回避乃至鄙视”的爬行类动物

(Jones: 41)。但在劳伦斯看来，蜥蜴身上却有一种人类无法企及的尊贵之美。他的诗歌《蜥蜴》(“Lizard”）就像是一幅摄影画，很好地捕捉住了蜥蜴瞬间的最佳姿态：“一只蜥蜴跑上一块石头抬头仰望，无疑是在倾听/天籁的声响。/多么帅气的小伙！你的下巴抬得恰到好处/你扬起的尾巴也不例外！”(CP: 524）寥寥几笔，诗人就将蜥蜴的美姿形象地勾勒了出来。但蜥蜴的美姿不仅仅限于外表，而是源自它完好无缺的自然本性与“一个更高的现实秩序”之间的那种和谐（Jones: 41)。与之相比，人类则很难做到这一点，很难听到或是听懂“天籁的声响”，是故诗人慨叹道：“如果人能够像蜥蜴那样/他们倒值得一看。”(CP: 524)

据劳伦斯的妹妹埃达·劳伦斯（Ada Lawrence）回忆说：“伯特[①]爱所有的动物。”(Lawrence, 1966: 38）她的话并非夸张之辞。除上述动物之外，老鼠也是诗人的所爱，虽然诗人并没有专门写老鼠的诗。在《自我保护》(“Self-Protection”）一诗中，诗人认为生命的真谛在于让其光华自然而灿烂地绽放，就像夜莺、老虎和老鼠那样。在说到老鼠时诗人这样写道：“就连阴影中嬉戏的老鼠也很美丽，/它们中的一些有着如此分明的色斑。”(CP: 523）诗人将老鼠与夜莺和老虎相提并论，认为它们都是在同样的阶段或层次上绽放着生命之美。诗人对老鼠的认识十有八九与他的亲身经历有关。他年轻时养过两只老鼠，据埃达·劳伦斯描述说，这两只老鼠能分辨出她们兄妹俩的声音，喜欢在他们身上嬉耍，她的长发里和伯特的袖管及衣服口袋等处都是老鼠喜欢呆的地方（ibid: 37, 38)。看来即使声名狼藉的老鼠也是诗人的所爱。潘克塞普专门就老鼠撰文说，通常被看作是低等动物的老鼠被认为没有玩乐的天性，也没有其他可取的品质，然而任何养过老鼠宠物的人都知道，“它们是快乐而可爱的小动物”(Panksepp, 2003: 102)。劳伦斯肯定和褒扬老鼠的理由似与他艳羡鲸鱼的理由是一样的。

在劳伦斯之前，彭斯（Robert Burns）的《致老鼠》(“To a Mouse”）就表达了诗人对老鼠的深切理解和同情，谴责了人类毁坏老鼠家园且使之合理化、致使老鼠惶恐奔逃的行为。在他之后，罗特克的《田鼠》(“The Meadow Mouse”）和赖特的《打盹的老鼠》(“A Mouse Taking a Nap”）都对老鼠的生命存在持一种肯定和同情的态度。其中罗特克在诗歌中主要描写了小田鼠可人的神态以及对它离去之后可能会遭遇不测的种种担忧，其

---

① 亲友们对劳伦斯的昵称（Bert)。

情真挚感人。罗特克是一位典型的对“非神圣的、遭诅咒的、丑陋的”物种有着特殊兴趣的诗人（Roethke，1975：17），而他对这类动物的认同代表了当下生态诗歌创作的一种趋势，体现了一种十分深刻的生态宇宙观。劳伦斯对“低等”、“有害”以及“邪恶”动物的肯定和认同无疑对当代生态诗歌的这一审丑趋向产生了深刻的影响。从大到鲸鱼、小到蚊子，从天上飞的、海里游的到地上爬的，诗人用他的神来之笔给读者描绘了一个别具一格的动物世界，一个“奇境动物园”（Wonder Zoo）（Draper：225）。套用马克·多蒂的诗句“奇特的、因蛆虫而完美的天堂”来说（Doty，2008：78），劳伦斯给我们描绘了一个“奇特的、因地狱动物而完美的天堂”。这样的动物天堂是对物种歧视十分有力的一种反拨。

第三节 拟人论与拟兽论：人兽之间的平等与互通

劳伦斯对物种歧视的反拨不仅在动物界进行，而且还“越界”进行，即在动物与人类之间进行。诗人主要通过拟人论与拟兽论来揭示人与动物之间的相通性，以此来解构人类与动物之间的等级秩序。在他的一首诗歌中，甚至在一句诗行中，拟人论与拟兽论有可能是交叉并用的，但为了论述方便，我们只好分而叙之。

一 拟人论

拟人论（anthropomorphism）① 是人类根据自己的知识和体验去认识世界的一种手段和方法，它的主要特点是将人的性格特征赋予非人的动物、植物、物体、自然现象、抽象的概念等事物，因而与我们平常所说的拟人格（personification）十分相近。这一点从它的词源意义上也能看得出来。anthropomorphism 是拉丁语 ánthrōpos（human）与 morphē（shape 或 form）的结合，意即人与形的结合，也就是赋予事物以人形。拟人论涉及的范围很广，在宗教、神话、艺术、文学等领域被大量运用。原始人的万物有灵观、希腊和罗马神话中人格化的神、伊索寓言、中世纪的道德剧、《聊斋志异》中的狐仙和《西游记》中的妖魔鬼怪等都是典型的拟人论的例子。

---

① 这里主要参考了维基百科全书（wikipedia）所下的定义，具体参见 http：//en. wikipedia. org/wiki/Anthropomorphism。

拟人论自古有之，人类最原始的世界观即表现为朴素的拟人论思想。弗兰兹·博厄斯在《原始人的心智》一书中指出，拟人论的观念是构成原始人思维基础的重要范畴之一。原始人趋向于把人的特质注入运动中的客观世界，由此而诞生了关于世界的最初观念：石头、山峦、苍穹等皆被视为有生命的拟人化实体，它们具有意志并愿意帮助或是伤害人类(1989：109，98)。如克伦人就认为植物也像人一样具有自己的“拉”①，婆罗洲岛上的达雅克人认为稻子有“稻婚”，美洲印第安人称动物为“小弟弟”，等等（爱德华·泰勒，2005：388，584），这些都是原始人拟人论思想的具体体现。我国学者朱存明还将拟人论归结为原始人万物有灵观产生的基础。他指出，人类最早的意识便是对自然的认识，原始人把对自身思考的成果人格化，外化到自然万物上去，从而产生了万物有灵的观念(朱存明，1995：10)。由此看来，拟人论也是原始自然宗教形成的重要动因，在促进原始人与大自然其他生命或非生命形式的相融相合方面发挥了不可低估的作用，其中所涵纳的生态蕴意是不言而喻的。

然而，当下对人类中心主义的批判也使拟人论受到“牵连”。安德鲁·林基认为，拟人论是典型的以人为中心的一种做法，这种以人的感觉、审美情趣和价值标准为依据来拟写动物的做法势必导致对动物本性及其行为的严重扭曲或误解（23－26)。中古英语诗歌中《狐狸和落井的狼》写狼向假扮牧师的狐狸忏悔，其罪过是吃了一千只羊，并发誓从此改过自新不再吃羊。这就是典型的拟人论的负面例子。持否定意见者大都以类似的例子为由对拟人论进行批判或清算，并大力推崇那些被认为是摆脱了拟人论的自然书写，或曰非拟人论自然书写。诚然，《狐狸和落井的狼》这类故事是一种常见的拟人论现象，这种否认动物的主体性和本性、以动物为“场所”（site）来表达人的意识和情感的做法自然是不可取的，但以此为由对拟人论不加区分地一概否定不仅不符合客观事实，而且也有失公允。

作为人类理解动物的思维和感觉的语言工具，拟人论是一种“必然和自然的选择”（马克·贝科夫，2008：107)。维特根斯坦说：“假若狮子会讲话，我们亦不懂其言。”（Wittgenstein，1958：223）这也就是说，人类只能用人类的语言来理解和感受动物，而按照埃利斯的观点，当人类用自

① “拉”即精灵的意思。

己的语言来描写自然的时候，人类除了“占有”（being appropriated）自然、对自然实行拟人化处理之外，没有别的出路，区别只在于程度的不同而已（Ellis，2001：396，398）。此外，基于科学发现的动物的“类人”特质也为拟人论的合理存在和运用提供了坚实的依据。进化生物学、认知动物行为学以及社会神经系统科学等方面的研究表明，动物跟人一样有着丰富而深刻的情感，它们会感到快乐、痛苦和恐惧，其中有些动物如鲸鱼和鱼还能展示出一定的文化传承，等等。这样一来，用描写或表达人类特征的语汇来表现动物就是情理之中的事。

笔者比较赞同埃利斯的观点，即人类的语言决定了拟人论的必然，区别只在于程度的不同而已。如果我们把《狐狸和落井的狼》这类故事看作是拟人论横轴上的一极，那么劳伦斯诗歌中的拟人论可以说是处在横轴的另外一极，前者的拟人论程度最高，后者则最低。奥康纳最欣赏劳伦斯的一点是，他可以将自己完全投射到自然中去，但他所描写的自然生命总是一种无意识的生命，而不是那种令人难以接受的、让树和狗像人那样讲话和思考的“拟人论”自然（Cohn，1985：215－216）。这应是对劳伦斯笔下的拟人论所作的十分中肯的评价。库切也指出，好的动物诗歌应是“感觉动物经验的诗歌”，这样的诗歌力图忠实地揭示动物的他者性或是不可知性，而不是试图在动物中发现某种思想观念（Coetzee：5，51）。这一标准似乎是为劳伦斯的动物诗歌而设的。换言之，这也是劳伦斯动物诗歌的一大特色。或许是由于这一特色“遮蔽”了其中的拟人论成分，一些学者如马歇尔等认为，劳伦斯动物诗的不凡之处就在于诗人并没有将他笔下的动物拟人化，而是进入动物的身体，用动物的视角、立场和声音来感知和展现动物自身（Marshall：10，136）。

实际情况是，劳伦斯在书写动物的诗歌中大量运用拟人论。诗人有关鲸鱼、蝙蝠、蛇等动物的诗歌已经表明了这一点。此外，他有关乌龟的系列诗歌、他的《圣约翰》（“St. John”）、《鱼》、《驴》等许多动物诗歌也都是如此。譬如诗人有关鱼的描写：

> 一条瘦瘦的小狗鱼，长着好看的鳍
> 穿着灰色条纹的衣服，年轻的狗鱼仔
> 耷拉着脑袋从水下划过，若隐若现，
> 就像一位乡巴佬行走在昏暗的人行道上……

啊哈，这家伙我认识！

可是凑近一看
那种一动也不动、死寂一般的隐动，
那种不自然的桶状身材、食尸鬼一般的长鼻子……
我打消了问候他的念头。(CP：338)

很显然，诗人采用的是典型的拟人论手法。即使那种看似非拟人论的描写，“凑近一看”，依然是拟人论的写法。在“那种不自然的桶状身材、食尸鬼一般的长鼻子”中，“不自然”（unnatural）和“食尸鬼”就隐含着拟人论的成分。狗鱼无论外形多么奇特，那也是自然的造化，从自然的角度来看，它一定是自然的，只是从人的眼光来看才显得“不自然”；传说中的“食尸鬼”无论怎样丑陋和恐怖，也是具备人的形貌的鬼怪，故“食尸鬼一般的长鼻子”依然在某种程度上是用人的特征在摹写鱼，尽管诗人坦承他并不了解狗鱼：“我不认识他的上帝，/我真的不认识他的上帝。”(CP：338)

劳伦斯运用拟人论摹写动物的目的是为了揭示动物作为主体的他者性或不可知性，从而避免了将动物转化为象征符号的传统做法，使动物从人的陪衬或背景一跃而成为诗歌“凝注”的焦点和中心。但在揭示动物异质性的同时，诗人别具一格的拟人论也让我们看到了人性与兽性之间的相通性或同质性。这种相通性不仅解构了人类自视高动物一等的虚妄，而且也使读者对动物产生了一种惺惺相惜的理解和同情，因而有着重要的生态启示意义。

这其中诗人对动物性的开拓性拟写尤其引人注目，给人的印象也最为深刻。在《他和她》(“Lui Et Elle”)、《乌龟的勇敢》(“Tortoise Gallantry”)、《乌龟的呼喊》、《驴》、《公山羊》(“He-Goat”)、《母山羊》(“She-Goat”)、《鲸鱼别哭泣》等诗歌中，诗人都写到了动物的性。“性，本质也”，这是《辞海》对性的解释。这也就是说，只要是有生殖生命的，无论是人还是动物，都是性本性。田鹰认为，“性是一种生命现象……它不仅是人的本性的自然构成因素，同时也是文化所认可的各种各样态度和价值的起始点。”（2009：17）劳伦斯眼里的性大抵上也是如此。在他看来，性就是生命本身，而且从一个更为宽广的维度上来看，性与生生不息的大自然的生命律动是联系在一起的。从这个意义上来讲，劳伦斯对动物性的拟写可谓在生命的最深处开辟了一条人兽之间平等对话的渠道。换言之，性既然被诗人看作是人性的“中心之火”，它也必定是兽性的“中心之火”，透过这样的“中心之火”，读者从兽性中看到的是人性，也从人性中看到了兽性，从而真正从本性上对非人类生命产生一种认同感，即使对方是一头“蠢笨”的驴子：

他陷入爱中，
可怜的驴子，跟人一样，总是要发情，
这一对在这方面总是很相像。

他所有的灵魂都积聚到他的雄性生殖器上
他的头变得沉重起来
因欲望和羞惭。(CP：378)

在此之前，这头驴是那样的雄心勃勃，势不可挡，他曾将“群狼踩在脚下”，他用“牙齿撕扯烈风”，他对母驴不屑一顾，并视其为前进道路上的障碍。可一旦“坠入爱河”，“母驴障碍”（mare obstacle）便成了他追求的“母驴目标”（mare-goal），即使“卖身为奴”（CP：378），他也心甘情愿。众所周知，驴在中西文化中大都与愚蠢、笨拙有关，汉语中的“黔驴技穷”，英语中的“make an ass of oneself”（出洋相），“act the ass”（干蠢事）等就是明证。基于这一认识，很少有人将驴作为诗歌主体予以肯定的表现①。劳伦斯对驴为性而“狂”的拟人化摹写既富有幽默感，又让人感同身受，情不自禁地对驴产生一种理解和认同。

劳伦斯对动物性爱最精彩的拟写是在他的乌龟系列诗中。乌龟系列诗共有六首，主要描述了一只雄性乌龟从幼年到成年的“人生经历”，其中对乌龟性本能的描写占据了多一半的篇幅：上文提到的有关动物性爱的七首诗歌中，前三首就出自乌龟系列诗。我们看到，在《乌龟的家庭纽带》

---

① Francis Jammes 的诗歌“A Prayer to Go to Paradise With the Donkeys”写到了驴的温顺和善解人意，但诗歌表达的主体仍然是人，而不是驴。详见 *Bestiary：An Anthology of Poems about Animals*（Frog Ltd.，1996）第78—79页。

(“Tortoise Family Connections”) 中，刚出世的小乌龟就像伊甸园里的亚当一样无忧无虑，孤独对他而言就是存在，而且是一种独立的存在，因为他压根就“不知道什么是孤独”(CP: 357)。这样一来，小乌龟身上反倒有一种“不屈不挠的意志和原初生命的骄傲”(CP: 352, 353)。小乌龟也没有爱的概念，玩伴也罢，配偶也罢，父母也罢，对他来说一概不存在。他唯一知道的就是去爬行，去漫游，去做他自己：

> 爬行，而且十分确信他是在爬行：
> 够了！
> 做一只乌龟！
> 想想看，在花园里，在寂然不动的土块中，
> 一只快活的、灰色斑纹的小乌龟，那样的自在知足——
> 真正亚当一个！(CP: 358)

然而，好景不长，到了青春期，小乌龟的性本能开始觉醒，打破了他独立而完整的个体世界：

> 唉，一根矛穿透了他孤立的肋肉。
> 他的青春眼见他被钉上性的十字架，
> 命中注定，在长长的欲望十字架上，他必得寻求他的
> 圆满，自身之外的圆满。
> 被情欲分裂成双重的
> 他，曾经是如此完好，不为情所累，而今却破裂成欲望的碎片，
> 命中注定让自己成为愚相百出的傻瓜
> 为的是追求再一次的圆满。(CP: 361)

诗人在这里呈现给读者的分明是一幅基督受难图，只是十字架上的基督换成了乌龟，从而在基督的受难与乌龟的性煎熬之间形成一种平行结构。这是一个匠心独运的结构隐喻，因为乌龟龟壳上的图案形状就是一个十字架，而且是一个“嵌入生命深处”的十字架(CP: 354)，它同时也是自然将雄性和雌性一分为二的一种象征。如此一来，乌龟的性本能就被提升到宗教的高度，与宗教的神性联系到了一起。布鲁姆指出，劳伦斯跟

布莱克一样，都将救赎看作是一种性的过程（Bloom：11）。诗人将乌龟暗喻为十字架上的基督，其中就隐含着这样一层意思。具有反讽意味的是，基督被钉上十字架是为了替人类赎罪，是因某种精神性的东西而牺牲自己的肉体，乌龟则被其性本能钉上了十字架，他的煎熬受罪是为了通过性的满足来获得肉体的圆满再生。在《死去的人》中，基督通过与女祭祀伊希斯的性爱而获得再生，劳伦斯对基督复活故事的改写似可看作乌龟获得救赎和再生的注解。为了觅得那被十字架分割开来的自我的另一半，乌龟没有了那种“原初生命的骄傲”，他“像狗一样”跟在雌龟身后，以“一种爬行动物特有的执着”苦苦追求（CP：362）。这与人类“为伊消得人憔悴”的行为又有多大区别呢？在《乌龟的呼喊》中，诗人惟妙惟肖地刻画了雄龟所追求的那种“圆满”结果：

> 雄的乌龟，在严密的雌性乌龟的陋屋后面穿过，
> 架好，拉紧，像展翅的鹰，以乌龟的赤裸从壳体中伸出，
> 长长的脖颈、长长的脆弱的四肢伸了出来，
> 展翅的鹰在她的屋顶上，
> 深深的，秘密的，穿透一切的尾巴弯曲在她的墙壁之下，
> 延伸，握紧，以最大的张力延伸更多的痛苦，
> 直至突然地、在交配的激动中，痉挛地撞击，并且，噢！
> 从伸出来的颈上，打开捏紧的脸，
> 发出微弱的呼喊，发出尖叫。（CP：364－365，吴笛译）

乌龟的呼喊在诗人看来发自“生命之黎明的幽深处”，或“遥远的生命地平线的边缘”（CP：364，366）。这也是神圣的自然为促进生命的不断繁衍和完善而发出的呼喊，是生命过程中谁也控制不了的自然规律，无论乌龟、人还是自然界的其他生命都会不由自主地为“生命的完整而呼唤”，并在得到回应、“找到所寻”之后开始又一轮的呼唤和寻觅。因为，按照诗人的解释，从基督到奥西里斯（Osiris）[①]，从乌龟到人类，都处在自然之轮悖论式的循环往复之中：“撕碎，是为了再次变得完整”，而“整体的东西被撕成散片，/分散的部分经由宇宙又找回了整体”（CP：

① 主宰冥府的古埃及之神。

366, 367)。由此看来，当人类和动物都背着同样的性爱十字架在同样的自然之轮中寻求同样的“圆满”的时候，人类这一物种的优越感又是缘何而来呢？尤其当二者都以性为“中心之火”、为生命的源泉和能量的时候？

劳伦斯一直将性爱看作是人与非人类生命之间的天然纽带，并竭力主张接受人的动物性的一面，这样才能使人格保持完整。这“动物性”中无疑也包含动物的性爱。无论是鲸鱼、驴子，还是乌龟的性爱，在诗人眼里都是一种本能的、无意识的、纯自然的性爱，与诗人所抨击的人类头脑中的性爱（sex in the head）截然不同。正是因为如此，劳伦斯首次在诗歌中对动物的性爱进行了形象地拟人论书写，通过呈示动物寻求“完满”自我的生命本体冲动及其“对神圣的自然力量的认可”（陈红：206），诗人让我们看到了人与非人类生命之间本质上的相通，从而对物种歧视进行了有效的解构。

二 拟兽论

与拟人论相对的拟兽论（zoomorphism）简单说来就是将动物的形貌特征赋予人和事物的一种做法或曰修辞手法。从词源意义上来看，希腊语中的 zōon 意为动物，morphē 意为形状，也就是赋予人和事物以动物的形貌。根据维基百科全书[①]的定义，拟兽论主要包括这么几种情况：将人类想象为动物的艺术；运用动物意象或特征创作模型的艺术；神话传说中的动物神祇；变形为动物的一种能力；用动物的行为来观察人类行为的一种做法。基督教中的圣灵鸽子、尽人皆知的斯芬克斯、奥维德创作的人变形为动物的故事、文学中所说的“咆哮的大海”、我国古代神话中的鲧以及蛇身人首的女娲，等等，这些都是拟兽论的典型例子。

可以看出，拟兽论主要是在人与兽之间进行的。跟拟人论一样，拟兽论的基本立足点也是人兽之间的亲缘关系和相通性[②]。据布赖森解释，英语中的“animal”一词最早表达的也是“活的生物”（a living creature）、“任何活着的东西”（anything living）等意，这其中自然也包括人类自己

① 网址见：http：//en. wikipedia. org/wiki/Zoomorphism。

② Humphry Primatt 所著 *A Dissertation on the Duty of Mercy and the Sin of Cruelty to Brute Animals*（Kessinger Publishing，2007）对于人兽之间的亲缘关系和相通性进行了较为全面地论述。

（Bryson：34）。另据托马斯（K. Thomas）的研究，当前有一种趋势，即认为动物几乎具备人类所有的特征，包括理性、智慧、语言等许多方面。究其原因，比较解剖学所揭示出来的人与动物躯体结构上的相似性对这一趋势的形成起到了决定性的推动作用。此外，社会进化论也让越来越多的人相信，人类也是动物，只是先于其他动物变得更加完善而已（Armstrong，2003：5）。博厄斯根据不同类型的人之间的混血和家养动物之间的杂交这一事实得出的结论是：人类不仅是动物，而且还是一种驯养的动物[①]（41）。事实上，在原始先民那里，人类一直将自己等同于动物，这一点在博厄斯（94）和朱存明（111）等学者的著作中都有明确的表述，而比较解剖学和社会进化论等科学只是进一步证明了原始人凭直觉感知到的真理。

在劳伦斯笔下，拟兽论的运用随处可见。在生活中喜欢用"红狼"、[②]"凤凰"、"羽蛇"等动物来为自己命名的劳伦斯（Gilbert，1984：xviii），在诗歌中也采用同样的"套路"。相较于拟人论而言，劳伦斯似乎更加钟情于拟兽论，而对拟兽论的青睐既隐含着诗人对人兽之亲缘关系的认同，同时又与他对动物的喜爱有着密切的关系。《白孔雀》中安娜贝尔（Annabel）的座右铭是："做一只名副其实的动物，忠实于自己的动物本能。"（*Peacock*，1983：147）这何尝不也是诗人自己的座右铭，从中也可以窥得他钟情于拟兽论的深层因由。

虽然拟人论与拟兽论有着相同的基点，都是基于对人与动物共同本质的认识，但劳伦斯笔下的拟人论和拟兽论还是有所侧重。如果说他借拟人论主要表达了动物与人之间的平等和相通以及人对动物的理解和认同的话，那么他的拟兽论则主要表达了人对动物的向往和艳羡。换句话说，透过劳伦斯笔下的拟兽论，读者看到的不是人优于动物的一面，而是人不及动物的一面[③]，这就从人的"软肋"处攻破了人是万物之灵长的神话，从反面强调了人兽之间的平等与互通。

总的来看，劳伦斯笔下的拟兽论主要表现为将人想象或比拟为动物以

---

① 劳伦斯在 *Study of Thomas Hardy* 第 203 页中也说："人类是唯一一个有意驯化自己的动物。"

② 前文所说的《红狼》一诗也是拟兽论的典型之作。

③ 诗人在"Only Man"（CP：701）一诗中集中表达了人不及动物的思想。他指出，只有人才从上帝的指缝中滑落，其他动物如眼镜蛇和白蚁等都保持了自己的本色。

及人变形为动物这两种方式。我们先看第一种。诗人在《生活与人类意识》（“Life and the Human Consciousness”）一诗中先是直截了当地批判人类把世界弄得乱七八糟、把自己弄得狼狈不堪的现状，然后接着写道：

我真希望我有鳍有鳃，
有火鸡一样的沙囊[①]，
或任何一件显示生命的物体，
来代替杂乱，
这种杂乱表现全部愚蠢行为中的卑鄙的人类意识。

（CP：837，吴笛译）

很显然，诗人采用的是一种借代式的拟兽论手法，通过想象自己是火鸡或是鱼等动物来表达他对人类的不满和失望。个别学者或许认为这其中掺杂着一种厌人类倾向（misanthropy）[②]，但却没有看到，爱与恨从来就是孪生的，诗人的恨恰恰是出于拯救人类的初衷[③]，而拯救之道在他看来首先是要摒弃自大狂妄的“人类意识”，恢复人的动物天性，一如鱼和火鸡那样“顺其自然”地生活。否则，把一切搞得一团糟的人类是“不配我们脚下的大地的”（“Up He Goes”，CP：553）。赫克尔说：“自然是正义之源，给人类生活以智慧且安全的指引。”（王诺，2003：32－33）诗人渴望自己是鱼或火鸡的拟兽论也是赫克尔这一思想的具体体现。

诗人在《圣马太》（“St. Matthew”）中运用了类似的拟兽论。诗歌大意为：圣马太渴望夜晚时分能从提升他上天的支架上被放下来，亦即从追求纯精神的桎梏中被解放出来，以便让他恢复人的自然本性。诗歌通过“拟鱼”、“拟蝙蝠”、“拟云雀”等手法表达了主人公的这一愿望：

---

① 劳伦斯专门有一首描写火鸡的诗，名为“Turkey Cock”（CP：369—372），也是诗人喜欢的一首诗。参照该诗来看“火鸡一样的沙囊”，更能见出诗人的用意。

② 参见 Ronald Granofsky 所著 *D. H. Lawrence and Survival* 第29页。另外，诗人在“There are Too Many People”和“Mountain Lion”等诗歌中对人类将地球啮噬成沙漠和杀害动物的行径分别予以谴责。这一点也可能为他所谓的厌人类倾向提供了口实。

③ 奥尔丁顿在为 *Apocalypse* 所写的序言中说，正因为劳伦斯爱得如此之深，他才如此之深地恨那些爱的敌人。这“爱的敌人”自然是指那些把世界搞得一团糟的人。

到了傍晚，我必须得停住我精神的翅膀
正如我停住提我上升的支架，
我必须得归返我的赤裸，像一条鱼，沿着倒悬的漆黑夜空①
沉游下去，像一条寻觅海底的鱼，
脸朝下
缓缓地游摆
在大海深处黑暗的陡坡峭崖之间，在岩藻蔓蔓、海草
萋萋的墨色水谷之间。(CP：321－322)

作为耶稣十二门徒之一，圣马太创作了以天国的降临为主干的《马太福音》，他是追求来世永生的代表性人物，也是精神追求的象征。从基督教的角度来看，圣马太无疑是人杰，是高士，但即使“高杰”如斯者，在诗人眼里仍旧是残缺的（lacking），而残缺的原因恰恰是由于他的“高杰”。圣马太坦认，他“否认不了精神中黑色的蝙蝠翅膀”，或是“蝙蝠翅膀一般的人心”，他必须回到褐色的土地上，与鲜花、野兽、蝰蛇为邻，他必须像鱼一样，“在大海深处黑暗的陡坡峭崖之间”游弋，方能在黎明时分像“云雀一样一飞冲天”（CP：322，323）。诗人在《生活与人类意识》中“蜻蜓点水”式的拟兽论在此得到了具体而生动的表现，几欲让人产生这样的错觉：圣马太就是那条寻觅海底的鱼！

如果说人类在“残缺”的情况下渴望自己能像动物那样自然地生活，那么可以想见，“完整”的人类、或是生命状态达到“最佳值”的人类，一定是已经做到了、感觉到了、或是不自觉地像动物那样生活的人类。在《最后的时光》（“Last Hours”）中，诗人写道：“在家的感觉真好/就像草上的虫子/让生命自然地过去!”（CP：50）在另一首诗歌《荫》（“Shades”）中，诗人认为人性中“闪烁的阴影”就像“花的摇曳，/虫子的盲目，/和停下来倾听的老鼠”（CP：170）。诗人这种以“成虫”为乐的心态、这种惟妙惟肖、像拍照一般捕捉住动物瞬间样态的拟兽论手法尤为当代生态诗人所看好。我们从赖特（James Wright）的《尝试祈祷》（“Trying to Pray”）和《祝福》（“A Blessing”）、金耐尔的《狗熊》（“The Bear”）和《灰色的鹭》（“The Gray Heron”）、艾蒙斯（A. R. Ammons）

① 指黑夜的大海。

的《静止》（“Still”）、罗特克的《鼻涕虫》（“Slug”）和《展开！展开！》（“Unfold! Unfold!”）等诗歌中，都能觅得“劳式”拟兽论的影子。譬如罗特克在《鼻涕虫》中说，他的快乐就是与蝙蝠、黄鼠狼、毛毛虫为伍，或是做一只“最令人作呕”的鼻涕虫，“在土中/用膝盖刮擦/砾石，拖着又长又湿的鼻涕”（Roethke：145）。

当然在这些生态诗歌中，诗人们也大量采用人类变形为动物的拟兽论手法，我们称之为变形。变形是文学中的一个传统母题，奥维德的《变形记》是公认的变形母题的源头。在这部西方文化的奠基之作中，人变形为动物或植物要么是出于对其恶行的惩罚，要么是出于对其美德的奖赏，还有一种情况是人为了逃脱某种更可怕的命运不得已而为之。总之，奥维德对变形持既否定又肯定的辩证态度。在他之后，人们对变形的态度逐渐发生了变化，其中肯定的成分越来越少，否定的成分越来越多。在罗曼司、童话故事、西方现代文学中，人变身为动植物大都与不幸、恐惧、异化等联系在一起——即使变身为安徒生童话中美丽的天鹅也是一件十分不幸的事。可是到了20世纪中晚期，生态诗人对变形的肯定和向往使情况又发生了逆转。从否定到肯定，针对变形发生的这一态度上的变化折射出从人类中心主义到生态中心主义的思想嬗变。劳伦斯无疑是促成这一“嬗变”的先驱人物。他的《傍晚的牡鹿》（“A Doe at Evening”）就是变形的典型之作。现将全诗抄录如下：

当我穿过了沼池
麦田里跳出了牡鹿，
留下她的幼崽
飞快冲上了山坡。

在山坡与天空相交之处
她转动身子，四下环顾，
她向蓝幽幽的天空
刺上一个美丽的黑斑。

我朝她凝望，
感觉到她在观看；

我成了奇特的物体。
然而，我有权在那儿与她共处。

她伶俐的身影疾驰如飞，
沿着天空线；她
掉过光洁、美丽的脸庞。
于是我认出了她。

哦，是的，作为男性，我的脑袋既不光洁，也没有鹿角？
我的臀部也不轻盈？
她奔跑时与我用的不是同一股风？
我的恐惧没有覆盖她的恐惧？（CP：222，吴笛译）

这是一首很美的诗。用品托的话来说，这首诗歌颇具意象派[1]诗歌的诗风，牡鹿的轻盈和灵动在诗人轻盈和灵动的语言中得到了完美的表达。（Pinto：10，11）就诗歌语言来说，品托的评价是十分中肯的。但就主题来说，诗歌除了表达牡鹿的“轻盈和灵动”之外，还蕴含着人鹿相遇相知并相融的生态意义，而二者相知并相融的表征便是诗人变形为雄鹿，与作为诗歌主体的牡鹿乘着“同一股风”奔跑。诚如汤姆林森所言：“变形是对自我的一种挑战，自我借此和宇宙大化联成一体。”（Tomlinson，1983：26）如果说牡鹿的“轻盈和灵动”是一种可以预见的美，那么诗人的变形则是一种惊诧的美，而惊诧之余又让人感到很自然。之所以这样说，是因为诗人的变形是那样地不着痕迹，仿佛在倏忽之间，当读者正跟着这位叙事者“观看”牡鹿的时候，他却在不知不觉间变成了一只雄鹿——故事的叙事者在故事尚未终了的时候突然变成了故事！乍看上去，诗人的变形似乎是发生在诗歌最后，但回过头来看，变形其实在诗歌叙事的中途就已经发生了，即发生在诗人感觉到牡鹿在观看自己、感觉到他是牡鹿眼中“奇特的物体”的那一瞬间，只是彼时他（还有读者）尚未意识到他已经变成了雄鹿，直至他“认出”牡鹿之际。诗人的变形不仅来得惊奇和自

① 劳伦斯的创作在一定程度上也受到了意象派的影响。参见 Jack Stewart 著 *The Vital Art of D. H. Lawrence* 第16、28、32页。

然，而且也来得彻底：从外形（长角、轻盈的臀部）到环境（同一股风）到感觉（恐惧）完全融入牡鹿的世界或曰空间。

在奥维德的《变形记》中，也有一个人变身为雄鹿的故事，但这却是一个十分悲惨的故事：阿克提安（Actaeon）由于无意中看见了正在洗浴的狩猎女神阿尔忒弥斯（Artemis）的裸体而被变成了一头雄鹿，随后又被他自己的猎狗撕成了碎片。阿克提安的变形自然是他无法接受和认同的，一是因为这是一种可怕的神对人的惩罚，二是因为作为一名出色的猎手，他的乐趣之一就是欣赏猎狗撕咬鹿的场面，因而他很清楚成为一头鹿意味着什么——这其中的人兽差别自然是不消说的。诗人告诉我们，当猎狗们扑在变形为鹿的阿克提安身上撕咬的时候，他从心里发出绝望地呼喊："他多么希望自己是在观赏，而不是在感受被猎狗凶狠地撕咬的滋味啊！"（Ovid，1977：141）但阿克提安最终不得不像鹿那样"感受"被撕咬的痛苦，以这种惨烈的方式达成对鹿的理解乃至认同，可这是一种怎样的"感受"认同！在这一语境下来看诗人惊奇而又自然地变形为雄鹿并与美丽的牡鹿一起御风疾驰的那种快意，那种人与动物相知相融的"完整"，读者更能见出其中的深意。

诗歌中的"观看"细节也值得一提。根据凝视（gaze）理论，凝视（又为注视或盯视）是一种"携带着权力运作或者欲望纠结的观看方法"。观看者通过"看"这一特权确立自己的主体地位，而被观看者则通过"看"沦为观看者的对象和客体（赵一凡等，2006：349）。但在这首诗歌中，诗人与牡鹿都处在相互"观看"、互为主体的位置：先是诗人在观看牡鹿，后是牡鹿在观看诗人（且牡鹿的观看似乎更多一些），诗人由观看者变成了被观看者，由主体变成了一个"奇特的物体"（雄鹿），而牡鹿则变成了观看的主体。诗人的变形正是在牡鹿的"观看"下发生的。同样，《狐》中的马奇也是在狐狸"锐利的、满不在乎的黑眼睛盯视"下而变得意乱神迷（《中短篇》：46），并对狐狸产生了一种深深的认同。在《鱼》中，人也被置于鱼的"观看"之下——人是一种"多指的可怕的白昼"（CP：339），而在鱼的"观看"之下，"诗人和读者都部分地变成了鱼"（Oates：54），"有着水一样的眼睛，/和门一样张开的嘴"（CP：336）。由此看来，诗人赋予动物以"观看"的权利或地位也是人变形为动物的一种必要，同时也是解构人类中心主义的一种策略。

劳伦斯向来认为动物的生命存在远比人类要完整和自然，原因是动物始终保持着那种原初的、自然的生命本性与活力，而与动物同宗相类的现代人却丧失了这种活力。人只有转向动物，或是“变形”为动物，从动物身上汲取黑色的生命养分，才能求得本性的复归，并在此基础上重建人与自然的联系。拟兽论无疑是诗人表达这一思想的理想的诗学策略。通过这一诗学策略，诗人打破了人类将自己凌驾于动物之上的神话，以一种“反说”的方式表达了人与动物之间平等互通的生态理念。与此同时，由于“打通”了人兽之间的壁垒，诗人因此也成为那种能自由地穿越世界的诗人——一位在动物世界和人类世界之间自由穿行的诗人。

第四章

在黑暗的阳光中绽放：不死的死亡

一旦树叶凋落，
甚至连上帝也不能使它返回树身。
……
只有死亡通过分解的漫长过程
能够溶化分裂的生活。
经过树根旁边的黑暗的冥河，
再次溶进生命之树的流动的汁液。①

美国当代小说家、《白噪音》的作者唐·德里罗（Don Delillo）说："如果写作是凝神思考的一种形式，那么最有力度的思考归结于对死亡的某种思考。"（转引自朱梅，2010：170）劳伦斯书写死亡的诗歌亦即他对死亡的思考也是"最有力度"的一种思考，因而也最能体现他的黑色生态意识。劳伦斯对死亡的描写和表现贯穿他一生的诗歌创作——诗人在为他1928年的诗歌集所作的序中也明确讲到了这一点（CP：28）。通过诗歌这一诗学形式，劳伦斯对生死之关系这个最根本的哲学命题进行了持续地探索和思考，形成了凝聚着他独特的人生观和价值观的死亡思想。在西方死亡哲学的历史语境下来观照，劳伦斯的死亡观显得既"原始"又"自然"。所谓"原始"，是指基于原始人圆形思维的、死亡与再生循环轮转的原始死亡观；所谓"自然"，是指自赫拉克利特和卢克莱修以来，西方

① 摘自《命运》（"Fatality"，CP：617），吴笛译。

以“自然的眼光”来看待死亡的一种哲学。前者的认知基础被认为是唯心主义的神话宇宙观，主要特点是否定死亡的终极性、相信灵魂不灭和再生；后者的认知基础被认为是唯物主义的自然宇宙观，其特点是将死亡看作是人固有的自然属性，是自然生灭变化规律的一部分（段德智，2006：57，58）。显而易见，这两种死亡观有着质的不同。但劳伦斯对原始自然宗教的认同、他与自然之间的契合与互通以及他的泛灵论自然主义思想却成为两者之间的绝佳结合点，并使之统一为一个有机的整体，由此而形成他富有生态意蕴的死亡思想。

第一节 对死亡的接受

一 对死亡的恐惧和排斥

正如我们在第一章所说的那样，劳伦斯对死亡的态度经历了一个从拒斥到接受再到颂扬的过程。故在阐明劳伦斯对死亡的肯定和接受之前，有必要简要阐述一下诗人对死亡的拒斥，这样才有可能对他死亡思想形成的脉络走向有一个更为全面的了解和把握。总的来看，诗人对死亡的拒斥主要体现在他为亡母所写的挽歌（权且这么说吧）、部分早期的爱情诗以及其他诗歌中。透过这类诗歌，我们看到诗人拒斥死亡的理由并不复杂，说白了就是：他对死亡有一种本能的恐惧，而这恐惧又源自他对死亡有限的认识——死亡意味着“永远的缺席”（Watkin，2004：5），悲惨的失去（loss）和肉体的彻底消亡。

他的名诗《钢琴》（“Piano”）写诗人回想起幼年时母亲弹琴的美好时光，而今黑色的钢琴犹在，母亲早已不在人世。物是人非，诗人悲痛难抑，“哭得像个幼婴”（CP：148）。《新娘》（“The Bride”）也是纪念母亲的一首诗。诗歌几乎通篇都在描写母亲死后的安详面容，但到结束的时候，“新娘”死寂的嘴里仿佛发出画眉一般凄婉的、刺穿夜空的歌声。这种“静”“动”之间的巨大反差在传达出诗人深埋心中的悲痛之余，还让人产生些许的恐惧感。如果说《新娘》只是隐含着对死亡的恐惧，那么在《梨花》（“Pear-Blossom”）这首爱情诗中，诗人则直截了当地说出了他对死亡的恐惧：“我的上帝，我不敢想它[①]会永远逝去，/我不敢想你会

---

① 指梨花。

永远逝去，/你的死让我恐惧不已。”(CP: 891) 诗人将恋人比作梨花，从梨花的凋谢中看到了恋人的死亡，为此他感到“恐惧不已”。《年轻的妻子》(“A Young Wife”) 同样表达了诗人因爱而害怕失去、惧怕死亡的强烈感情。诗人说凡是爱人所到之处，死亡总是如影相随，“即使在野花摇着铃铛/云雀闪烁在蔚蓝的地方”。这样的恐惧和痛苦让诗人感到“难以承受”(CP: 216, 吴笛译)。

与诗人因爱而起的死亡恐惧相比，《行军》(“On the March”) 和《病》(“Sickness”) 这两首诗歌的着眼点不再是对所爱的人永久“缺席”的恐惧，而是对死亡自身的可怕景象进行了生动形象地摹写。诗人在《行军》中说，在长长的、没有尽头的路上行进的士兵们很有可能在一个巨坑的边缘上一脚踩空，从此消逝进永无止境的虚无。《病》主要写在黑暗中摸索行走的诗人担心自己不小心会打开死亡之门，字里行间流露着对死亡的恐惧：

在我眼前慢慢地颤晃，那伸进黑暗的
双手，在死寂中盲目地摸索，后边拖着
我的身躯，缓缓地移动。
指尖无一物碰到，除了一团看不见的黑夜
捂住我的脸和双眼！试想我的手在伸出的
瞬间触到了那扇门！

·

试想我突然绊倒，将那扇门
撞开，巨大的灰色黎明从我脚面上涡旋而过，在
我来不及抽身之前！

试想我在未知中打开那扇永恒的门
被那可怖的黎明卷走，从此消逝进永恒的
洪波！(CP: 147)

塞内加 (Seneca) 说：“谁都可以阻止一个人的生命，但没有谁能够阻止他的死亡；为死亡敞开的门有千重。”(Gilbert, 2006: ix)《病》这首诗歌描绘的死亡之门就是其中的“一重”。这扇门总是在那里，诡异、神

秘、可怕，却又无法看见，谁也不知道什么时候、会以怎样的方式触到它，但总有一天谁都会触到它。这种已知的未知不由人心生恐惧。而它一旦突然打开，触到它的人就会被洪波流转的“可怖的灰色黎明”一下子卷走，从此永远消弭。只在倏忽之间，在某个“偶然”的瞬间，生命竟会消逝得无影无踪。瞬间成永劫，焉有不怕之理。诗人在他所描绘的可怕的死亡图景中也表明了他惧怕死亡的原因。从某种意义上来讲，这也是他在上述诗歌中拒斥死亡的主要原因。

二　对永恒的质疑和否定

诗人惧怕死亡的最根本的原因还在于他以死亡之门为界，将生与死截然分开，将个体生命与整体生命截然分开，没有看到两者之间的辩证关系和有机联系。根据拉赫佩的研究（LaChapelle：164），劳伦斯是在考察了伊特鲁里亚人的墓地之后彻底改变了他对死亡的看法：死亡不再意味着生命的消亡，而是生命延续的又一种形式，它不仅不可怕，而且还很美，是故伊特鲁里亚人总是身着盛装，用珠宝、美酒、舞蹈和牧笛来迎接死亡。但这一变化的发生也不单单是由伊特鲁里亚人促成的。在此之前，叔本华有关个体生命有生有灭而整体生命借此永存的死亡哲学、尼采有关个体死后必定会回来的“永恒重现”说、柏格森对死后继续存在的信念，等等，这些都对诗人产生过不同程度的影响[①]。这一点从他的小说《白孔雀》、《虹》和《女人》等作品中就能看得出来。如在《女人》中诗人这样写道：“死亡是极完美的事，是对完美的体验。它是生的发展。”（《女人》：207）由此看来，诗人早在考察伊特鲁里亚人的墓地之前就已经改变了他对死亡的态度[②]，而考察的结果可能只是进一步印证和加强了他对死亡的看法，最终促成了他对死亡的接受、向往和歌颂。且看《当成熟的果子落下时》（“When the Ripe Fruit Falls”，以下简称《当》）一诗：

---

① 一个众所周知的事实是，以叔本华、尼采、海德格尔、柏格森、弗洛伊德等为代表的非理性主义是劳伦斯创作的思想基础，故有此说。

② 需要说明的是，尽管诗人对待死亡的态度变化有一条比较明晰的轨迹可循，但这种变化也不是绝对的，有时候也是相互矛盾的。这也就是说，我们在他拒斥死亡的阶段（阶段的划分也只是为方便论述而已）即早些时候也能找到他肯定乃至赞美死亡的诗歌，而在他生命的晚期，偶尔也能看到他惧怕死亡的诗歌。

当成熟的果子落下时，
它的香甜凝成甘露，滴入大地的脉络。
当圆满的人逝去时
他们人生的膏油渗进
活宇宙的脉管，为原子，
为不死的混沌之躯增添光彩。
因宇宙是活的
如浮动的天鹅
它的羽毛辉闪着
人生膏油的银光。（CP：504－505）

同样是死亡，《当》与《病》却给我们描绘了两种截然不同的景象。在《当》中，死亡是一道瓜熟蒂落的自然风景，它是圆满的，香甜的，闪亮的，归返重生的；在《病》中，死亡是诡秘的，可怕的，灰色的，永劫不复的。两相对比，诗人肯定和接受死亡的因由自然见出。

具体说来，劳伦斯对死亡的肯定和接受首先体现在他对永恒的质疑和否定上面。在他看来，一切皆在变化之中，“我们生命绽放的过程（也）是一个不断变化的过程”（RDP：62），而生命的美也正在于这种“变”（becoming）的美丽和神秘；正因为这是一个时刻都在变化的世界，一个在创造之流（flux of creation）和腐灭之流（flux of corruption）的交融中不断更替的世界（ibid：37），人类孜孜以求的不死的永恒（即不变）就成了一种有悖自然规律的虚妄。殊不知真正的永恒只有一种，那就是永远不变的变化自身，用诗人的话来说，“永恒就是穿越空间的无边的旅行”（性与美：29）。济慈在《希腊古瓮颂》中尽情讴歌枝叶永不凋零的树，并称这种树的枝叶为春天永驻的“幸福的枝叶”（happy boughs）。劳伦斯则提出完全不同的看法：“一朵花去了，这或许是最好的结局。如果我们能够接受它的转瞬即逝，它的呼吸，它的要么恶魔一般、要么奥菲利亚一般的脸，它的表情，它绽放时的风姿，它的凋谢——这才是花。”（“Forward”，CP：424）诗人的意思很明确，即所谓的永恒其实就是瞬间，是短暂，是变化，而不是“长生不老”或“春天永驻”。

《忠贞》（“Fidelity”）就是一首通过颠覆永恒来肯定变化和死亡、进而通过变化和死亡来肯定爱情的诗。诗人仍旧以花“说事”：

噢，鲜花凋谢，因为它们疾速运动；小小的生命湍流
跃上茎的顶巅，隐约闪现，旋动
转弯飞翔时的抛物线，
下倾，离去，像一颗彗星疾速拐进幽冥世界。

（CP：476，吴笛译）

鲜花的凋谢通常会激起人们的怜惜或伤感之情，但诗人却认为这正是“它们的可爱”之处（ibid），因为那种不凋谢的花不是花，充其量只能算是假花。诗歌将“静止”的鲜花比作疾速飞行的彗星，构思奇崛，形象生动，突出了鲜花运动、变化、消亡的生命轨迹。这里的鲜花跟诗人散文中盛赞的雏菊几乎如出一辙：从小小的花蕾拱出叶丛到花儿的凋萎和消失，雏菊始终像一条流动的小河，“这个过程没有停留和犹疑，（因）它是一个永恒欢乐生命流动的过程”（《性与美》：65）。

鲜花的凋谢在诗人看来之所以是“可爱”的，“欢乐”的，是因为他知道，只有通过死亡，一切才能“再次溶进生命之树的流动的汁液”（CP：617）；一个没有死亡的世界固然永恒，但这样的永恒本身却意味着彻底的、可怕的死亡，意味着自然没有了发展、过程或调节，亦即意味着自然的终结。反过来说，正是因为有死亡，才有枝叶的荣枯交替和生生不息的大千世界，生命的美才永存。诗人为此写道：

如果没有绝对的、彻底的忘却
和知的停止，完美的知的停止
和所有意识的纯粹的中断
生命将是何等可怕！（CP：724）

无独有偶，美国生态诗人史蒂文斯的《礼拜天早晨》（“Sunday Morning”）描绘的恰恰是一幅没有死亡的图景，可谓劳伦斯“可怕”之语的最好印证：“天堂里难道没有死亡更迭？/成熟的果子永远不落？沉重的枝丫/总是悬挂在完美的天空下，/一成不变？”这样的永恒与其说令人向往，毋宁说令人绝望和痛苦，因为“跟尘世的一样/那里也有河流在寻找海洋/但却永远无法找到”（Stevens，1954：69）。

这种死亡缺席的永恒及其所导致的可怕后果在西方文化中也是有源可

溯的。在奥维德的《变形记》中，当伊娥（Io）的父亲发现自己满世界寻找的女儿竟然被变成了一头牛时，悲伤得不能自已，悲伤之余，他又恐惧不已，原因是他是神，而死亡之门对神是关闭的，这就意味着他将永无止境地悲伤下去，痛苦下去。提托诺斯[①]（Tithonus）是又一个因永恒而痛苦不堪的人物。丁尼生以此为题，创作了著名的《提托诺斯》一诗。诗歌以主人公的自白口吻表达了提托诺斯对有生有死的世俗世界的向往和对永远死不成的恐惧：

树林腐朽了，树林腐朽，凋零，
水气化成泪水倾泻于大地，
人诞生后耕耘土地又埋于地下，
经过许多个夏天，天鹅也死去。
唯有我却在忍受残酷的长生的
煎熬。(Tennyson，1971：71，顾子欣译)

这只是诗歌开头的几句，但整首诗歌的要旨已经蕴含其中：死亡是一种幸福，没有死亡的世界是一个可怕的世界。从中可以看出，劳伦斯和斯蒂文斯批判永恒的生态死亡观与奥维德和丁尼生等人所开创的这一传统是一脉相承的，而当下生态诗歌肯定和颂扬死亡的主题也是这一传统的一种继续和弘扬。

据称，自有人类以来，迄今为止，已有850亿人先后死在这个星球上(李书崇，2009：5)。姑且不论（也不知）动物和植物死亡了多少，单单就人而言，如果这850亿人仍旧生活在地球上，谁能想象世界将是怎样一幅光景！仅从这层意义上来看，死亡正是为了给新的生命创造机会和空间，因此永生或永恒实在是一件可怕的事。劳伦斯在他那个时代就已经认识到地球上人太多，他们像兔子一样“将地表啃噬成一片荒漠”（“There Are Too Many People”，CP：606）。他对永恒的否定与他的这一认识也可能有着一定的关系。

---

① 希腊神话中的提托诺斯是一英俊少年，黎明女神Eros爱上了他，请求主神宙斯赐他长生，但却忘了请求不老。结果提托诺斯虽得不死，但却日渐衰朽，到最后萎缩成怪物一样的东西，活着对他已成一种折磨。

三　对暴力的肯定和褒扬

一提到暴力，人们脑海里便会浮现出血淋淋的杀戮场面，因为暴力多数时候就是死亡的代名词，而且是那种惨烈、暴虐、恐怖死亡的代名词，暴力由此总是与死亡紧密相连，共同衍生成一对可怕而又可憎的能指符号，深深地积淀在人们的心理结构之中。然而，稍加分析，我们就会看到，暴力也有反有正，不能一概而论。“反”的暴力是指人为的暴力，即人对人、人对自然所犯下的或正在犯的暴行和罪孽；“正”的暴力是指自然界自发的、本能的暴力行为和死亡行为。当代生态诗歌的一大特色就是突破了对暴力和死亡一味谴责的文学传统，将人为的暴力和自然界自发的暴力区分开来，对前者一如既往地进行谴责，对后者则持肯定和褒扬的态度，表达了一种深刻的生态死亡观。正是在这一点上，劳伦斯又一次成为当代生态诗人的精神向导，因为他是少有的、首次肯定和褒扬自然暴力的先驱人物之一。

我们先看这首题为《自怜》（“Self-Pity”）的短诗：

我从未见过一只野物
为自己感到难过。
冻僵的小鸟从枝头坠落，触地而亡
也决不自哀自怜。（CP：467）

小鸟从枝头坠亡，或是被蛇或老鹰捕食，这些都属于暴力死亡。这种暴力死亡也是自然界的一种正常死亡，如果说不是自然死亡的话。作为读者或观者，我们很容易对小鸟的不幸产生同情，但诗人却“冷眼”观之，反倒看到了常人看不到的一面：作为一只“野物”，小鸟的生死存亡必然视其适应自然的能力而定，“适”则生存，“不适”则灭亡，生灭本平常，小鸟可以坦然受之，人又何必为此感伤！当然诗人的用意也可能不在此，他可能想借小鸟来教育读者，也可能从小鸟身上看到了自身生命的写照，但无论从哪个角度来看，他对自然界暴力死亡的肯定是显见的。

诗人肯定自然暴力的原因就在于他从中看到了一种美，我们权且称之为暴力美。他在《王冠》一文中说：“老虎、鹰、黄鼠狼对我而言都是美的；当它们攻击鸽子和兔子的时候，那是上帝的旨意，是一种完美，是将两个极端放置一处，是一种完美的合二为一。”（RDP：83）所谓“上帝的旨意”，其实就是动物为生存而猎杀的一种本能。根据达尔文的进化论，生存本能是所有生命体的共性，是推动物种进化的原动力，而对生存意志的追求必然导致暴力的发生和部分生命的牺牲，以保障其他生命的延续。从这个意义上来讲，暴力既是生存的法则，也是生命的法则。诗人所说的暴力美不外乎此。《光荣》（“Glory”）和《爱的风暴》（“Love Storm”）就是诗人着力表现暴力美的诗歌。

《光荣》是一首由两个诗节组成的短诗。第一诗节描写太阳的神圣、光荣和宁静，以此来奠定整首诗歌的基调，暗示第二诗节中的猎食者也具有同样的品格。诗人这样写道：

> 多数时候，老虎在燃烧的宁静中懒散走过。
> 幼鹰在苍穹中沿着宁静的轴缓缓旋转。
> 宁静从太阳身后莅临，与云游不定的鹰隼和猫头鹰一道。
> 然而所有这些都嗜血。（CP：496）

诗节前三行着眼于“宁静”（peace），这一字眼在每行中都出现，但每次出现的“身份”各不一样。在第一行中，“宁静”是抽象名词，意在静穆的氛围，但在第二行中就开始具象，成为与太阳形状暗合的轮形的东西，等到第三行的时候，“宁静”已被拟兽化，变成与鹰隼和猫头鹰一样的某种生灵。诗行之间层层递进，营造了一种优美、淡定和闲适的宁静美。这其间无论是老虎的懒散行走、幼鹰的缓慢旋转，还是鹰隼和猫头鹰的悄然降临，都是为了以动制静，取得一种“鸟鸣山更幽”的美学效果。然而，最后一句以“然而”（yet）开头的诗行却打破了这种宁静，使诗节的重心（确切地说，是整首诗歌的重心）立时发生了位移，从精心营造的“宁静”一下子落到了陡然出现的“嗜血”（drink blood）上面，动物的嗜血本性就在二者之间的骤然逆转和强烈对比中得以凸显。诗歌寓暴力于宁静，让两种不同质的美相互映衬和强化，真正体现了诗人所说的将“两个极端”完美地“合二为一”的暴力美。

如果说《光荣》强调了动物的嗜血本性，那么《爱的风暴》则展示了动物猎杀的具体过程，一个残酷而又美丽的过程。诗中的猎食者是一只鹰，被猎食者是一只鸟，但鸟除了凄厉的叫声之外，它的身影始终没有出现；鹰则不同，诗人对它在空中盘旋、俯冲、上升的姿态，它猎杀的瞬间以及引起的恐惧进行了细致入微地刻画。特别引人注目的是，诗人还将鹰捕食鸟的暴力行为置放到鲜花丛中，通过鲜花的拟人化摹写取得一种“一石三鸟”的功效——以鲜花的窸窣之声来暗示藏身其间的鸟的恐惧，以鲜花摇曳的风姿来映衬鹰的迅捷疾厉，以鲜花的美丽来反衬鹰的暴烈，从而创造出一种将鲜花和鲜血完美地“合二为一”的暴力美。诗人对鹰猎杀瞬间的描写集中体现了这一点：

草丛中雏菊低下了头，
鹰俯冲而下，一阵风扫过
所有的玫瑰，还有窸窣个不停的
绿叶，消弭了撕裂一般的
鸟叫。

一朵红玫瑰乘风而去①——上升的
鹰展翅迎风
轻松自如归返太空。雏菊发出
奇怪的白色信号，仿佛有意
要让人看那尖叫发出的地方。（CP：150）

奥立弗、罗杰斯、埃弗森等都是以描写自然界的暴力见长的当代生态诗人，其中奥立弗所采用的诗学策略之一就是把动物为生存而猎杀的暴力行为置于阿卡迪亚式的田园风光之中，即把自然的秀美和暴力美结合在一起，借此来颠覆传统自然诗“粉饰太平”的做法。譬如，在《自然》（“Nature”）一诗中，诗人就把月光下猎物死亡前发出的凄厉叫声说成是“红色的歌在起落”（Keegan，2001：1049）。显而易见，奥立弗的诗学策略是对劳伦斯暴力美学的一种延续。

罗杰斯和埃弗森都赋予自然界的暴力一种神圣的品格，其中罗杰斯把主导动物满足其饥饿的力量和本能看作是神性的存在，埃弗森则从宗教的高度诠释了自然暴力的合法性和神圣性（闫建华，2009：107，108）。他们

---

① 此处指被捕猎的鸟。

对自然暴力的这一认识也可追溯到劳伦斯身上。诗人在《伊特鲁里亚地方札记》中明确指出："所有的生灵都有其自身的生存方式……狮子的暴怒和蛇的狠毒都是神圣的。"（SEP：125）自然暴力之所以是神圣的，是因为它不仅促动着自然之轮在生死之间循环运转，而且在某些情况下，就连生命的诞生以及其他形式的再生也离不开暴力。譬如，雌螳螂和雌蜘蛛吃夫[①]就是为了确保下一代能够茁壮成长，确保螳螂家族和蜘蛛家族能够"多子多孙"。诗人的《凤凰》一诗也可以看作是对这种神性暴力的一种诠释："凤凰只有烧成灰烬，活活地烧成/炽热的毛状的灰烬/才能再次获得新生。"（CP：728）也许是基于对自然暴力的神性品格的认识，诗人还趋向于将暴力与他所说的神圣的性爱结合在一起，创作出一系列别具一格的爱情诗[②]，如《农场之恋》和《金鱼草》（"Snap-Dragon"）等。换句话说，我们从这类爱情诗中也能看出诗人对自然暴力的肯定和褒扬。

斯奈德指出："人类对所谓纯洁的过分偏爱使他们对血腥、肮脏、腐烂极端厌恶，殊不知神圣的另一面是地下你所爱的人身上爬满了蛆虫。"（Snyder，2000：111）劳伦斯以及受他影响的当代生态诗人对自然暴力的肯定和褒扬即是对这一现象的一种反拨。

第二节　对死亡与再生的思考

一　方生方死，方死方生

死亡对劳伦斯来说是最伟大的冒险，是朝另一个方向的旅行，是通向新生的必由之路，是与宇宙融为一体的终极途径。他对永恒的否定、对自然暴力的肯定说到底都是出于他对同一问题不同方面的认识，即出于他对死亡的终极认识：死亡是为了再生，是为了新生命的诞生，故死亡必须先再生而行，正如果实必须先腐烂种子才能发芽一样。"死亡是美的母亲"（Stevens：69），"死亡是野草生长的前提"（Duncan，1960：43），这些名

---

① 相关说明及图片见：http：//news. qq. com/a/20071123/000742. htm http：//www. bioon. com/popular/library/77002. shtml。

② 劳伦斯将爱和交融看作是死亡过程的一部分（参见《随笔》第163页），这一点也能说明诗人将暴力和爱情结合在一起的缘由。

言隽语所表达的也正是劳伦斯对死亡的终极看法。在《论人的命运》一文中，劳伦斯曾形象地阐发了死亡与再生之间的辩证关系：

> 是不是因为我知道大树终将要死而不去播种了呢？不，这样做我便是自私、怯懦。我喜爱小小的新芽，孱弱的籽苗，喜爱单薄的幼树，初生的果实，也喜爱第一粒果实落地的声音，喜爱参天的大树。我知道，到了最后，大树会被蛀空，哗啦一声倒地，成群的蚂蚁将爬过空洞的树干，整棵大树会像精灵那样回到腐土之中。对此，我毫不悲伤，只是感到高兴。因为这一切就是造物（感谢上帝）的运动周期，只要有勇气，这个周期甚至可以使永恒免于陈腐。
>
> （《文明》，2006：18）

生命源自死亡，死亡孕育生命，只有历经死亡，大自然的生命之树才能常青；死亡顺应的是自然的规律，吻合的是自然的目的，而顺乎自然规律和目的的事物当然是美的和善的。这便是诗人所要表达的死亡哲理。基于这样的认识，诗人在他生命的晚期创作了《死亡之歌》、《死亡的欢乐》和《阴影》（“Shadows”）等脍炙人口的死亡颂歌，继而对死亡从肯定和接受转向赞美和歌颂。但无论是肯定接受还是赞美歌颂，都是基于同样的前提，即死亡意味着归返重生，意味着新生命的诞生。那么是什么让诗人产生这一看法的呢？或者说这一前提的前提又是什么呢？我们先来看他在《自然元素》（“Elemental”）中是怎样说的：

> 人由自然元素构成
> 火，水，气，还有活的壤土
> 可这些元素没有一样表现出矫作的可人
> 除了朴实无华的本色。（CP：505）

诗歌本意是在批判矫揉造作之辈，他们有意造作出来的那种可爱在诗人看来有违人的本性，这本性不是他通常所说的直觉和本能，而是由构成人的物质元素所决定的朴实本色。诗中所说的火、气、水、土四大元素是古希腊哲学家恩培多克勒提出来的著名的四根说，即万物因这四种元素的组合而生成，也因其分离而消失，但无论万物怎样生灭变化，这四根永远是构成万物的永恒的基质[①]。诗人所说的人的构成元素或人的四根即由此而来。姑且不论这一看法具有合理的科学依据，仅从上帝造人、女娲造人以及神话故事中丢卡利翁（Deucalion）与皮拉（Pyrrha）造人[②]的宗教故事和神话传说来看，人都是泥土或石头造出来的——故有人类（human）与土壤/腐殖质（humus）同根之说——这就从根本上确立了人的物质属性[③]，即人与泥土、河水、石头、动物、植物、微生物、星星等一样，都属于自然界的物质，而物质又是不灭的，只不过在不同的形式之间转换罢了。这种物质不灭的认知基础正是劳伦斯肯定和颂扬死亡的“前提的前提”，是他经由死亡而获得再生之死亡观的主要依据。本章引子部分的《命运》一诗就是很好的说明：凋落的树叶不会就此消失，它将经过死亡的分解和溶化，“再次溶进生命之树的流动的汁液”。

恩培多克勒在他的四根说中还引进了爱（love）与恨（strife）这一组对立的概念。他认为爱使四根组合，恨则使其分离，万物就在爱与恨的对立平衡中转换变化，生灭不息。这种蕴含在不灭物质中的对立与平衡关系也正是劳伦斯哲学观的核心。他在《王冠》一文中对此进行了详尽地阐发。他认为，任何事物都有其对立物，即使在同一个物体内部也不例外。整个宇宙就存在于对立物中，各种对立物之间的联系组成了世界。世界若要正常运转，关键就在于这些对立的力量要保持平衡，结为一体。死亡与再生以及与之相应的黑暗与光明正是劳伦斯对立与平衡哲学观中的核心概念。他指出：“在无限的对立物中，毁灭与创造是一对相对的绝对。生命就在这二者之中”，其中“死亡行为也可能就是一种生命的实现，而生命也许就是一种否定的状态”（RDP：78，37）。

劳伦斯对死亡与再生的看法在伊特鲁里亚人那里得到了进一步印证和加强。伊特鲁里亚人坟墓中的壁画在他看来不仅表达了一种生命之间必须平衡的观念，而且也表达了他们对生死之间必须平衡的独特看法：死亡是宇宙生命取得平衡的一个必要条件，如果只有生没有死，地球上将人满为

① 参见维基百科：http：//en. wikipedia. org/wiki/Empedocles。

② 丢卡利翁和皮拉丢石造人的故事在希腊罗马神话和奥维德的《变形记》中都有记载，其中《变形记》的记述最为全面。丢卡利翁颇似《圣经》中的诺亚，所不同的是诺亚经历的大洪水是上帝对人类的惩罚，丢卡利翁夫妇经历的则是宙斯对人类的惩罚。

③ 科学的解释是，所有的生命体，不管是人、动物还是植物，都由细胞质（protoplasm）组成，而细胞质自然是物质。

患、物满为患；只有有生有死，自然才能维持平衡，生命才能得以延续。

这种基于物质不灭以及对立与平衡认知基础之上的死亡与再生观念同时也是一种将个体生命与整体生命紧密联系在一起的死亡观。正是这一联系赋予死亡永久的生命力。这是因为，作为个体，生命是消亡了，但作为整体，生命的物质是不灭的，它是一方永不消竭的“活的壤土”，它会将任何一个落入其中的个体生命滋化分解，使其重新进入宇宙生命的循环之中。诚如诗人所言：“当我们死去的时候，就像雨滴重新落回大海，我们重新落回到广袤无序、闪闪发亮的生命之洋中，我们称之为上帝。作为个体我们是消失了，但是作为整体我们依然存在。”（Lawrence, 1966：86）在《当》中，落地的果子虽然消亡了，但它的甘露却滴入大地的脉络；作为个体的人虽然逝去了，但他却为“不死的混沌之躯增添光彩”。消亡的个体在与整体的紧密联系中、在融进整体的经络脉管中再次获得新生。

诗人曾在写给福斯特（E. M. Forster）的信中说，现在该是再次具备整体观念（Conception of the Whole）的时候了，人们必须认识到个体生命只是整体中极微小的一部分，这样才能在与整体的有机联系中实现生命的价值（*Letters* ii：265 – 266）。生命的价值如此，死亡的价值何尝不也是如此。如果说“生命的价值在于死亡”（STH：16），那么死亡的价值就在于生命，不管是生还是死，个体只有在与整体的紧密联系中才能实现自身的价值。透过这种“反向的”个体与整体之间的有机联系和价值实现，我们就会更加清楚地看到，劳伦斯的死亡与再生观念又一次体现了他的生态整体主义思想，具有深刻的生态内涵。换句话说，个体历经死亡而不死或是从死亡中浴火重生的一个最根本的前提就是将自身“重新根植于宇宙之中”，与自然万物融为一体，这样才能“方生方死，方死方生”，是为不灭。

二 春“花”秋实里的地狱天堂

诗人对死亡与再生的思考集中体现在他所采用的诗学策略上面。这就是说，他通常将死亡与再生置放到大自然这一语境下来抒写，而再生往往意味着死亡的个体化为大自然的一分子或是成为大自然的一员；日月星辰、江河湖海、花草树木乃至动物等皆可成为亡者的化身或栖身之所，因而也是亡者再生的一种表征。譬如，《死亡的召唤》（“Call into Death”）

一诗。在这首悼亡诗中，言说者表达了他渴望与亡者在一起的强烈愿望，但实现这一愿望的前提则是化为天空、泡沫、风等自然物，这样他才能与亡者共休戚。虽然言说者表达的是一种思念之情，但其中也透着亡者以天空、泡沫、风等物质形式“再生”于自然的一种信念。

在《阴影》中，诗人对再生的信念源自他是大地的一部分，他的生命是与“幽暗的大地在一起，/并浸渍着/大地亏盈的忘却深深”。如果说大地代表的是空间，那么诗人不仅是空间的一部分，而且也是时间的一部分，是“一周周在月影中逝去”的时光。时空既全，诗人自信他是跟上帝在一起，而死亡乃是上帝对他的眷顾，因为上帝只有将他“打入湮灭”（oblivion）之中，才能再次把他“造成新人”[①]（CP：727），从而使他生命的花蕾重新绽吐前所未有的芬芳馥郁。这与《当》中成熟的果子和逝去的人通过进入“大地的脉络”和“宇宙的脉管”而获得新生有着异曲同工之妙。

相较于宇宙、大地、天空、时间等“宏大”事物而言，诗人更倾向于通过植物或是以植物为语境和场所来表达他对死亡与再生的思考[②]，概因植物花开花落、生死循环的生命轨迹最能明显地体现这一主题。在《欲望已死》（“Desire is Dead”）中，诗人说欲望可以死（欲望之死意味着生命之死），但人依旧可以像冬天的枝丫一样成为阳光和雨水的交汇之所，在痛苦中等待奇迹的出现。看来即使化作寒冬的枯枝也是一种再生，因为这样的再生自有一种“梅花香自苦寒来”的韵味和期待：历经冬天死亡的痛苦终将迎来春天生命花蕾的绽放。稍加留意，我们就会看到，诗人常常将植物中最美的花蕾或是鲜花作为表征死亡与再生的主要媒质，如冬天枯枝上的奇花（《阴影》），深暗的三色紫罗兰（《死亡的欢乐》），巴伐利亚的龙胆花（《巴伐利亚的龙胆》，以下简称《龙胆》），紫色的银莲花（《紫色的银莲》），以及其他不知名的鲜花，等等，都被诗人用来表征死亡与再生之美。这种死亡与再生之美的实质就在于人的生死流转与以花草树木为代表的大自然的生灭规律达成一种自然而完美的契合。下边我们重点以《龙胆》为例来加以说明。

并非每人家中都有龙胆

---

① 《影朦胧：劳伦斯诗选》，黄锡祥译，花城出版社1990年版。

② 与之形成有趣对比的是，诗人主要通过动物来表达他的死亡与暴力主题。

在温和的九月，在不景气的米迦勒节①。
巴伐利亚的龙胆，又大又黑，唯有黑暗用普路托②忧愁的冒烟的
　蓝色染黑火炬般的白昼③，
缀以棱线，火炬一般，它们黑暗中的火焰蓝幽幽地延伸，
扁平地进入在白昼的扫荡下锤平的尖端，
冒蓝烟的黑暗的火炬般的花朵，普路托的深蓝色的眩晕，
狄斯④大厅里的黑灯，燃起深蓝，
发射出黑暗，蓝色的黑暗，像得墨忒耳⑤的苍白的灯放出光芒，
　指引我吧，给我引路。

递给我一支龙胆，递给我一个火炬，
让我用这花叉状的蓝色火炬引导自己
走向更暗更暗的台阶，那儿绿色⑥变得深沉。那儿甚至行走着珀
耳塞福涅，方才，从多雾的九月里走出，
前往无光的王国，那儿黑暗在黑暗中苏醒过来，
珀耳塞福涅自己只不过是一个声音
或是看不见的黑暗，包容在普路托双臂的更深的黑暗
之中，并被浓密幽暗的激情射穿，
在黑暗之炬的光辉中，发射黑暗遮蔽失落的新娘及新郎。

（CP：697，吴笛译）

---

① 圣米迦勒（St. Michaelmas）是天使军的主力战士之一，是抵抗夜晚黑暗入侵的保卫者。米迦勒节据称是米迦勒与所有天使们的宴会，时间在每年的9月29日。由于这一天接近秋分，故米迦勒节常与秋天相联系。参见：http：//baike. soso. com/v525085. htm。

② Pluto是罗马神话中的冥王，即希腊神话中的哈得斯。

③ 该处译文似有商榷之处。原文为"Bavarian gentians, big and dark, only dark/darkening the day-time, torch-like with the smoking blueness of Pluto's gloom"，英文中火炬不是用来修饰白昼的，而是指龙胆花的形状，"gloom" 并非忧愁之意，而是指地狱的阴暗。该句拟译为：巴伐利亚的龙胆，又大又黑，纯一色的/使白昼也黯然的黑，火炬一般，发散着普路托幽暗的冒烟的蓝色。

④ 狄斯即冥王。

⑤ 希腊神话中的谷物女神，珀耳塞福涅的母亲。女儿在采花时被冥王强行劫走，她悲痛万分，到处找寻。

⑥ 似应为"蓝色"才对，因原文为"where blue is darkened on blueness"。

死亡即再生，这是悖论，也是真理，诗人借助龙胆花所体现和揭示的正是这一题旨，而他表达题旨的方式使我们不得不承认这是又一首构思独特、想象奇崛的好诗。诗歌刚开始，龙胆花尚为人世间的花，它属于光明的世界，在仲秋时分被摆放在诗人家里。可随着诗人遐思的展开，眼前的龙胆花开始变得亦真亦幻，让人分不清它到底是人世间的花还是地狱里的花。不过至第二诗节结束，读者已经明白，龙胆花并不属于光明，而是属于黑暗，是纯粹的、黑色的地狱之花。在只有八行诗句的第二诗节里，dark，darkness，darkening，blackness，gloom 等用来描“黑”龙胆花的词就有十多处，再加上普路托（Pluto）和狄斯（Dis）这两个本身就代表黑暗和死亡的专有名词，整个诗节给人的感觉是黑暗层叠，阴影憧憧，俨然一幅地狱里的景象，而龙胆花就是其中吐着蓝烟的黑灯。这其间也有几处提到了白昼或光亮，但其作用就跟龙胆花发散出来的蓝烟一样，只能使黑暗显得更黑。诗人的高超之处就在于，他不仅透过龙胆花这盏“黑灯”看到了地狱，更重要的是他还将地狱融进了龙胆花。这样一来，与其说龙胆花是地狱之花，毋宁说它就是地狱本身，因地狱就在龙胆花中。而地狱即死亡。这又一次让我们想起尤内斯库的名言：“死亡……存在于种子里。它是即将成长的幼芽，即将开放的花朵，是我们所知道的唯一的果实。”

“指引我吧，给我引路。”明知是地狱，是死亡，诗人却要走进地狱，拥抱死亡。由于地狱就在龙胆花中，所以当诗人擎着龙胆花火炬走进地狱的时候，读者仿佛看到他是擎着龙胆花火炬走进了盛开的龙胆花。这哪里是走向死亡，分明是走向生命，走向美丽！诗人在接下来的诗节中所描绘的也正是这样一幅地狱里的生命景象：在越来越黑的冥府深处，在“发射黑暗”的黑色火炬的“遮蔽”之下，冥王普路托和他的新娘珀耳塞福涅一起“失落”在“浓密幽暗的激情”之中。“失落”的原文是 lost，在这一语境下也有忘我、失去意识之意，极言冥王和冥后性爱激情的热烈程度。我们知道，性爱对于劳伦斯而言无异于生命本身，而黑暗则被他看作是“孕育宇宙的子宫”（RDP：7），二者在这幅地狱婚配图①中的完美结

① 《巴伐利亚的龙胆》一诗还有另外一个版本，诗人在其中明确表明他是要到地府去参加冥王和冥后的婚礼。原文为：“Give me a flower on a tall stem, and three dark flames, /for I will go to the wedding, and be wedding-guest /at the marriage of the living dark.”（CP：960）

合不仅寓示着一种蓬勃的生命力，而且更为重要的是，它同时也预示着新生命的诞生——所谓的死亡冥府竟是孕育新生命的婚房，真正应了“生命之神是死亡的主人”之语（“The Lords of Life Are the Masters of Death”，CP：808）。死亡孕育生命的真谛就这样得到了形象而贴切的传达。

回过头来看，我们也才明白，同样是指秋天，为什么九月在诗人眼里是“温和的”，而米迦勒节则是“不景气的”。秋天既是成熟的季节，也是凋零的季节，它意味着生命与死亡之间的交替，也意味着光明开始退去、黑暗开始登场，如此方可重新孕育光明，可米迦勒节所蕴含的抵御黑暗之意显然有悖生命的自然规律。诗人如此区别对待九月和米迦勒节的用意无疑隐含着他对黑暗和死亡的肯定，因为在他看来，“狄斯大厅里的黑灯”发射出来的黑暗跟“得墨忒耳的苍白的灯放出（的）光芒”是一样的——马歇尔甚至认为前者发射出来的黑暗比后者的光芒更具活力（Marshall：203）。仔细想来，珀耳塞福涅和普路托的结合本身不就代表着光明与黑暗、青春与暮年、生命与死亡、天堂与地狱的结合么？而不正是基于这样的结合，才有严冬过后的春天和生生不息的大千世界么？

从这个意义上来讲，所有的鲜花都是龙胆花，都是地狱之花。诗人在《紫色的银莲》中明确告诉我们说，鲜花是冥王送给大地的礼物，他送出来的目的是为了收回去，而收回去之后又会送出来，鲜花就在这种周而复始的“收”、“送”游戏中周而复始地凋谢和绽放。在《杏花》（“Almond Blossom”）中，我们看到，一到春天，杏树黑铁一般的枝头上就会喷放出锦簇的花团，原因就在于杏树的脊骨是埋在坟墓里的，它经历了“客西马尼园①的漫漫长夜”，懂得了什么是最“致命的毒物”，所以它才会从“浓密幽暗的地下世界奇迹般地喷涌而出，/沿着铁，冲向活生生的钢，/以玫瑰花片般的炽热，绽放出玫瑰般苍白的雪片”（CP：303，305，304）。如果说龙胆花经历的路径是从生命走向死亡，是自上而下，那么杏花则是从死亡走向生命，是自下而上，后者的“上”似乎是对前者的“下”所作的一种回应，但不管是哪一种路径，都对死亡与再生这一主题作出了很好的诠释。

除了从龙胆花、杏花等鲜花（所谓美的一面）中看到地狱以及地狱里的天堂之外，诗人从腐烂的果实（所谓丑的一面）中也同样看到了这

① 基督蒙难之地，象征着死亡。

一点。《枇杷与山梨》（“Medlars and Sorb-Apples”，以下简称《枇杷》）即是一例。诗人开篇就说：“我爱你，腐烂，/香甜的腐烂。”接下来诗人描写了枇杷与山梨的腐烂，其样态就像是“秋天的排泄物”，散发着“褐色病态的羊皮酒袋”的气味。一般说来，这样的情景只会让人掩面或者掩鼻，可诗人却认为这是一种“绝妙的地狱体验”，优美如“俄耳甫斯的音乐”。诗人爱腐烂的缘由不外乎两点，一是腐烂让他“想起了白色的神明”，二是腐烂能使个体实现“最终孤寂的心醉神迷”（intoxication of final loneliness）（CP：280，281）。我们先说第一点。诗人曾在《安宁的现实》一文中说：“让我们进入腐败和腐坏的地狱，在那里获得新生，获得圆满和自由。”（*Phoenix*：677）另在《街灯》（“Street Lamps”）一诗中，诗人从灯球的爆裂联想到了果实的爆裂和腐烂。在他看来，果实只有爆裂了，腐烂了，果核中的种子才能够散入黑暗，落地生根。无论是对人还是对果实来说，腐烂既是死亡的地狱，也是再生的天堂，腐烂因此而变得神圣[①]，令人向往，这应是诗人所说的白色神明（即天堂里的神明）之意。

再说第二点。跟在《龙胆》中一样，《枇杷》也描写了诗人进入地狱的情景。在《龙胆》中他是擎着龙胆花火炬沿着越来越暗的台阶走向地狱，在《枇杷》中则是沿着潮湿的、寂静的、落满秋叶的道路走向地狱；《龙胆》着重写诗人进入地狱之后所看到的生命景象，《枇杷》则着重写诗人进入地狱的过程和感受，即他的着眼点并不在再生上面，而是在死亡上面，并且是那种个体的、孤寂的、令人“心醉神迷”的死亡：

> 离别时分的一记亲吻，一阵痉挛，破裂时分的一股兴奋[②]，
> 然后独自行走在潮湿的道路，直至下一个拐弯。
> 那儿，一名新的伴侣，一次新的离别，一次新的一分为二，
> 一种新的对离群索居的渴望，
> 对寂然孤独的新的心醉神迷，在那衰微的寒叶之间。
>
> 沿着奇异的地狱之路行走，越发孤寂，
> 心中的力量逐一离去，

---

① 诗人在 RDP 第 76 页中也说，腐烂跟成长一样神圣，因它是一种彻底的净化。

② 诗人在这里将快乐的性爱体验与果实的破裂和死亡融为一体。

然而灵魂在继续，赤着足，更生动地具体表现出来，
像火焰被吹得越来越白
在更深更深的黑暗之中，
分离而更加优美，更加精炼。(CP：280－281，吴笛译)

"衰微的寒叶"表明"故事"是发生在秋天。秋天是一个分离和死亡的季节，也是一个自然的过程，正如枇杷与山梨会腐烂坏死一样。但腐烂并不意味着"自我的剥离，而是自我的进一步完善"（Gilbert，1972：186），所以诗人才说它是一种"绝妙的地狱体验"，其美好程度不亚于极度快乐的性爱体验。然而这似乎还不足以说明腐烂的"绝妙"。真正让诗人感到"心醉神迷"的是腐烂的个体性，即腐烂是一种完全孤独的个体的死亡体验，是一种对"离群索居的渴望"，并且越是孤独分离越显得"优美"和"精炼"，而孤独分离的极致便是自我也成为"白色的神明"。这种对个体死亡的肯定和赞美似乎是对诗人所主张的整体主义死亡观的一种违背。

事实并不尽然。我们知道，死亡是宇宙生命保持平衡的一个必要条件，它既是一种自然，也是一种必须，它和再生相克相生，相伴相随，如此才能永葆生命。但再生的前提必须是死亡，而死亡便意味着个体必须失去生命①，必须像海德格尔所说的那样"能作为死亡而死亡"（海德格尔，1990：10），而只有跨过个体死亡的门槛（这是最艰难的一步），才能进入整体再生的殿堂，也"才能真正地继续存在于大地上、天空下、神性前"（ibid）。由此观之，死亡也是存在的一种方式，是个体存在最终得以圆满和完整的一种方式，而个体的圆满和完整又是整体再生的保障。这正是个体死亡的价值之所在。从这个意义上来讲，诗人对个体死亡的肯定和歌颂是一种更为深刻的整体死亡观，也是对死亡与再生主题的一种深化。

深层生态伦理主张"人类必须把自身化解于自然世界，（但）这种化解并不是人类特异的禀赋，而是作为自然生命本然应有的德性原则"。（王耘：31－32）诗人对个体死亡的欣然接受是否也可以看作是这种"德性原则"的一种表征呢？

---

① 劳伦斯在 *Study of Thomas Hardy*（第77页）中说："为了拯救生命，人必须失去生命。"

三 灵魂不灭的生命信念

灵魂不灭的生命信念是当代生态诗歌创作的又一主题。如奥立弗在《骨头诗》（“Bone Poem”）中先是描写了老鹰饕餮老鼠之后的狼藉，然后接着写道：“老鼠将学会飞翔，/而老鹰/将被老鼠吞掉。”（Oliver，1979：46）又如在马克·多蒂笔下，逝去的亲人并没有死亡，而是化作微风①、涟漪、花草、幼鹿、金鱼、郊狼，等等。可以看出，奥立弗和马克·多蒂都是在表达一种灵魂不灭和轮回转世的思想，而且人的灵魂与自然万物的灵魂是相通的，彼此之间可以相互转化。在笔者看来，这种灵魂不灭的现代“转型”仍然是万物有灵思想的一种延伸、一种升华，而这也正是劳伦斯灵魂不灭思想的根基。换句话说，当代生态诗人的灵魂不灭思想仍旧可以追溯到劳伦斯这里。

细心的读者可能已经注意到了这一点，即劳伦斯虽然在《龙胆》和《枇杷》中都写到自己进入地狱的情景，但《龙胆》给人的感觉是诗人在走进地狱，而在《枇杷》中则是诗人的灵魂在走进地狱：“然而灵魂在继续，赤着足”，“像火焰被吹得越来越白”。郑达华在《歌颂死亡》一文中指出，劳伦斯在他生命的晚期将死亡和死后的灵魂作为他诗歌创作的主题，通过《艰难的死亡》（“Difficult Death”）和《灵船》等诗歌表达了他的灵魂不灭思想，而灵魂不灭则意味着诗人从“唯物”转向了“唯心”（100，101）。这其实也是一种较为普遍的看法。但从《枇杷》以及诗人早期和中期创作的其他一些诗歌来看，诗人对灵魂的关注不亚于他对死亡的关注，而且多数时候二者是形影不离的，因而对灵魂问题的思考也贯穿诗人一生的诗歌创作，只是在他生命的晚期表现得更加突出罢了，此其一；其二，尽管灵魂不灭是与唯心主义挂钩的，或者说就是唯心主义的产物，但劳伦斯的泛灵论自然主义思想却赋予灵魂不灭一种独特的生态内涵，使之成为他死亡与再生思想观念中一个十分重要的有机组成部分，有着鲜明的“唯物”倾向，因而不加区分地以“唯心”论之似有以偏概全之嫌。为了说明这个问题，我们先来看人们通常所说的灵魂（soul）到底是怎么一回事。

---

① 如诗人这样描写亡者：“我就是你周围的空气，//是你说话之后的寂静，/是在你的手和你要拿的东西之间轻漾的/一丝微风。”参见 *Fire to Fire*（HarperCollins Publishers，2008）第 188 页。

灵魂是原始宗教文化存在的基础，也是一切宗教中最重要、最基本的观念之一。现代人类学和宗教学的研究成果表明，几乎所有用来称呼“灵魂”的词，最初都是指与生命有关的呼吸或生命气息。如在基督教中，亚当本是泥土造成，但由于上帝将生气吹进了他的鼻孔，所以他才成了有灵的活人。“人之精气曰魂，形体谓之魄”（《礼记外传》），“附气之神曰魂”（《左传注疏》），“魂，阳气也”（《说文解字》），等等，这些都表明我国古代人所说的灵魂本质上也是一种物质性①的“精气”。英国著名宗教学家麦克斯·缪勒（Max Müller）对古代各民族的灵魂观念进行了广泛的对比研究，他得出的结论是：

> “灵魂这个词在各种语言中的历史是非常久远的。几乎所有用来称呼‘灵魂’的词，最初都是来自用来称呼从嘴里吐纳的、可见的和可嗅的气流或呼吸的词。当人们发现这种生命体的呼吸只是某种非物质的属性，是来去不定的时候，就开始用这些词指谓我们身体之中的某种生命气息或激情，以及内在的活动，于是这些词就逐渐脱下了物质的、可见的等等属性的外衣。”（朱存明：77）

麦克斯·缪勒的论断也为荣格所证实。荣格认为古代人所谓的灵魂本质上是一种肉体的生命，是生命的气息或者是一种生命力，它在被感知到的瞬间、在孕期或诞生之时具有空间和肉体的形式。荣格的这一结论基于他对灵魂的词源意义所进行的探究。在希伯来语中，表示灵魂的词是nephesh，意谓气，或是任何能呼吸的东西；拉丁语中的anima（灵魂）与希腊语中的anemos（风）是同一个词；英语中的soul来自哥特语saiwala和古德语saiwalo，这两个词又在词源学上与希腊语aiolos（迅速运动、瞬间、闪烁）相关联，而saiwalo同时又与古斯拉夫语sila（力）有关。这样一来，soul的本来意义就变得明朗起来了：它就是运动着的力或曰生命力。原始人由此将死亡看作是某种生命力离开或是抛弃了身体所致，而身体是灵魂之寓所的观念大体上也是由此而来（ibid：78，79）。

既然灵魂是一种运动着的力，是气、是风，那么它也就是一种物质，同时也是一种能量，而不管是从物质不灭定律还是能量守恒定律来看，灵魂肯

① 就我们呼吸的空气而言，里边所含的氮气、氧气和二氧化碳等成分本身就是物质。

定是不灭的、永存的，它只会在物质之间转换，从一种形态转换为另一种形态。依此看来，佛教的轮回转世说[①]、柏拉图的灵魂不朽说[②]自有一定的科学道理。当然以柏拉图为代表的古希腊哲学家所说的灵魂已经是那种“脱下了物质外衣”的、唯心的灵魂。因为在他们看来，真正的人不是肉体的人，而是一个看不见的、永恒的、精神的灵魂，它可以思、听、看，永远有意识地活着，肉体只是它暂时的寓所；在人死后，肉体进入坟墓，永远归于寂灭，而灵魂要么上天堂，要么下地狱，它是永远不灭的。

对照来看，劳伦斯笔下的灵魂并不是那种“精神”的、“唯心”的灵魂，而是一种物质性的“精气”，一种肉体的生命或生命力，它最终的归宿仍旧是肉身，是物质，而不是虚幻的天堂或者地狱[③]。用诗人的话来说，“一切皆是物”（Everything is a thing）（Apocalypse：52），灵魂自然也不例外。或许正是因为如此，诗人才采用多样化的物质/能量形式来表征灵魂。这就是说，除了气之外，诗人还用火、种子、果仁、小船、“更轻的自我”[④] 等来表征灵魂。如在《死亡的欢乐》中，灵魂是花一般的自然物，在黑暗的阳光中散发着奇异的香气（sweet perfume）。在《让我活》（“So Let Me Live”）中，灵魂直接就是生命的气息（breath），“在死亡中舒吐着新的美”（CP：676）。《枇杷》中的灵魂刚开始是漂白的果仁（blanched nut-kernel），到后来就成了赤足行走的“更轻的自我”。在《艰难的死亡》、《旧梦新梦》（“Dreams Old and Nas-

---

① 佛教宇宙观中对宇宙的一些定量、宇宙中心说、时空相对观、观测宇宙的四维或多维空间法，等等，与现代科学的内容及结论极其近似，其科学性和现实性引起西方各国对佛法的重视，使其重新认识到来自东方的智慧和真理。爱因斯坦对佛教的评价是：“如果有一个既能应付现代科学需求，又能与科学共依存的宗教，那必定是佛教。”参见：http：//tieba. baidu. com/f? k z =369073579。

② 柏拉图的名言：“每一个灵魂都是不朽的”（Every soul is immortal）。

③ 这一点与劳伦斯这位肉身作家的一贯主张也是相一致的。另外，劳伦斯对天堂和地狱的看法也能说明他对“精神”性灵魂的不屑：“奇怪的是，随着人类战胜自然观念的出现，阴森的冥府、地狱、炼狱也相继出现了。对于信奉自然宗教的人们来说，死亡是现世生命奇异旅程的一种延续；但对于相信人的意志的人们来说，死后则只有地狱、炼狱或是虚无。天堂只是一个不足以解决问题的虚设场所。”（SEP：130）诗人在春“花”秋实中将地狱天堂化的撒旦式做法也可看作是他对虚幻的天堂和地狱的一种颠覆，因而也是对灵魂“道成肉身”的一种肯定。当然这并不是说没有一点例外，譬如在“In Trouble and Shame”这首早期的诗歌中，就有一种灵魂鄙弃肉体的倾向。

④ 吉尔伯特援引 Conan Doyle（*The Vital Message*，1919）对灵魂的定义说：“灵魂是对肉体完全的复制……只是较之肉体更轻、更稀薄（tenuous）而已。”参见 *Death's Door* 第 74 页。《枇杷》中赤足行走的诗人的灵魂颇有此意。

cent”)、《万圣节之后》（“After All Saints’ Day”)、《万灵节》（“All Souls’ Day”)、《死亡阴影》（“The Shadow of Death”）以及我们后边将要解读的《灵船》中，灵魂都是（或将要）驾着小船驶向黑暗的湮灭和再生之地的小小的生命体，因而小船[①]也就成了“小小的、纤弱的灵魂”的代名词（“After All Saints’ Day”, CP：723)。

在一些情况下，灵魂就是诗人自己，就是他的肉体。如在《我身体里有雨》（“There Is Rain in Me”）这首诗歌中，诗人说愤怒而古老的海洋在他体内咆哮，就像雪豹的利爪“在他灵魂的悬崖上狠抓”（CP：454)。

相比较而言，诗人更喜欢用火来表征灵魂，即他笔下的灵魂多数时候以火的形式出现。在《万灵》（“All Souls”）中灵魂是照亮另一个世界的烛火，在《复活》（“Resurrection”）中灵魂是点燃春天的明灭闪烁的火苗，在《复活的主》（“The Risen Lord”）中灵魂是游走不停的肉体的火焰，在《螺旋火焰》（“Spiral Flame”）中灵魂是螺旋式上升的火焰，它可以使人充满活力，也可以将“整幢房子烧毁”（CP：440)，等等。

诗人为何如此偏爱火之灵魂呢？根据蒙哥马利的研究，劳伦斯深受古希腊哲学家赫拉克利特的影响[②]。赫拉克利特认为火是万物的本源，万物与火之间不停地变换互生，恩培多克勒所说的其他三种元素（土、水、气）都是由火变化而来，或者说是火的变种（Montgomery：1994：137)。蒙哥马利的研究从哲学根源上解释了诗人喜爱火的缘由，而他对火之灵魂的偏爱自然也是由此而来。诗人自己的话也许更能说明问题：

> 地球内部是一团燃烧的火，宛如一头野兽炽热的肝脏不停地散发热能。从地球裂缝处冒出的蒸汽是地下其他生命体喷出来的呼吸。跟其他生物一样，地球也是在吸气呼气。整个大地是活的，它有一个伟大的灵魂，拉丁语称之为 anima。除了这个伟大的灵魂，宇宙间还有无数个游荡的小灵魂；每个人、每个动物、每棵树、每个湖、每座山和每条河都有灵魂，并且都有各自特有的意识……地球是最为巨大的生命，它内部的火焰就是它的灵魂（SEP：57)。

---

① 这一点显然是受到了伊特鲁里亚人的影响。伊特鲁里亚人在他们的墓穴中放置了几千只供灵魂乘用的小铜船。

② 劳伦斯有关对立与平衡的辩证思想也是从赫拉克利特那里继承而来的。

很显然，火对诗人而言有着非同寻常的意义——火是地球的灵魂，而地球的灵魂则是地球上一切生命体和自然实体的灵魂之源。从这个意义上来讲，所有的灵魂都是火，都是同一种生命的能量，不管它以何种形式出现——气、种子、果仁、小船/“更轻的自我”，等等——内中必定都包孕着来自地心的火种。在《红色的月亮升起》（“Red Moon-Rise”）中，“射向黑暗天空的一束小小的火流”不仅是人的灵魂之火，而且也是淤泥中贝壳的灵魂之火，因它们的壳里潜藏着“同样在地球内部燃烧的火”（CP：89）。这火①也存在于鲜红的玫瑰中（“Poetry of the Present”，CP：182），没入无垠的蝴蝶中（“Butterfly”，CP：696），男人和女人用梦的岩浆熔制而成的躯体中（“Dreams Old and Nascent”，CP：176），从造物的熔炉里烧制出来的火鸡的鸡冠中（“Turkey Cock”，CP：370）。总之，透过诗人的火之灵魂，我们除看到灵魂的物质属性之外，更为重要的是从这种物质的、能量的、肉体的灵魂中看到了诗人万物有灵（且共灵）思想的真谛。既然万物有灵且共灵，那么灵魂不灭就不仅仅限于人，而是海纳百川，博容万物，而人的灵魂不灭只是万物灵魂不灭之一斑。由此我们可以说灵魂不灭最为充分地体现了诗人对死亡与再生的思考，或者说诗人对死亡与再生的思考在灵魂不灭中得到了最后的升华。

在诗人再现和表达灵魂不灭思想的诗歌中，《灵船》无疑是最具说服力的一首。这首诗歌作于1930年初，是诗人临终之前在病中创作的一首长诗，因而堪称他对死亡所作的最后的思考，而这最后的思考也称得上是最为深刻的思考。相较于《万圣节之后》和《死亡阴影》等其他涉及或专门描写死亡与灵魂之舟（即灵船）的诗歌而言，只有《灵船》中的灵魂经由湮灭之地又一次回到了新生的躯体，这在麦卡看来是该诗最不寻常的地方（Mackey，1986：131）。麦卡所言极是。诗人虽然一直笃信灵魂不灭，但从死亡之体到湮灭之地再到新生之躯对灵魂进行全程描写的也只有《灵船》——即使在《灵船》最初的草本中，诗人也只是写到灵魂进入黑暗的湮灭之地并在那里找到宁静为止（CP：964），一如他在其他诗歌中所做的那样。下面我们具体来看《灵船》这首诗。

---

① 当马克·多蒂说苹果的内核中包孕着黑色的星火一般的种子时，他是否也是受劳伦斯的启发呢？这一点不得而知。但有一点可以肯定，即劳伦斯将灵魂看作是火种的想法则是受伊特鲁里亚人的影响，后者在走向再生的死亡之旅中手里总是拿着生命的火种——鸡蛋和石榴。

全诗共由十个部分组成。第一部分主要写秋天果实的自然掉落，旨在引出死亡的到来，为后边灵魂的启程做好准备："时值秋天，掉落的水果；/通向湮灭的漫长的征程。//苹果像大颗的露珠一般掉落，/撞破自己，为自己打开一个出口。"（CP：716，吴笛译，下同）很显然，诗人在这首诗歌中依旧采用的是"春'花'秋实"式的诗学策略，即他仍将人的死亡与果实的成熟和掉落糅合在一起，或是将人的死亡"植入"植物的生命周期之中（而或是相反），以此来暗示和传达灵魂不灭的再生信念：人的死亡就跟苹果撞破自己一样，目的是为了让种子（苹果之魂）能够生根发芽。所以当诗人说"该走了，向自我道一声告别，/从掉落的自我中/寻找一个出口"时（ibid），读者其实很难分得清他是在说苹果的灵魂还是人的灵魂，而"掉落的自我"似乎既指破裂的苹果，又指死亡的躯体，显示出诗人高超的"植入"式手法。

说到这里，我们有必要先探讨一下诗歌中的苹果意象"问题"，然后再接着谈其他部分。贝克森在《艺术的宗教》中谈到《灵船》时转述说，一些编者认为劳伦斯将苹果意象和灵船意象并置一处在某种程度上是一种败笔，一种混乱（confusion），因为两者之间缺乏一种连贯（coherence），正如"通向湮灭"和"掉落的自我"之间缺乏连贯一样（Beckson，2006：145）。产生这种看法的根由在我看来是没有抓住劳伦斯万物有灵、万灵一统思想的实质，而是片面地将灵魂看作是人的"专利"，进而将灵魂不灭看作是人的孤独的自我拯救。出于这样的考虑，苹果和灵船自然会被看作是两个截然不同的、属于不同空间的主体意象，由此而产生了二者之间缺乏连贯的看法。可劳伦斯的"败笔"恰恰就在于他看到了人的灵魂和苹果的灵魂之间的有机联系和共生关系。正因为如此，苹果在诗歌中不仅是一种比兴的手法，而且也是一种被表达的主体。这一主体除在第一、第二部分"现明真身"之外，更多的时候是隐含在撞破的躯体、掉落的躯体、掉落的自我以及"在生命之树的最后的枝丫上寒颤的灵魂"之中（CP：718），因而读者在阅读整首诗歌的过程中总能感觉到苹果意象与灵船意象是交融在一起的，两者之间形成一种你中有我、我中有你的比照与呼应。再者，苹果在劳伦斯眼里是和生命之树联系在一起的，他的另一首诗《古老的果园》（"The Old Orchard"）就是明证。了解了这一点，我们就更能懂得诗人在《灵船》中设置苹果意象的深刻用意。反过来说，如果诗歌中没有了苹果的掉落、破裂及其所预示的种子的再生，人的灵魂不灭就失去了它所凭依的自然根基，这显然不是劳伦斯的本意。

尽管诗人在《艰难的死亡》中期盼死亡能够早点到来，以解除他难耐的病痛，可在《灵船》第二部分，当势不可挡的死亡真正来临的时候，当苹果密集地、“几乎轰隆轰隆地向变硬的大地掉落”的时候，他还是感到一阵恐惧：“在撞破的躯体内，惊恐的灵魂/发现自己蜷缩一团。”（CP：717）那么到底是以自杀的方式了结自己呢还是勇敢地面对令人恐惧的死亡？诗人断然否决了前者，选择了后者。这便是第三部分的内容。在第四部分，诗人开出了应对死亡的良方——用心灵深处的宁静来消除对死亡的恐惧，而宁静的力量源泉诗人在第五部分说得很明白：

那么为自己制造一只灵船吧，
因为你必须走完最漫长的旅程，抵达湮灭。

把死亡处死吧，处死这漫长、痛苦的死亡，
摆脱旧的自我，创造新的自我。

我们的躯体早就掉落，撞得百孔千疮，
我们的灵魂正从残忍的撞破之处的洞口向外渗漏。
……

哦，造起你的灵船，造起你的避难方舟，
装上食物，装上蛋糕和甜酒，
为了通向湮灭的黑暗的航行。（CP：718）

这就是说，死亡固然痛苦，但走向死亡的漫长过程也是从“旧我”走向“新我”的过程，而走向“新我”的保障或希望就在于灵魂的不灭。灵魂不会像死亡的躯体那样“掉落”，相反，它会离开“掉落”的躯体，驾起灵船驶向湮灭之地，在那里获得新生。这也是诗人一再强调建造灵船的缘由所在。建造灵船（ship of death）的实质乃是建造生命之船（ship of life）——这也是诗人在最后的诗节中以方舟（ark）来指代灵船的用意——而建造生命之船的同时也是在建造一份信念，有了这份信念，死亡自然不再令人感到恐惧。不仅如此，人还可以变被动为主动，以一种坦然面对死亡、接受死亡的“宁静”方式来“处死死亡”。

接下来的三个部分主要描写死亡的过程和灵船在无际的洪水之上飘荡行驶的情景。倘若用一个词来形容这三个部分，“黑色”再恰当不过。黑色本是死亡的颜色，但鲜有人能像劳伦斯这样在本义和转义两个层面上将死亡的黑色本质描绘得如此淋漓尽致，将他对死亡的一种感觉、一种体验通过黑色表达得如此形象、到位。在第六部分，我们看到，当躯体一点一点死去的时候，地上开始泛起黑暗的洪水，可这黑水并非来自外部，而是来自内部，是从“我们身上升起的死亡洪水”（CP：718），它不仅淹没了内部世界，而且也淹没了外部世界。与此同时，天上似乎也下起了黑雨，因为这时候“我们的灵魂在洪水之上的黑雨中赤身裸体地哆嗦，/在我们的生命之树的最后的枝丫上寒颤”（ibid）。美国诗人狄金森把死亡想象成苍蝇飘忽不定的嗡嗡声，死亡来临的那一刹那被她说成是苍蝇遮住了光线，窗户因此突然变暗①，而劳伦斯则将他的死亡体验整个幻化成一个黑天黑地的黑水世界，这样的情境意象俨然一幅《圣经》中描写的大洪水景象。在这种情况下，人除了“心甘情愿地死亡，制作灵船，/带上灵魂去进行最长的一次航行”之外别无选择（ibid）。如此一来，灵船就成了名副其实的诺亚方舟。但这载着灵魂、载着所有的生命希望的方舟在抵达湮灭之地的途中本身也经历了最为黑暗、最为恐怖的死亡，这便是诗歌第七部分的内容：

在一片荒凉的黑色洪水上，
在毁灭之海上，
在死亡之洋上，我们航行
……

没有港口，没地方可去，
只有加深的黑暗在黑暗中继续加深，
在无声的、不是汩汩作响的、
与黑暗连成一体的黑暗的洪水中，

① 参见狄金森的第465首诗歌，开头一句是：“I heard a fly buzz — when I died”，载《英国文学选读》，南开大学出版社1991年版，第307页。

上上下下、前前后后、十足的黑暗。
因此，再也没有了方向。(CP：719)

到了第八部分，无际的洋面上除了沉重的黑暗之外一无所有。“一切都走了”（CP：719），躯体、灵魂、小船，等等，全都消失进黑色的洪波。这便是诗人所说的终结和湮灭。然而，黑暗孕育光明，死亡孕育新生①，在经历了最黑暗、最恐怖的终结和湮灭之后，载着灵魂的小船在第九部分又开始隐隐约约地出现在“死灰色的/洪水般黎明的下方”（CP：720）。它刚开始是黑暗之上一条苍白的细线，然后渐渐变成黄色，紧接着便爆出“玫瑰突然萌发”的景象（ibid）。这分明是一幅黎明时分的日出景象。灵魂的新生犹如玫瑰般绚丽的日出，火之灵魂的蕴意又一次得到了再现和表达。不是么，从苹果的种子到玫瑰再到太阳，哪一样不是火！再从诗人反复用“我们”（we）来指称方舟上的生灵来看，这里新生的灵魂何尝不是一切物种的灵魂呢？

但这还不是故事的最后。由于灵魂的最终归宿在劳伦斯笔下仍旧是肉体，或者说肉体就是灵魂的天堂，因而与灵魂的新生相对，诗人在最后的部分特意描写了肉体的新生：它就像被海水冲刷涤荡过的贝壳，在洪水平息之后“奇怪地、可爱地浮现出来”，纤弱的灵魂于是从小船中走出，又一次“回到她自己的家里，/用宁静填塞心房”（ibid）。至此，诗人在黑色的死亡之洋上为我们演绎的玫瑰一般美丽的故事才算是画上了句号，诗人灵魂不灭的再生信念也在这个诗意而又平凡的故事中得到了圆满的诠释。所谓诗意，是指诗人赋予故事别具一格的艺术美；所谓平凡，是指大自然每天都在演绎着同样的故事。从这个意义上来讲，只要生灭流转的自然循环不会终止，这个故事永远不会画上句号，而这本身就是一种诗意。从平凡的死亡故事中演绎出不平凡的生命智慧，这便是诗人对人生、对自然所作的“最有力度的思考”。在人生的旅程中，多一份这样的思考，就会处处是景，无论是人生的哪一站。

---

① 劳伦斯的对立与平衡观念在这里又一次得到体现。另据 Mircea Eliade 在 *The Sacred and the Profane* 一书中说，水的象征意义是双重的，它既象征着死亡也象征着再生，这是许多宗教神话共有的现象。（参见麦卡 *D. H. Lawrence：The Poet Who was Not Wrong* 第 133 页）由此可见诗人将死亡与再生置于黑暗的海水中还有着宗教的蕴意。

第五章

植物与石头的动化：黑色生态的终极伦理旨归

多么像章鱼，却又如此奇怪，浑身是香甜的腕足；
又似赤裸的、寄身岩石的、肉质鲜嫩的海葵，
带着一丝荣生于岩石的神秘自大。
让我坐在这以石为生的
枝干繁多的枝形树灯下，
嘲弄时间，嘲弄枯燥的永恒，
还有那停滞不前的无限，
在这弄人之树的肉味中。①

纳什在其伦理学名著《自然的权利》一书中勾画了一幅“V”形图表，自下而上分隔为史前、过去、现在和未来四个部分，简明扼要地呈示出伦理学关注的对象不断扩展的历史轨迹：从史前的自我到过去的家庭、部落和宗教，继而到现在的民族、种族、人类和部分动物，而植物、岩石、生态系统以及整个星球等则完全归属于“未来”（Nash，1989：5）。从伦理学发展的态势来看，纳什20年前所预测的“未来”已经部分地成为现实，如全球范围内对动物和生态系统的关注等，但支撑一切生命、自身又是生命体的植物似乎依然徘徊在伦理学的大门之外，而对于植物生长其中、其间或其上的岩石的关注更是无从谈起。究其原因，这大概与植物和岩石表面所呈示出来的没有意识的“非动性”（inanimateness）和“被

① 摘自《赤裸的无花果树》（“Bare Fig Trees”，CP：299）。

动性”（passivity）不无关系，正如笛卡尔认为动物是没有感觉和灵魂的机器而导致动物被长期排除在伦理关怀的范畴之外一样。

那么在劳伦斯的笔下，植物和石头这两类有着共同的“非动性”和“被动性”特征的生命体和非生命体是否跟那些“地狱动物”一样也被“前瞻性”地纳入生态伦理关怀的范畴之内呢？或者更确切地说，他的黑色生态意识除了体现在人类、动物、死亡这几个显见的、被不同时代的学者所普遍关注的主题中之外，是否也体现在隐见的、很少乃至从未进入学界视野的植物书写和石头书写中呢？倘若答案是肯定的，那么这样的答案对于当下生态伦理的建构尤其是终极生态伦理的建构又意味着什么呢？下边笔者将通过分析诗人动化植物和石头的诗学策略来回答上述问题。

需要说明的是，本章之所以从诗学策略入手，主要是考虑到劳伦斯的诗歌形式是一种有机的表达形式，或是内容的完美化身，正如品托、萨加尔以及霍夫等学者所强调的那样。这点我们从诗人书写原始土著、动物和死亡的诗歌中应该已经有所领略。尽管如此，由于前几章主要侧重于分析劳伦斯诗歌的内容，形式虽然屡屡被征引，但归根结底是为内容服务的，因而尚不能让我们完全领略其诗歌形式的“有机性”，或是蕴含在形式中的“生态性”，故本章立足于形式来阐述其植物书写和石头书写的生态蕴意就不仅仅限于主题层面上的扩展和延伸，同时也是一种形式层面上的扩展和延伸。唯其如此，方能使我们更加全面地得出与诗人的“经验结构本身”相符合的生态判断（Hough：192）。

第一节　植物的动化与绿色世界的拯救①

一　植物情结与植物研究的缺失

维多利亚时代晚期关乎植物的一个悖论是：一方面在伦敦林奈学会（The Linnean Society of London）以及达尔文等人的推动下，针对植物的科学探索十分热门；另一方面，面对科学所揭示出来的真相以及现代主义

① 这一节的大部分内容曾发表在2012年《外国文学》第4期上，论文题目是：《劳伦斯的植物书写及其对当代美国生态诗人的影响》。感谢《外国文学》编辑部，同意我在拙作中征引此文。

“向内转”思潮的影响，诗人们对自然不再抱有诗意或浪漫的幻想，并有意和外部绿色世界疏离，致使书写植物的自然诗歌门庭冷落，出现了斯诺（C. P. Snow）所说的典型的科学与诗的分离。劳伦斯正是在这一历史语境下坚持书写植物的少数诗人之一①。

劳伦斯对植物的钟情不仅与他成长的自然环境和生活经历有关，而且与他所习得的植物学专业知识有关。在诺丁汉大学，劳伦斯攻读的是他喜欢的植物学专业，这是一门唯一没有让他感到失望，并使他坚信“神秘依然在闪光”的学科（Rainbow：420）。他不仅从中习得有关植物的形态、属性、规律和再生能力等方面的科学知识，更为重要的是，他还从植物细胞质的旋转流动和细胞裂变中探寻到了生命的本源（Mahood，2008：190），并由此将他对植物的天然情愫内化为一种深切的共鸣（empathy），贯穿到他一生的各类创作尤其是诗歌创作之中。我们只需翻开上千页的《劳伦斯诗歌全集》就会看到，以植物为主题或是与植物有关的诗歌比比皆是，仅《鸟·兽·花》诗集中就涵盖了多种植物，包括石榴、桃子、枇杷、山梨、葡萄、松柏、杏树、银莲、鼠尾草、仙客来、木槿花、无花果，等等，无怪乎麦胡德称其为“植物王国的桂冠诗人”（Mahood：47）。这也就是在探讨劳伦斯诗歌的时候，无论探讨的主题是什么，总是不可避免地要涉及植物的一个主要原因。如在第二章，松柏就与伊特鲁里亚人紧密联系在一起；在第三章，渴望变成鱼的圣马太就与岩藻和海草紧密联系在一起；而在第四章，劳伦斯更是频频以植物为情境或场所（site）来表达他对死亡的思考。

这几个章节虽然让我们从不同的角度领略到了劳伦斯书写植物的诗学策略（诸如春“花”秋实里的植入式诗学策略），但由于植物主要是用来凸显、衬托或象征人、动物、死亡等主题的，并没有被作为主题和主体加以探讨，而这对于劳伦斯这位有着非同寻常的植物情结的诗人而言，显然是远远不够的。再者，正如对动物一样，劳伦斯对植物的书写和想象几乎无人可比，然而在劳伦斯研究中，对动物的关注程度远远高于植物——除麦胡德论及其书写植物的科学元素之外，几乎找不到其他学者的相关研究，这不能不说是劳伦斯研究的一大缺憾。在这种情况下，对劳伦斯植物

① 其他几位主要的诗人分别是哈代、弗罗斯特、托马斯（Edward Thomas）、布兰登（Edmund Blunden）等。

诗学策略的探讨就有着非同寻常的意义，尤其当我们将其置于当下生态书写乃至于整个自然书写的历史语境中来看的时候。

二 植物动物化

劳伦斯的植物书写除了秉承植物传统的象征诗学话语之外，更多的是对传统的一种超越，而他超越传统的诗学策略之一便是将植物动物化。所谓将植物动物化，是指诗人喜欢用描写动物的语言来拟写或描摹植物，用运动的动物话语来活化“静止”的植物主体，这样不仅使植物的形貌显得生动逼真，而且还让读者产生一种植物即动物或植物与动物同体共生（symbiosis）的错觉，从中获得一种奇特的审美体验或感悟。如在《西西里仙客来》这首诗歌中，诗人就将仙客来花状写成玲珑可爱的灵缇幼犬，借此想象、再现太古之初植物在第一次睁眼看世界的人类眼中“似花非花”的原始本真样态：

黎明之玫瑰
在朦胧中欣欣然，石头生成的
仙客来，小小的仙客来
拱起身子
睁开睡眼，竖起耳朵
宛若娇小可人的灵缇幼崽
在这经验空白的
时光旷野中，
半打着呵欠，
缩回它们无声的花瓣耳朵。（CP：311）

这样的拟写不仅形象地再现了仙客来花绽放的动态过程和人类始祖动植物莫辨的童稚懵懂，而且还传达了这样的信息：仙客来花在被人类凝视的同时也在“睁开眼睛”凝视人类，它们和人类一样都是活生生的“动”物。从这个意义上来看，人类自诩万物之灵长的神话显然是自我膨胀的结果。

细心的读者还会注意到，通过“半打着呵欠”这样的诗句，诗人不仅让我们看到了仙客来花的运动，同时也让我们听到了仙客来花的声音。

这种将视觉运动和听觉声音相结合的手法可谓劳伦斯书写植物的一大特色，这一点在《紫色的银莲》中表现得尤为明显。诗人开篇就说，鲜花不是上帝赠与人类的礼物，而是地府君王放出来追踪珀耳塞福涅母女的猎狗——番红花是“脸上有斑纹的小灵狗”，水仙花是“警觉可爱”的金色的猎，银莲花则是冥王自己，号令其猎犬去“追她们”，“嗅出她们”（smell’em out）。这群鲜花猎狗在主人的吆喝下对奔逃的珀耳塞福涅紧追不舍，没过多久便“咬住她的脚踝”，“抓住她的秀发”，而大地就在主人和鲜花猎狗追逐奔突的喧嚣中变得春意盎然，一片绚烂！古往今来讴歌春暖花开的诗歌不胜枚举，但很少有人能像劳伦斯这样将鲜花的烂漫描写得如此有声有色，“动”人心魄。这一效果的取得显然有赖于诗人奇崛而丰赡的想象力以及与之相宜的动物化诗学策略。前文所引《爱的风暴》之诗句“窸窣个不停的绿叶”所采用的也是同样的手法。

当然劳伦斯笔下的动物化植物不总是在运动，它们也有静止的时候，正如动物有动也有静一样。《陶斯的秋天》顾名思义抒写的是陶斯的秋景，树木和山脉是其中的主角，诗人在描写树木的时候通篇采用静止的动物话语：大齿杨远看像老虎黄色的斑毛，近看像金鹰胸前层叠的羽毛，雪松酷似毛色斑驳的水獭的胡须，鼠尾草织就一大张灰色的野狼皮，而在松树下行走就仿佛在一只大黑熊毛茸茸的肚皮下行走。诗人最后这样写道：“獠牙、尖爪、利喙、鹰眼/此刻意识全无/所以不必害怕。”正如静止是运动的一种特殊状态、是无限运动过程链条上的一环一样，这种对植物静态的动物化拟写也是诗人表达植物运动的一种特殊形式。而且从某种意义上来讲，正是由于诗人添加了静的成份，其表现植物运动的诗学策略才更显出品质的真实和完整。

在诸如上述以植物为主题的诗歌中，诗人将植物动物化的诗学话语可谓贯通全篇。但在许多情况下，即使诗歌抒写的对象是植物，诗人也可能只在个别诗句中运思其动物化诗学策略。如在《赤裸的杏树》（“Bare Almond Trees”）中，诗人主要将杏树光秃秃的枝干比作生锈的钢铁和扭曲的兵器，仅在第一诗节末尾将杏树暗喻为动物：“杏树弓起虬曲的黑铁躯干爬上山坡。”（CP：300）在那些植物书写较为“边缘”、仅为烘托或深化主题而设的诗歌中，诗人更是频频诉诸这种只言片语式的诗学话语。我们看到，忍冬花“悄悄爬到外边”向飞蛾示爱（“Love on the Farm”）（CP：42），一串红的“橘黄色鸡冠被它的鸣叫吵得猩红”（“Hibiscus and

Salvia Flowers”）（CP：314），而这两首诗歌的主题则分别是讴歌情爱和讽刺意大利的布尔什维克。事实上，作为植物王国的桂冠诗人，劳伦斯书写植物的诗歌可谓量大面广，而他又常常喜用一星半点的动物话语来描写植物（这类描写往往是诗歌的点睛之笔!），这就势必使他的动物化诗学策略显得更加普遍和突出。

三　植物人格化

劳伦斯书写植物的另一喜好是将植物人格化，而在写人的时候却趋向于将人植物化（vegemorphism）。这两种手法在他的诗歌中经常“反向对开”，相互印证并呈示出植物即人、人即植物的审美意识和生态思想。特别要申明的是，劳伦斯笔下的植物与人通常不是以此喻彼的关系，而是难解难分、相互交融（communion）的关系（Mahood：220）。我们且看他如何将植物人格化：“松树俯下身子倾听，秋风不知说了句什么/逗得黑杨树歇斯底里地大笑。”（“At the Window”，CP：102）类似的例子在诗人笔下俯拾即是，如杏花是风雪光影中灿然微笑的裸体新娘（“Almond Blossom”，CP：306）；石榴斜戴着帽子（“Pomegranate”）；马蹄草听到凤头麦鸡的尖叫“放声大笑，而荆豆则紧张地喘着粗气”（“The Wild Common”，CP：34）。倘若我们略去这些植物的名称，读者一定会以为诗人在描写人而非植物，因为无论从音、形还是神来看，诗人笔下的“植物人”都是那样的生动逼真、惟妙惟肖。

由于人也是动物世界的一部分，加之劳伦斯笔下的理想人通常是未丧失动物本能的自然人，甚至可以说是“动物人”，因而诗人将植物如此人格化的诗学运思也可看作是其动物化诗学策略的又一特殊形式，更何况他所描写、讴歌的“植物人”也正是他所崇尚的自然人。我们在第二章论及的原始土著人不也是这样的自然人么？正是因为如此，托斯卡纳黑色的松柏才如此形象地凝驻着伊特鲁里亚人的音容笑貌，锡兰“黑色的稻谷”则生动地活化成“黑脸膛、缠着棉布带子的土著人”，而在《枇杷》一诗中，灵魂起初是漂白的果仁，到后来则幻化成赤足行走的“更轻的自我”，果仁和人之间也是如此难分难解，这跟《灵船》中掉落的苹果和死亡的躯体相互“植入”彼此体内的交融程度也是一样的。

值得一提的是，劳伦斯不仅描写动物的性，而且也描写植物的性，确切地说是描写植物果实与人之性器官之间的相像，并在性之“中心之火”

这一点上打通了植物与人之间的壁垒，正如他藉此打通动物与人之间的壁垒一样：石榴不仅跟人一样斜戴着帽子，而且其“粉色的、温柔的、闪亮的”开裂处（fissure）直通女性身上最隐秘之处（“Pomegranate”，CP：278）；肉肉的、圆圆的桃子与桃尖上粉色的圆尖一起构成女性的乳房（“Peaches”，CP：279），而无花果则直接被想象成“女性的私处”（“Figs”，CP：282）。

《圣经·以赛亚书》上说，“一切血肉之躯都源于草”，紧接着又说，“众民的确是草”（40：6－7）。再从词源意义上来看，人类（human）一词源于拉丁文 humus，意为腐殖质、土壤（soil）。这似乎表明，人类其实跟草（植物）一样也是源自土壤的生命体。据此我们还可以说，劳伦斯运用其独特的诗学策略所塑造的一个个形神兼备的“植物人”不仅形象地演绎了植物的动物特性，而且也是对植物与人同根同源、同理连枝所作的最佳诠释。从这个意义上来讲，劳伦斯书写植物的诗学策略确是表达其黑色生态意识的一种有机形式。

四　哲学与科学理据

如前所述，劳伦斯深受古希腊哲学家赫拉克利特的影响，他的诗句“宇宙在流动，万川狂泻”[①]（“The Universe Flows”，CP：479）就是对赫氏所言“人不能两次踏进同一条河流”的生动诠释。他之所以将植物动物化或人格化，是因为在他看来，植物与动物、人类以及世间万物一样总是处在运动变化之中，并在“永远无法估量的创造旅程中与其他事物相遇相离”，相互之间形成一种变动不居、周流六虚的动态关联（CP：183）。或许是出于这样的考虑，劳伦斯在其著名的《新诗序言》中将植物的运动比作燃烧的火焰：“完美的玫瑰是一团奔泻的火焰，刚一出现就流逝而去，永远不会停滞、静止、终结。”（CP：182）

植物除了具备运动的特质之外，还具有灵魂或意识，这应是诗人将植物动物化的又一哲学理据。如前所述，劳伦斯的哲学思想本质上是一种原始的自然宗教思想，即相信自然万物皆有自己的灵魂。人们通常所说的灵

① 参见《影朦胧：劳伦斯诗选》，黄锡祥译，花城出版社 1990 年版，第 55 页。

魂主要是指人的灵魂，动物次之①，很少有人认为植物也有灵魂，尤其是“在经过充分启蒙的（欧洲）土地上”（Horkheimer, 1972: 29）。劳伦斯的万物有灵思想无疑使植物也成为和人、动物一样具有灵魂的生命体，进而赋予支撑所有生命的植物前所未有的主体地位。

我们知道，原始主义对劳伦斯的影响很大，前文提到的《金枝》、《非洲之声》和《原始文化》等著作对其自然观的形成产生了十分重要的作用②。抛开别的不说，就植物来看，仅《金枝》就记载了各种有关植物化为动物或人的原始信仰以及与之相应的祭祀活动，并专门就古代植物之神的动物形象予以探讨，内容涉及植物的魂魄、植物的婚姻、植物精灵的出现或逃匿（即植物的运动）等诸多方面。可以看出，这类记述与劳伦斯的植物动物化诗学策略之间存在着明显的传承和同构关系，后者深厚的历史底蕴藉此得以彰显。换句话说，劳伦斯所熟知并推崇的这些人类学巨著也是其诗学策略所凭依的哲学理据之一。

需要进一步说明的是，劳伦斯书写植物的哲学理据也不乏科学性。早在18世纪晚期，美国著名自然学家巴特姆（William Bartram）就在其《游记》中记载了大量有关植物运动的科学事例。几乎就在同一时期，达尔文的祖父伊拉斯谟·达尔文又先后推出其研究植物的名作《植物之爱》和《植物经济》③，二者分别就植物的性爱系统和生理机能予以描写和说明。尽管这两部著作各有侧重，但贯穿其中的基本观点则大体趋同：植物在很大程度上具备动物的运动能力（the power of movement），植物因此所发挥的作用和动物完全一样，只是表现在更加基本的层面上而已。不仅如此，他还通过观察那些一碰就开/合花叶的植物得出结论说，“每个蓓蕾、每朵鲜花都有一个与其肌肉组织相连的感觉中枢或大脑”（Darwin, 2006: note to III, Line 460）。

100多年后，劳伦斯在大学里攻读的植物学专业依然沿袭的是伊拉斯谟·达尔文等人所奠定的知识框架体系，因此他有关植物运动和植物意识

---

① 西安交通大学为医学实验动物竖立慰灵碑之事表明，动物的灵魂已得到普遍承认，即使科学界也不例外。

② 参见 *The Letters of D. H. Lawrence* 第2卷第470、593页。

③ 英文名分别为 *The Loves of the Plants* 和 *The Economy of Vegetation*。这两本著作都以诗论科学，被誉为诗学与科学结合的最佳典范，后被编撰一处，成为《植物园》（*The Botanic Garden*）丛书的两大组成部分。

的观点不仅是其原始自然宗教思想的一种体现，同时也是彼时植物学界的一种共识。200 多年后的今天，植物学家观察、研究植物的设备和手段比起达尔文时代的肉眼和显微镜来不知先进了多少倍——美国科学家甚至可以在植物的活细胞中观察细胞成形的基本过程。即便如此，他们并没有从根本上撼动前人对植物所下的论断。西蒙斯（Paul Simons）的著作《行动植物：植物的运动与神经行为》（1992）表明，运动不只限于少数奇异的植物，而是所有的植物；所有的植物都具有神经系统，所以它们能像动物一样行动（behave）。可见劳伦斯将植物动物化或人格化的诗学策略不仅仅是出于审美或启迪读者的需要，而且也是出于对植物现实真实性的考虑，用诗人自己的话来说，是为了再现"（植物）活的细胞质无法言说的运动"（Pinto：4）。但不管是出于何种考虑，劳伦斯将植物动物化或人格化的诗学策略凸显了惯常被忽略的植物的动态美和灵性美，进而为惯常被视为"草芥"的植物赢得一种存在美。

五　动化植物的生态传承及意义

在劳伦斯之前以及同时代的作家和诗人中，由于受传统自然书写中宗教因素以及人类中心主义思想的影响，大家普遍对植物持这样的看法：植物的存在是为了上帝和人类的快乐，或者是为了传递上帝的信息、承载观察者的信念与感情，因而即使"最卑微的鲜花也能给人以思想"（Wordsworth，1913：590）。这样的植物观念势必会产生与之相应的植物书写，或者确切地说，受其主导的植物书写必然会导致对"绿色世界的象征性操控"（Mahood：202），而"操控"的结果便是对植物自身生存权利的否定。殊不知植物也是独立自足的生命体，它们的存在本身就是目的，人类不应视其为"草芥"，而应视其为己类。这便是罗斯金、卡莱尔、泰勒（John Ellor Taylor）等有识之士针对植物的谬见所阐发的基本观点。很显然，劳伦斯对植物的深切体认与罗斯金等人的植物观是一脉相承的。当然，柯兰布（George Crabbe）、克莱尔（John Clare）以及霍普金斯（Gerard Manley Hopkins）等诗人早在劳伦斯之前就自觉或不自觉地表达他们对植物生命主体的认同。但正如麦卡锡（Desmond MacCarthy）所言，劳伦斯对"动物和植物深切的想象性同情超出了他之前的任何文学作品"（Marshall：10），而他超出前人的"秘诀"就在于，他是在植物与动物、植物与人之间相互依存、同体共生的关系之网中来确立植物的主体地位的，因而他才频频诉诸动物化或人格化的动化诗学策略来书写植物。这样的书写不仅扩大了我们对"（植物）生命做出想象反应的范畴"（ibid），更为重要的是，它还激发了书写植物的生态传统[①]，在新的历史时期彰显出强大的生命力。这一点集中体现在当代美国著名生态诗人的植物书写中。

杰弗斯是当代美国最早具备生态意识的诗人，他对自然的偏爱为他赢得了"非人类主义诗人"（poet of inhumanism）的称号。当劳伦斯的诗歌在本土遭到冷遇甚至是攻击的时候，他在美国编辑、作序并出版了世界上最早的劳伦斯诗歌选集。虽然杰弗斯描写的重点不是植物（主要是动物和岩石），但在其涉及植物的诗行中，读者时不时会瞥见劳伦斯式的诗学运思。如在《花岗岩与柏树》（"Granite and Cypress"）一诗中，幼柏就被描写成小鸟之类的生灵，当老鹰从天际俯冲而下的时候，幼柏吓得缩作一团，这一点与劳伦斯在《爱的风暴》中描写的景象颇是相近（2003：39）。再如，"每年一度的那根小草/跟她过去和未来的山脉一样高大。"（"Point Joe"：31）杰弗斯在此不仅回应了前文已经提到的劳伦斯有关"小草最伟大"的观点，而且还继承了他用人称代词他/她（he/she）而不是它（it）来指代植物和动物的做法，其用意不言自明。

斯奈德被誉为美国最具生态意识、也是当下最走红的生态诗人。他坦承，是劳伦斯的《鸟·兽·花》成就了他今天的诗人地位（French：124）。就"花"而言，他的植物学知识以及他对植物的情愫与劳伦斯极为相近。他所希冀的"终极民主"（ultimate democracy）就是要将"植物和动物也看作是人……让他们在人类的政治讨论中占有一席之地，并且能够发出自己的声音"（Nash，1989：3）。他所倡导的"重新栖居"（reinhabitation）理念实质上就是要人们回归自然，重新建立栖居者与栖居地一草一木之间血肉相连的纽带关系。这里所说的一草一木并不是隐喻的说法，而是实实在在的说法。在他的诗歌如《狐尾松》（"Foxtail Pine"）、《两首伐木歌》（"Two Logging Songs"）以及《山里的酸味》（"Sours of Hills"）中，植物都被作为有灵有智的生命体来看待，读者很容易从中觅到劳伦斯书写植物的影子。

在伯萨夫（Robert J. Bertholf）等主编的近千页的《邓肯与莱弗托夫书

---

① 这里套用 Jeffrey Meyers 对劳伦斯的评价："劳伦斯不仅是那种继承和发扬一种传统，而且也是激发一种传统的人。"参见 *The Legacy of D. H. Lawrence*（The Macmillan Press，1987）首页。

信集》① 中，这两位著名诗人时不时地谈到劳伦斯，并对他的部分诗歌如《重返伊甸园》（“Paradise Reentered”）、《笑声》（“Laughter”）、《天堂》（“Elysium”）等予以探讨，其间传达出这样的信息：劳伦斯对两位诗人的诗学发展或走向都产生了重要的影响。就劳伦斯书写植物的影响而言，莱弗托夫的自然诗歌选集《我们周围的生命》（1997）是再好不过的例证。在这部诗歌集中，马萨诸塞州的柳树被称作“动物柳树”，它们“金色的皮毛”即使到了寒秋也不脱落（“The Willows of Massachusetts”），而蓟草则被状写成老虎：“昨日/老虎般威猛的蓟草/今日枯黄病恹，蜷成一团。”（“Silent Spring”）不难看出，这类描写与劳伦斯《陶斯的秋天》中对植物的描写如出一辙。

罗特克是所有生态诗人中最为独特的一位。作为劳伦斯的忠实“信徒”，他不仅对所有“丑陋的”物种有着特殊的兴趣（Roethke：17），而且也是以书写“温室诗歌”（greenhouse poems）而闻名的诗人，因他书写的主要对象是父亲栽培和经营的温室植物。正是由于他创作了大量以植物为主题的诗歌，加之他自认为和“劳伦斯走的是同一条道”（French：127），因而动物化的植物形象总是频频出现在他的笔下，如长着“蝰蛇的嘴巴”和“幼鸟的舌头”的兰花（“Orchids”），可以幻化为人的树叶（“The Long Alley”），有血有肉、知疼知痛的苔藓（“Moss-Gathering”），等等。据此我们不妨这样说，罗特克的“温室诗歌”是劳伦斯的植物书写对当代美国生态诗人产生影响的最佳范例。

在绿色世界大片消失、物种加速灭绝的生态危机时代，对植物伦理关怀意识的呼唤已经变得刻不容缓，而将植物看作是有灵有智的生命体的植物书写或想象无疑是走向植物伦理的重要前提。立足于这一历史语境，劳伦斯动化植物的书写就凸显出多重意义来：在“去绿色化”诗歌占据主流的维多利亚时代晚期，它起到了重要的历史传承作用；在环保人士、生态批评家和文学家转向美洲土著寻求生态智慧的今天，它所蕴含的原始自然宗教思想提供了重要的源头性价值；它富有前瞻意识的科学诗性（而或是诗性科学）既为当下倡导诗学与科学相结合②的自然书

---

① 原文为 *The Letters of Robert Duncan and Denise Levertov*（Stanford University Press，2004）。

② 参见拙文《当代生态诗歌：科学与诗对话的新空间》，载《西北师范大学学报》2009 年第 2 期。

写尤其是植物书写[1]树立了典范，又为祛除植物偏见、重新确立植物的主体地位发挥了十分重要的“启蒙”作用。也许正是因为如此，它才能够在当代美国生态诗歌的土壤中勃发出强大的生命力。换句话说，劳伦斯书写植物的诗学及其所蕴含的哲学理念不啻为一种拯救绿色世界的生态诗学和生态理念，而当代美国生态诗人对他的继承和弘扬本身就是拯救绿色世界的一种努力。但愿这一努力最终能够潜化为一种拯救绿色世界的力量。唯其如此，劳伦斯书写植物的终极意义和价值才能够得以实现。

第二节 石头的动化与“荒原”的拯救

本书第三章以劳伦斯的地狱动物诗歌为例阐明了诗人对物种歧视的拒绝。事实上，劳伦斯对野蛮人的朝觐以及他将植物动化的诗学运思在很大程度上也是对人种歧视和物种歧视的一种反拨。从这个意义上来讲，诗人书写人类、动物以及植物等有生有死的生命体的诗歌莫不反映出他对自然生命一视同仁的立场和态度。令人感佩的是，这种立场和态度也同样体现在他书写石头、山脉、河流、雷电、风云等这些通常被看作是非生命体的诗歌中，尽管这类诗歌的数量不是很多。然而，正因为数量有限，加之以往鲜有人对他的这类诗歌予以关注，这就使得我们的研究更加显得有意义，尤其当我们将其放到当下生态书写关注非生命体的现实语境中来考察的时候。总的来看，劳伦斯书写非生命体的手法之一便是将其动化，而动化的结果便是将其生命化，故他有“大山的生命，云彩的生命，雷电的生命，空气的生命，大地的生命，太阳的生命”之说。（*Phoenix*：146－147）这种赋予非生命体以生命的诗学策略透射出一种彻底的万物齐一的生态宇宙观，极大地拓展了生态伦理关怀的空间，从最“基本”的层面上彰显出诗人的黑色生态意识。下边我们仅以劳伦斯关乎石头书写的诗歌为例来加以说明。为此，我们首先有必要甄别石头的传统意蕴和生态意

---

① 当下书写植物的著作不断推出，比较著名的有 Robert Pogue Harrison 的《森林：文明的阴影》（*Forests*：*The Shadow of Civilization*，1992），Amy R. W. Meyers 等主编的《帝国自然》（*Empire's Nature*，1998），Michael Pollan 的《欲望植物》（*The Botany of Desire*，2001），Colin Tudge 的《树：有关树是什么，它们怎样生存以及它们缘何重要的自然史》（*The Tree*：*A Natural History of What Trees Are*，*How They Live and Why They Matter*，2005），Christopher P. Iannini 的《致命的革命》（*Fatal Revolutions*，2012）等。这些著作都在不同程度上继承了劳伦斯书写植物的科学诗性。

蕴，然后在这一背景下再来比照劳伦斯的石头诗歌及其所蕴含的生态前瞻意识。

一 传统之石与生态之石

米开朗基罗于公元1520—1534年创作了举世闻名的《昼》、《夜》、《晨》、《暮》四尊大理石雕像，并对《夜》这尊雕像的创作思想予以诗意的阐释：

> 睡眠是甜蜜的
> 成为顽石更是幸福，
> 只要世界上还有罪恶与耻辱，
> 不见不闻，无知无觉，是最大的快乐
> ——不要惊醒我吧！（迟柯，2005：106）

如果说米开朗基罗的诗是对其雕像《夜》所作的阐释，那么雪莱的名诗《奥西曼提斯》（“Ozymandias”）则是对一尊雕像所作的描绘：孤寂无垠的沙漠荒原中杵着一堆“毫无生命”（lifeless）的巨石雕像的残骸，残骸基座上则刻着这样的字眼：“我乃奥西曼提斯，万王之王，仰望我的伟业吧，万能的神，尔辈亦当自惭！”

不难看出，在这两首以文释“像”的诗歌中，无论是作为雕塑家的米开朗基罗还是作为诗人的雪莱，他们眼里的石头都是“毫无生命”、“无知无觉”的自然物，而雪莱对无边无际的沙漠的描写更是衬托出石头雕像的破败和石头自身沙漠一般的死寂，以此来颠覆和讽刺奥西曼提斯生前无以复加的狂妄和自大。米开朗基罗笔下的“顽石”虽说具有“睡眠”“惊醒”等人格化特征，但他的诗文却是对朋友赞美他的雕像之语——“受天点化过的一块活的石头”——的一种否定性回答[①]，从中更能见出他对“顽石”“无知无觉”的看法。

米开朗基罗和雪莱对石头的看法秉承的正是西方传统文化对石头的一种普遍认知。在奥维德的《变形记》中，如果说人变形为动植物要么是出于对其恶行的惩罚，要么是出于对其美德的奖赏，那么变形为石头则十

① 参见网址 http：//zhidao. baidu. com/question/129984872. html，2009 - 12 - 21 10：19。

有八九是一件十分可怕和悲惨的事，譬如尽人皆知的美杜莎将人变为石头的故事。在罗曼司、童话故事和西方现代文学中，人变身为石头总是与悲哀、不幸、死亡或麻木联系在一起。如在美国诗人布莱恩特（William Cullen Bryant）的《死亡随想》（“Thanatopsis”）中，亡者的悲哀就在于“成为毫无知觉的岩石的兄弟”（“To be a brother to the insensible rock”），贝克特的短剧《俄亥俄即兴》中所写到的“石人”表达的也是同样的石头蕴意——“悲哀的故事最后一次讲完了，他们[①]坐着似乎变成了石头”（Beckett，1984：288），而英语词语“stone-hearted”和相应的汉语成语“铁石心肠”无疑也凝聚着石头无知无觉、冷漠麻木的传统蕴意。

然而，任何事物都有两面性，石头的传统蕴意也不例外，它有负面的一面，也有正面的一面。无论是东方还是西方，传统文化中的石头往往也是永恒、持久、坚守、不变等愿望或美德的象征。奥西曼提斯的石像尽管在岁月的磨蚀中变得颓废破败，但他选择石头作为雕像的材料，想必是为了借此求得永存，这大概与法老胡夫命工匠在石头上为自己雕刻狮身人面像的初衷也是一致的。同样，在《亚瑟王传奇》中，墨林（Merlin）之所以建议英王埃流斯（Aurelius）用巨人舞蹈地方的巨石（Stones of Giants' Dance）作为阵亡骑士的纪念碑，是因为那方巨石具备永恒的特质和疗伤的功效（Knowles，2004：5）。在中国文化中，我们所熟知的爱情诗句“磐石无转移”和爱情誓言“海枯石烂，永不变心”与彭斯（Robert Burns）讴歌爱情的诗行几乎如出一辙——“Till a'the seas gang dry，my dear，/And the rocks melt wi' the sun！/And I will luve thee still，my dear”[②] ——人们对石头之永恒特质的共识由此可见一斑。

我们再来看生态之石。所谓生态之石是指生态批评视阈内关乎石头的自然书写，它以描写、想象和赞美石头的生命特质为介，大大丰富和超越了传统之石的内涵。事实上，生态之石与其说是对传统之石的一种丰富和超越，毋宁说是对传统之石本源的一种回归和现代阐释。从前文提到的女娲造人、上帝造人以及丢卡利翁与皮拉造人的神话传说和宗教故事来看，人都是用泥土或石头造出来的。说得更具体一点，女娲和上帝是用泥土造

① 指剧中两位主人公。

② 摘自彭斯的名诗《一朵红红的玫瑰》（“A Red，Red Rose”），载《英国文学选读》第1卷（上海译文出版社1981年版）第184页。

人的，丢卡利翁和皮拉是用石头造人的，且造人之石还被称作“母亲的骨骼”（the bones of your mother），即大地母亲盖亚的骨骼。当丢卡利翁和皮拉遵照神谕将一块块石头丢到各自身后时，它们一个个变成了人形。在当下环境主义者、生态批评家和生态文学家为解救西方文明“向后转”的历史语境下，这个神话故事给他们的启示就不仅仅是石头与人类之间在本源上的血亲关系（kinship），而且也是石头自身所具备的发源生命的特质，亦即生命的特质，这正是生态之石有别于传统之石的根本所在。当下关乎石头的生态书写大体上都是基于这样的认识。

下边我们来看几个生态之石书写的例子。奥尔森（Sigurd F. Olson）是美国自然文学最高奖项（约翰·巴勒斯奖章）的获得者，其经典之作《低吟的荒野》（1956）中有一段对石头的评价堪称经典：

> 我喜爱石头。对我而言，它们不是麻木无知、毫无生气，而是如同构成它们的结晶体一样充满活力。尽管它们显得毫无变化，但我知道在它们之中有一个活跃的宇宙，每一块石头都有其独特的个性，都记载着一段抹不掉的地球的历史（奥尔森，2012：104）。

如果说奥尔森讲述的是石头内部的生命与活力，那么客体派诗人（objectivist poet）劳瑞·尼德柯（Lorine Niedecker）则告诉我们，生命的本源即是石头，或曰石头内在于生命自身：“每一个生命的每一个部位/曾经都是岩石。”正因为如此，她认为“血液中也流淌着/岩石矿物”（Reilly，2010：269）。

与奥尔森和尼德柯相比，生态诗人奥立弗对于石头的书写似乎更进一步。在她的笔下，石头不仅有生命，而且也有灵魂。在《你可能要问》（“Some Questions You Might Ask”）一诗中，诗人首先对灵魂是什么进行发问，继而提出一连串谁该有灵魂，谁不该有灵魂的问题，接着在诗歌末尾这样写道：

> 为什么我就该有，而骆驼却不能？
> 想想看，枫树该不该有？
> 蓝色的蝴蝶花呢？
> 月光下独坐的那些小石头呢？（Oliver，1990：1）

可以看出，诗人从人到动物再到植物和石头的提问策略表面看来依然遵从的是“存在之链”[1] 所规定的等级秩序，实际上却通过提问赋予动物、植物、石头跟人一样的灵魂[2]，借此暗中解构了“存在之链”所规定的等级秩序，建构了一种新的万物齐一的平等秩序。不仅如此，诗人还通过“月光”突出石头的浪漫，通过形容词“小”（little）突出石头的可爱，通过“独坐”（sitting alone）突出石头的人格化特征，从而让读者进一步感受到人与石头之间不再是“我”和“它”之间的不平等关系，而是“我”和“你”之间的平等关系。如果我们再回顾一下纳什所勾画的那幅“V”形图表，就可知道奥立弗如此这般将石头动化（animated）或生命化有着何等重要的生态启示意义。

二　石头书写的概貌

对照传统之石和生态之石来看，劳伦斯的石头书写可以说是既传统，又生态，或者可以说是传统与生态的结合，但从二者的比例来看，他笔下的生态之石远远胜于传统之石，而即便是在传统之石中，多数也表达的是石头的正面蕴意。如在上千页的《劳伦斯诗歌全集》中，有关石头书写的诗歌大约有20来首，其中仅有寥寥数句描写石头的无知无觉或生命缺如：在《逝去的人》中，逝者紧闭的嘴唇在言说者眼里是“石头一般的嘴唇”（CP：55），在《城里来信》中，诗人痛恨并欲砸碎那些“无水贫瘠的高地岩石”（“Letter from the Town”，CP：57），在《旧梦新梦》中，诗人谴责拜金者梦想有朝一日能够“踩在他人脸上，/仿佛踩在卵石上一样”（CP：175）。除此之外，我们看到的主要是诗人对石头的肯定和颂扬：

> 在这里，我躺在床上就能望见大海的波涛涌向乌黑的礁石和峭壁上飞溅的浪花，这实在是一种莫大的安慰。
>
> 我喜欢康沃尔：这是一片空寂、被遗忘的土地，它不属于凯尔特的基督教的英格兰。这里有狂风和精美的黑礁石和洁白晶莹的浪花及咆哮着的大海。（罗婷，1996：25）

---

① 英文是“The Great Chain of Being”。这是一个包括所有生命和非生命的金字塔式的等级结构，其自上而下的排列顺序为：上帝→天使→人类→动物→植物→非生命体。

② 这一点与劳伦斯的灵魂观完全吻合。

不过话说回来，在劳伦斯的笔下，似这般直接赞美石头外表之“精美”的抒写并不多见，因为诗人更看重石头内在的生命之美，抑或是内在于石头的生命之美，并从石头中看到的是整个宇宙的生命之美——这种“以小见大”的“看法”颇有布莱克“通过一粒沙看世界，一朵花看天堂”的韵味。当然，劳伦斯也看重石头传统的永恒之美，但这种永恒之美在他眼里并不是静止的，而是变动不居的，从而赋予传统之石一种新的内涵。这两点也正是劳伦斯生态之石的主要内涵，并通过植物之石和肉体之石这两种动化或活化石头的策略很好地表达了出来。当然，在很多情况下，这两种策略通常是混合并用的，不可分离的，如引子部分的石头就与植物和血肉之躯很难分解开来。这里将其分开只是为了方便论述而已。

三　植物之石

所谓植物之石是指诗人为了彰示石头的生命力而将石头植物化，或是将植物石头化，简而言之是将植物与石头紧密结合在一起的一种书写策略。作为植物王国的桂冠诗人，劳伦斯的植物之石一方面透射出诗人根深蒂固的植物情结，另一方面也充分体现了诗人对石头独具一格的生命想象和诗意描写。在《卫兵》（“Guards”）一诗中，诗人将两排齐整的参天大树比喻成绿色的岩壁，而“在这树之岩壁中间，/在这灰绿的公园里边/静静地站着一列兵士，红色的，一动也不动”（CP：66）。这里的“岩壁”乍看起来跟卫兵一样静穆无息，“一动也不动”，但“树之岩壁”却告诉我们，岩壁是绿色的，有生命的，正如凝止不动的卫兵列队是由活生生的人组成的一样。这种以石喻树的手法既烘托出卫兵列队在凝止瞬间的静穆，又暗示出岩石与古树之间的相似性，给读者一种树木即岩石、树墙即岩壁的感觉。

同样的手法也运用在《石榴》（“Pomegranate”）和《樱桃强盗》（“Cherry Robbers”）中，这两首诗歌分别将石榴和樱桃比作绿色的石头（green stone）和红色的宝石（jewels red）。我们且看后者：

又长又黑的枝干下，
似东方姑娘发髻中的
红色宝石，垂挂着串串猩红色的樱桃，仿佛
每绺头发底下都有血滴滴过。（CP：36）

诗人将樱桃比喻成红色的宝石，按照常规的理解，自然是为了形象贴切的描写樱桃的颜色和形状，而非其他，因为樱桃是美味可口的果实，宝石虽说外表似樱桃一般红艳诱人，但要食之却万万不可。然而，随着诗歌的一步步推进，我们似乎又很难将樱桃和宝石区分开来。这是因为，樱桃的颜色、宝石的颜色和樱桃树下死亡小鸟身上的血色完全是相通相融的，而这血色最后又汇集到诗歌所暗示的姑娘的樱唇上面，以及她可能会像小鸟一样因偷食禁果而付出的血色代价上面。换句话说，宝石、樱桃、小鸟和姑娘之间的壁垒因红色或血色而消融，而红色的宝石也借此获得了跟植物、动物和人一样的生命，真正应了赫德森（W. H. Hudson）万物同源同理的名言："我的肉体与泥土同为一体，我的鲜血的热度与阳光的热力同出一源，我的热情与狂风暴雨同出一理。"（程虹，2009：161）

最能体现诗人植物之石书写策略的仍是《西西里仙客来》这首诗。如前所述，《西西里仙客来》大意是写太古之初仙客来花在第一次睁眼看世界的人类眼中"似花非花"、既像动物又像植物的原始本真样态，它是"黎明之玫瑰"，是"石头生成的"（stone-engendered），或是"沿着地中海的石坡（up the Mediterranean stone-slopes）生长起来的"（CP：311），是跟人类、兔子、蟾蜍等动物一道源自石头或是从幽暗的石头深处"醒"过来的生灵。换句话说，在诗人的想象中，无论是植物、动物还是人类，其生命的根脉皆包孕在石头之中，石头因此堪称生命之本，万物之源。从这个意义上来讲，"石头造人"的故事似应改写成"石头造物"的故事才对！

美国地球物理学家荷森（Robert M. Hazen）在《地球新论：岩石与生命的协同进化》一文中明确指出，在生命起源中发挥关键作用的不是别的，而是石头和矿物质，它们"看似没有生命，实质上却与生物不可分离地联系在一起"①。同样的观点在达尔文的《物种起源》、拉夫洛克的盖亚假说以及凯文·凯利（Kevin Kelly）的《失控》② 等书籍中都能找到证据。可见劳伦斯独特的诗学想象带给我们的不仅仅是一种美感的愉悦，同

---

① 参见"A New View of Earth：The Coevolution of Rocks and Life"，2013/3/2，网址为：http：//www. huffingtonpost. com/robertmhazen/anewviewofearthb1607377. html。

② 凯文·凯利是美国著名杂志《连线》（Wired）的创始主编，《失控》（*Out of Control*：*The New Biology of Machines*，*Social Systems*，*& the Economic World*，1995）被誉为20世纪90年代最重要的一部著作。作者分别在该书第81页和82页写到了岩石的生命（Rocks are slow life）。

时也是一种科学的认知。

事实上，在阅读整首诗歌的时候，读者时不时地感到不是仙客来花在“朦胧中欣欣然”，而是“做梦”的石头自身在人类始祖的注视下从“地里拱了出来”，而后在他们脚趾间一点一点地悄然舒展，变幻为“慢悠悠的蟾蜍和仙客来花的叶片”，还有“突然奔上山坡的兔子”（CP：310，311）。因而无论诗歌描写的是仙客来、紫罗兰还是蟾蜍、兔子和人，读者总感觉到是石头在绽放，在爬行，在奔跑，在凝视，石头的生命意蕴藉此得以充分展示。在诗歌末尾，诗人这样写道：

希腊，世界的早晨
在那里，所有帕台农神庙的大理石依然孕育着仙客来的
生命之根。
异样的
紫罗兰，玫瑰色的口鼻。
秋天
黎明的粉红色，
黎明的苍白色
在蟾蜍蹲坐的叶片中点缀着尚未出世的
厄瑞克修姆庙的大理石。（CP：311－312）

仅从与石头关联的表达来看，诗人笔下的仙客来先是由石头“生成”（engendered），接着沿石坡“生长”（rose），到了诗歌末尾再由石头“孕育”（fostered），而且“孕育”其生命之根的还是修建帕台农神庙的大理石。如果说诗歌前边的抒写让我们懂得石头乃自然万物的生命之源，那么结尾将石头与两座著名的神庙联系在一起是否意味着石头也是人类文明的源头呢？倘若我们结合“希腊，世界的早晨”诗句来看，答案基本上是肯定的，因为希腊文明是公认的西方文明的源头，即诗歌所说的“世界的早晨”，孕育仙客来的大理石即是后来修建神庙、孕育文明的大理石。可见石头不仅孕育生命，而且也孕育文明——紫罗兰、厄瑞克修姆庙和大理石这三个意象的关联并置尤其表明了这一点，而神庙反过来则赋予作为生命之源和文明之源的石头以神圣的意义。需要说明的是，这里所说的大理石乃是洪荒时代的大理石，远在神庙修建之前就已存在，因此也可以说是

荒野的象征或代表。从这个意义上来讲，该语境中的石头蕴意同时也是对美国后来所倡导的荒野价值的一种预示。

四 肉体之石

从《西西里仙客来》中可以看出，诗人不仅将石头和鲜花联系在一起，而且也将石头和包括人在内的动物联系在一起，进而赋予石头动物的肉体，抑或是赋予动物石头的特性，以此来彰示石头所蕴含的生命活力，尤其是那种变动不居、运动不止的生命活力。这便是诗人所钟情的又一书写策略，我们权且称之为肉体之石策略，其根源大致可以追溯到《圣经》中的上帝造人之说，因为劳伦斯在他的诗歌中多次用上帝造人的泥土（clay）来指称人的肉体。既如此，他认为石头、山谷、月亮[①]等具有血肉之躯也就是情理之中的事了，正如他在《再生》（“Renaissance”）一诗中所明确指出的那样：“我知道这山谷/跟我一样有血肉/也有不断变化和颤动的感情。”（CP：38）

巴什拉在《科学与诗》一书中谈到石头时说，再也没有比岩石更能变成像云一样的东西了（2002：174）。巴什拉是在谈岩石与云在形状上的相似性，其中也蕴含着石头会像云一样变化的真理。其实，任何一个对现代地质学有所了解的人都知道，石头是流动的，持续变化的，其显见的稳固性只是相对于人类短暂的生命而言的。关于这一点，劳伦斯在《艺术与道德》[②] 一文中予以形象的说明：“古埃及国王那沉默的巨大雕像就像穿越世纪的一滴水珠，从来不是静止的。”（2004：210）他的诗歌《宁静》（“Peace”）也可看作是对“从来不是静止的”石头雕像抑或是石头[③]所作的一个注解：

白热化的熔岩永不宁静
直至喷涌而出，使大地失明枯萎；
尔后再复归岩石，

---

① 劳伦斯认为月亮是“我们湿润的肌肉”。参见 *Apocalypse* 第 28—29 页。

② 载《劳伦斯文艺随笔》。

③ 劳伦斯在他的诗歌《相对论》（“Relativity”，CP：524）中通过天鹅意象来阐释相对论和量子物理学之精髓，这也可看作是他有关石头运动的科学依据。

灰灰的、黑黑的岩石。

这，能说是宁静吗？（CP：94）

这就告诉我们，诗人不仅将他关于一切都在运动和变化的宇宙观运用于植物等看似静止的生命体，而且也运用于石头等通常被认为是永恒不变的非生命体，正如他在《忠贞》一诗中明确指出的那样："一切都在流（flow），每一个流都与其他的流连在一起。/鲜花、*蓝宝石*[①]还有我们，各自川流不息。"（CP：476）这应是劳伦斯肉体石头书写的深层根由之所在吧。通过挖掘石头所蕴含的类似于肉体之运动和变化的蕴意，劳伦斯实现了对"永恒"之石的一种丰富和超越，用他自己的话来说，"永恒就是穿越空间的无边的旅行"（《性与美》：29）。这里的"空间"也可理解为石头的空间和肉体的空间，"旅行"则可理解为两种空间在运动中的融合。

在《新墨西哥的鹰》（"Eagle in New Mexico"）中，我们看到，老鹰的"道成石身"还不仅仅是两种空间的融合。诗人首先给我们描绘了一幅沙漠石头一般的老鹰形象：它栖息的姿态是直直的，硬硬的，它的羽毛是灰白的鼠尾草颜色，它的胸脯是沙漠太阳炙烤出来的火锈色（fire-rusted），它直视太阳的脸像是"一块石头，/一块楔形的石头"，也像是"活铁铸成的黑色匕首/在鲜血中一次次地打磨"。（CP：781）跟黑色的石头一样，它也是沉默的，冷峻的。诗人接着告诉我们，所有老鹰身上的这些特征和品格皆"源自雪松红色纤维的枝干，源自雪松的根，源自泥土，/源自岩石上方的黑色泥土，源自烈火上方的黑色岩石，/源自地心燃烧的那团炽烈的火"（CP：782）。可见老鹰的铁石之躯是地心的生命之火穿过岩石的空间、泥土的空间、植物的空间之后才抵达老鹰的肉体空间，而后再"烧制"出凝聚着各种生命元素的沙漠石鹰，诸如岩石的生命、泥土的生命、植物的生命和动物的生命，还有天上那轮太阳的生命。换句话说，"道成石身"的老鹰所具备的各种生命特质所昭示的也正是石头的生命特质。同样，在《大象》一诗中，当水牛被描绘成"长着毛发的石头"时，诗人呈现给我们的不仅是水牛所表征的原始特性，同时也是石头所蕴含的生命特质。

① 斜体为笔者所加。

跟老鹰、水牛等一样，在“存在之链”上比动物高出一等的人也被诗人描写成“烈火与岩石之子”（“The Gulf”，CP：635），两颗相爱的心即是“古老的岩石”和“蓝色的宝石”（“Fidelity”，CP：477）。那么比人高出一等的天使呢？他们是否也是“烈火与岩石之子”？我们且看《路西法》（“Lucifer”）这首诗如何“石化”天使之躯：

> 天使们依旧是那样光亮，尽管最亮的那位已经坠落。
> 但是告诉我，告诉我，你怎么知道
> 他的坠落使他失去光亮？
> 在深蓝色的深渊，在层层叠叠的黑暗中，
> 我看他更像一颗红宝石，闪着自身的
> 辉煌光亮，
> 一颗出现在看不见的黑暗中的红宝石，闪亮地
> 宣称：他来了，正在向我们靠近。（CP：697）

不难看出，这首诗以《圣经》中撒旦的坠落为题材，以撒旦坠落的瞬间为截面，通过赋予撒旦红宝石一般的明亮躯体，解构了《圣经》对撒旦的魔鬼定位及其所寓示的宗教意义。从中我们还可以看出，诗人并未用撒旦（Satan）这个带有贬义色彩的名字来称呼正在坠落的天使，而是仍以其堕落之前的名字“路西法”（Lucifer）称呼之，意即晨星（morning star）或黎明之子（son of the dawn）。很显然，这样的称谓传递的是对坠落天使的一种肯定或褒扬，此其一；其二，只有称其为“路西法”，方可与其红宝石身躯相映衬，使其名与其身相得益彰。

或许有人会说，路西法乃天使，他的红宝石身躯绝非肉体凡胎可比。可如果我们结合最后一句诗“他来了，正在向我们靠近”来看，就会发现路西法不是坠向地狱，而是坠向大地，并“向我们靠近”，亦即成为“我们”的同道或是“我们”中的一员。那么“我们”是谁呢？“我们”是亚当和夏娃的后裔，当人类始祖被逐出伊甸园、像路西法一样“坠落”大地时，“我们”也随之“坠落”了。从这个意义上来讲，路西法确实是“我们”中的一员。由此观之，当路西法“向我们靠近”时，他的红宝石身体也就靠近了“我们”的血肉之躯，或是“我们”的血肉之躯靠近了他的红宝石身体。无论是哪种情况，当二者靠近乃至结合在一起的时候，定会显出红宝石肉体那伟大的平

凡和平凡的伟大，而那个一路不停地闪亮坠落、在瞬间永恒定格的红宝石躯体何尝不也是生命之石永恒运动的生动写照呢?

诗歌中也数次写到黑暗，“深蓝色的黑暗”，“层层叠叠的黑暗”，“看不见的黑暗”，等等。这自然是为了衬托红宝石的光亮，同时也是对《圣经》有关撒旦坠落故事的一种“互文”。但我们也知道，劳伦斯是一位对黑色情有独钟的诗人，黑色在他的笔下往往象征着生命，也象征着自然大化的本源和本质。以此观之，路西法的红宝石躯体在黑暗中一路坠落直至落地的过程也可看作是石头在黑暗中孕育生命直至诞生生命的过程，再说晨星或黎明之子本身也是诞生于黑暗之中，且具有开始、开启或希望之意，这与穿越层层黑暗、抵达充满光明和希望的“新天新地”的路西法的身份和坠落过程也是暗合的，也与肉体生命诞生的过程是暗合的。此外，路西法红宝石之躯的诞生过程也可在《想想看》（“Think——!”）一诗中得到印证，虽说诗人在这首诗中描写的是蓝宝石而非红宝石：

混沌时代留给我们的是岩石，还有宝石!
想想看，那时蓝宝石还只是矾土，像锅盆那样
全都碎裂，然后用火的重量和生命的狂野
一次次给它呼气吹气，这才
生出鲜花一般的清蓝。（CP：529 - 530）

如果说《路西法》和《新墨西哥的鹰》等诗歌分别将人、天使和动物“石化”，通过人、天使和动物的躯体来揭示石头内在的、动物一般的生命特质，那么《羽蛇神俯视墨西哥》（“Quetzalcoatl Looks Down on Mexico”）则是将石头直接动化成包括人在内的动物，且通过变聋的石头（stone becoming deaf）、愤怒的石头（stone of anger）和变化的石头（stone of change）突出石头的情感和变化特征，以此来寓示羽蛇神在俯视墨西哥大地时的心理变化过程。诗人这样描写变化的石头：

一颗星落在平原上，宛如一条奔跑的白狗，
他大声吹口哨，两次，直到它落进手中。
它躺在他的手中变成了黑色。
这是一块变化之石。

可见星星也是石头，它跟“太阳和月亮一样也是活的”（the sun and the moon are alive, CP: 792）。为了惩戒人类，太阳、月亮、星星、地球还有风将在一起讨论问题、跳战争之舞或是往人脸上扔石头（with stones to throw in the faces of men）。总之一句话，在这首诗中，诗人将石头拟人也罢，拟兽也罢，我们都能从中领略到石头不断变化的生命和情感。顺便说一句，劳伦斯有关星星的诗歌甚为丰富多样，如果我们都从“活石”的角度来看星星，那诗人书写石头的诗歌就远远不止 20 来首了。如此一来，石头书写在劳伦斯诗歌中所占的比重就会大大增加，其内涵也会更加丰富深厚。

五 动化石头的意义和价值

斯坦格纳（Wallace Stegner）被誉为美国西部作家中的泰斗（The Dean of Western Writers），他在题为《关于干旱土地的思考》（1972）一文中这样写道：“你必须得超越绿色；你得放弃总是将美与花园和草坪联系在一起；你得习惯一个非人类的尺度；你得理解地理时间。”（Slovic, 2001: xvii）斯坦格纳对“超越绿色”的提倡并非绿色本身有什么不尽人意之处，而是要人们明白一个简单的事实：自然界除了森林、草地、溪谷之外，还有沙漠、岩石和旱地。然而西方文化对阿卡迪亚式自然的过分偏爱导致这类自然地理长期以来被边缘化和妖魔化①，殊不知这类在许多人眼里看似无用、鄙陋、死寂的自然地理不仅支撑着世界将近 1/6 的人口，发挥着调节气候的巨大作用，而且还栖息着许多鲜为人知的生命，且不说其所蕴含的精神价值和美学价值。

斯坦格纳的这句名言被引用的频率颇高，但这并不意味着他是首次关注这类地理物种的作家。早在 20 世纪初期，玛丽·奥斯汀（Mary Austin）就出版了她的经典之作《少雨的土地》（1903）。该作一改沙漠贫瘠、空旷、无用的传统形象，将沙漠以及沙漠中的岩石描绘成堪与新英格兰的瓦尔登湖、加州的优胜美地相媲美的、充满生命活力的迷人风景，从而开创了在美国无人问津的沙漠美学。半个多世纪以后，爱德华·艾比（Edward Abbey）的代表作《大漠孤行》（1968）问世，作者在强调奥斯汀沙漠美学的基础上力推沙漠的现代救赎作用：沙漠里有一个比我们人类更古老、更深沉的世界，它以其理智、广漠和博大的宽容给现代文明以启示。自艾

---

① 如《圣经》中的沙漠就是魔鬼占据和出没的地方。

比以降，美国的沙漠美学在自然作家尤其是美国西部自然作家的笔下开始大量涌现，这其中不仅包括斯坦格纳等白人作家的创作，也包括有色人种和土著印第安作家的创作。

然而，令人感到遗憾的是，在研究这些沙漠美学的著作如《沙漠美学的兴起》（1997）、《超越绿色》（2003）和《沙漠诗学与政治》（2009）中，研究者都将关注的目光投向美国本土作家，完全忽视了劳伦斯的石头书写在美国沙漠美学语境中的源头性价值。所谓源头性价值是指劳伦斯早在20世纪20年代就居住在美国西部的沙漠地带，其诗歌《红狼》、《新墨西哥的鹰》和《新墨西哥人》等是最早书写美国西部沙漠的诗作，姑且不论他在《凤凰》以及其他散文类著作中的相关记述和描写，此其一；其二，劳伦斯与奥斯汀几乎是在同一时期同一地域书写沙漠的作家和诗人，同时也是彼此的笔友和朋友①，所不同的是奥斯汀是以散文的形式，而劳伦斯和诗人杰弗斯则主要是以诗歌的形式描写“真实的、肉身的、活生生的岩石”与大漠（Jeffers：163）。

由此观之，美国20世纪初期包括石头书写在内的沙漠美学应该说是在奥斯汀、劳伦斯、杰弗斯等作家和诗人的共同酝酿和推动下兴起的，并由此奠定了美国石头书写和沙漠书写的生态传统。在当下生态批评和环境文学对“岩石是否享有权利？”“岩石是否具有动植物一般的品性和灵性？”“岩石的生态美学意义何在？”的讨论中，劳伦斯书写石头的诗歌无疑可以从源头上给我们提供不可或缺的重要参照。

当然，劳伦斯的石头书写并不全是美国本土的产物，它也与整个西方哲学传统有着千丝万缕的联系。斯宾诺莎被誉为当代生态意识和环境伦理的鼻祖，在他看来，“每一个生命存在或物体——狼、枫树、人类、岩石、星星——都是上帝造物的短暂再现。”他进一步指出，人死之后，其身体会成为植物的养分，植物又是鹿的养分，而鹿又是狼或人的食物，等等。斯宾诺莎对万物相互联系、相互依存的理解使其哲学摈除了高低之分，并赋予万物一种终极的伦理价值：“一棵树、一块岩石、一个人有着同样的价值和权利。”（Nash，1989：20）比他稍晚的莱布尼兹②不仅摈除了人与自然之间的划分，而

① 参见 *Letters of D. H. Lawrence* 第3卷第654页和657页。

② 劳伦斯在他的书信集第1、3、4、5、6、7卷中多次提到莱布尼兹，可见他们之间在思想上的渊源关系。

且也拒绝接受生命体与非生命体之间的划分（the separation of the living from the nonliving）（ibid）。及至现代，缪尔（John Muir）提出了一切造物均平等之说，斯奈德提出了万物享有平等权利的终极民主（ultimate democracy）之说，而索尔尼可（Rebecca Solnic）在《风暴天堂之门》一书中也持“岩石同等重要”的观点（Solnic，2007：242）。再对照奥尔森、尼德柯、奥立弗等人关乎石头的散文或诗歌来看，劳伦斯动化石头的诗学不仅是对斯宾诺莎和莱布尼兹等西方哲人生态伦理思想的一种诗意传承和表达，同时也是对当下生态语境中书写石头和沙漠的一种示范性演练。

更为重要的是，通过赋予非生命体以生命的意义，劳伦斯还将纳什 V 形图表上的伦理关怀对象又一次向“上”推进了一步。如果说他的植物书写为祛除植物偏见、重新确立植物的主体地位和伦理关怀发挥了十分重要的启蒙作用，那么他的石头书写则是一种更为彻底的生态启蒙。这是因为，尽管其植物书写的前沿性和前瞻性不容置疑，但它归根结底仍然是在生命的范畴内进行的，而石头书写则全然是在非生命体的范畴内进行的。这种将非生命体生命化或动化的诗学策略无疑也是诗人生态宇宙观的一种体现，确切地说是一种最为彻底的物我胞与的生态宇宙观的体现，彰显了劳伦斯作为 20 世纪生态文化预言者的不凡之处。

劳伦斯的石头书写同时也是对“荒原”的一种拯救。我们知道，一战之后的西方世界普遍蔓延着一种悲观绝望的情绪，艾略特在《荒原》中描写的那些“乱石”（stony rubbish）、“枯石”（the dry stone no sound of water）、“红石”（red rock）以及“无水的石山”（mountains of rock without water）即是那个时代颓废悲观的“荒原”心态的真实写照。对照来看，劳伦斯的石头书写也是对《荒原》（“The Waste Land”）的一种回应，或是对第一次世界大战意识形态的一种反拨。自然，《荒原》也进一步强化了石头无知无觉、冷漠麻木的传统意蕴，而劳伦斯动化或活化石头的书写在某种程度上也是对“荒原”之石的一种活化或拯救——不仅是隐喻意义上的拯救，而且也是物理意义上的拯救，尤其当沙漠或石头不再被视为无知无觉的客体而被随意处置、破坏的时候。这也正是劳伦斯书写石头的终极伦理旨归，也是其黑色生态意识最为彻底的一种映现。

结 束 语

爱默生有句名言，“伟大总是要被误解的”（To to great is to be misunderstood）[①]，这话用在劳伦斯身上再恰当不过。作为一位伟大的作家和诗人，劳伦斯有诸多被误解的地方。他的小说、诗歌、绘画在他那个时代无一例外被误解和曲解，他本人也险遭迫害。直到他去世30多年以后，人们才开始认识到他的作品和人品的不凡之处。即便是在这一前提下，劳伦斯仍然没有摆脱被误解的命运。其中最鲜明的一个例子便是，劳伦斯崇尚自然生命的哲学被看作是20世纪60年代英美反正统文化运动的思想源头。女权运动、环境保护运动、言论自由、反战、性自由等都是反正统文化运动的主要内容。从中可以看出，这些不同名目的“亚运动”都是以人为本的，即使环境保护运动也不例外。然而，劳伦斯所崇尚的自然生命不单单是针对人而言的，更主要的是针对自然万物而言的，所以仅仅视劳伦斯为反正统文化运动的思想先驱似乎有些过于“人化”，更何况他多数时候是与性自由联系在一起的（这也是曲解），而仅有的、与自然生态有关的环境保护运动几乎与他无缘。可见劳伦斯的生命哲学只是在针对人而进行的文化重建中得到了相应的重视，而在针对自然价值而展开的文化重建中尚未得到普遍的认可，而要人们逐渐认识到这一偏颇之处，作为劳伦斯“内心情感生活传记”的诗歌无疑是我们考察的理想文本。

正是基于这一认识，本书以生态批评理论为依托、以文本细读为基础、以当代美国生态诗歌为参照，结合考古学、人类学、自然科学、哲学等学科的一些相关研究成果，对劳伦斯诗歌中的黑色生态意识从不同的侧面予以全面探讨。劳伦斯的黑色生态意识本质上是一种超凡的生命意识，他对“野蛮人”的朝觐，对地狱动物的肯定，对死亡的赞美以及对植物

① 摘自“Self-Reliance”一文，载《美国文学选读》（高等教育出版社2011年版）第22页。

和石头的动化，等等，归根结底都是为了生命，是为了从不同的侧面、以不同的方式表达他对生命的关怀，其前瞻性、深刻性和独特性不仅使诗人远远走在了他那个时代的前列，而且也几乎预示和包孕了当代生态思想的一切精髓——生态批评读者所熟知的深层生态学、大地伦理学、盖亚假说、敬畏生命的伦理观、协同进化论，等等，无不与之深度契合。

为此，本书所安排的考察路径也是对诗人生命意识的一种映照，或者确切地说是对其诗性生命之旅的一种演绎：从异域远古的原始生命之根开始，途经诗人建构的奇境动物园，在那里探究一番之后，抵达人和动物以及其他生命体汇集的死亡终点。但死亡的终点在诗人眼里同时也是生命的起点，是向黑色生命本源的又一次回归，而要向生命的本源回归，必须得“经过树根旁边的黑暗的冥河”，化作支撑树根的泥土和岩石，方可再次“融进生命之树”，故有死亡章节之后植物和石头章节之安排。这在我们看来才算是“圆”了诗人的生命之旅，或是完成了其生命之旅的一个循环。本书所谓的结束也只是这个意义上的结束。结束之际也是回顾与展望之际。在回顾部分，我将重点谈本研究的几个创新点；在展望部分，我将重点谈本研究的几点意义。我们先看前者。

提出并论证了黑色生态意识这一核心概念。我之所以用黑色而不是绿色来表征劳伦斯的生态意识，是因为黑色最能说明劳伦斯生态意识的前瞻性、深刻性和独特性。就前瞻性而言，劳伦斯的生态意识不仅远远超前于他所处的那个时代，而且也走在了我们这个时代的前列；就深刻性而言，劳伦斯的生态意识几乎包孕了当代生态思想的一切精髓；就独特性而言，劳伦斯的生态意识也反映出他作为作家和诗人反传统、反理性、重本能和直觉的特立独行的品格，而他特立独行的一个重要表征便是对黑色情有独钟。从某种程度上来讲，黑色在劳伦斯眼里几乎就是生命或生命力的代名词，因而他所关注的各类生命主题在他眼里莫不是黑色的。更为重要的是，他最前瞻、最深刻的生态思想就蕴含在他所钟情的黑色主题之中。换句话说，黑色在劳伦斯笔下既有着宽广的主题覆盖面，又有着深厚的生态蕴意，因而无论从广度、深度还是从他个人“嗜黑”的反传统品格来看，黑色最能表征劳伦斯独具一格的生态意识。

以当代美国生态诗歌为鉴来反观劳伦斯的诗歌。透过这一反观视角，我们就能更加清楚地看到，劳伦斯早在他那个时代就已经在诗歌中涉及或是表达了当下十分前沿的生态理念。换句话说，劳伦斯的生态意识在很大程度上是当代美国生态诗人创作的思想源泉。更为重要的是，这一反观视角还让我们看到劳伦斯的生态思想在当代生态诗歌创作中所勃发出来的强大的生命力，而其黑色生态的价值和意义也正是通过这种后效的生命力体现出来的。如果说诗歌是一个文化思考的前沿，那么当代生态诗歌无疑是当代生态思考的前沿，以前沿来反观前沿，我们就更能领悟劳伦斯黑色生态意识的真谛。

运用叙事空间理论的一些原则和方法来解读劳伦斯的诗歌。迄今为止，我们所看到的有关劳伦斯诗歌的解读都是在时间维度上进行的，没有意识到劳伦斯是一位空间意识很强的作家和诗人，他在不同国度、不同地方的经历和见闻使他对空间、对地方有着独到的见解，他提出并倡导的地方精神就是其地方意识的一个标志。鉴于此，笔者在解读劳伦斯诗歌的时候有意识地导入空间概念，通过诗歌的空间叙事策略来看劳伦斯一些诗歌的题旨。这样不仅开辟了解读劳伦斯诗歌的新维度，更为重要的是从空间意义上彰显了诗人的黑色生态意识。

厘清了生态批评话语对拟人论的歧见，肯定了劳伦斯诗歌中拟人论的生态价值和生态意义，进而提出了一个重新看待拟人论的问题。当下的生态批评话语中颇有一种否定拟人论的倾向，不加区分地将所有的拟人论和人类中心归置到一处。在这种情势下，劳伦斯诗歌中的拟人论就成了一个棘手的问题：学者们要么避而不谈，要么只谈他的“非拟人论”（其实是拟兽论）。为此，本书将劳伦斯诗歌中的拟人论放到人与动物平等互通的前提下来分析，通过解读诗人有关动物性的典型诗作说明，劳伦斯笔下的拟人论是那种揭示动物的他者性和不可知性的拟人论，它除了揭示动物作为主体的异质性之外，还揭示了人类与动物之间的同质性，这种同质性在生命的最深处、在人性与兽性的“中心之火”这一点上体现得最为突出。这样一来，劳伦斯诗歌中大量存在的拟人论不仅没有削弱他的生态思想，反而通过揭示人性与兽性之间的平等与互通有效地颠覆了人类自诩为万物之灵长的神话。

针对学界对劳伦斯灵魂不灭思想所下的“唯心”定论，提出并论证了劳伦斯灵魂不灭思想的“唯物”属性，进而揭示出其中所蕴含的独特的生态伦理价值。死亡与再生是劳伦斯生态死亡观的核心，而灵魂不灭又是核心的核心，因他对死亡的思考最终在灵魂不灭中得到了升华。但学界对劳伦斯灵魂不灭思想的理解似乎过于偏狭，这主要表现在：将劳伦斯笔下的灵魂理解为某种抽象的、精神性的东西，并将灵魂不灭仅仅理解为人的灵魂不灭，由此而产生了“唯心”之说。产生这种看法的根由是没有抓住劳伦斯生态死亡观的实质。从劳伦斯有关灵魂的大量诗作来看，他所说的灵魂主要是指物理的，肉体的灵魂，而无论从物质不灭定律还是能量守恒定律来看，灵魂肯定是不灭的，永存的。依此观之，劳伦斯对灵魂不灭的笃信依然基于他对物质不灭的科学认知，即他的灵魂不灭思想在根本上是深植于整体的、永不消竭的物质壤土之中的。再从劳伦斯钟情于火之灵魂的深层根由来看，他的灵魂不灭不仅仅限于人的灵魂不灭，而是指自然万物的灵魂之火不灭。由此我们可以说，劳伦斯的灵魂不灭思想既有着坚实的“物质”基础，又以万物有灵的自然主义思想为指归，其中所蕴含的独特的生态伦理价值无疑是他黑色生态意识中“最有力度”的部分之一。

将劳伦斯生命主题中鲜为人所关注的植物和石头从生态诗学的角度予以探讨，并从科学和哲学的角度说明诗人动化植物和石头的合理性所在，在此基础上阐明劳伦斯的植物书写在当下生态书写乃至整个自然书写中的重要意义，尤其是在确立植物的主体地位、将植物纳入伦理关怀的吁请中所彰示出来的启示意义；指出劳伦斯的石头书写是其万物齐一、物我胞与的生态宇宙观最为彻底的一种体现，它的“荒原”拯救意义、它赋予非生命体以生命的生态伦理传承意义以及对美国沙漠美学的开启意义都值得我们特别关注。

我们再来看本研究的几点意义。

其一，对生态现实的启示意义。自20世纪下半叶以降，在全球范围内频发的生态危机及其造成的严峻的生态现实和生存现实日益凸显出人与自然关系的紧张和对立。在这一历史语境下，如何重建人与自然的和谐关系已成为每一个地球公民必须面对和思考的问题。对于文学研究者而言，通过文学来反思人与自然的关系不啻是一条有效的重建途径。劳伦斯既是20世纪最有影响力的文学家，又是一位了不起的生态预言家，他有关自然的全部感悟和哲思都凝聚在他记录心路历程、表达真实自我的诗歌中，因而对他蕴含在诗歌中的生态思想进行研究定会对我们思考和构建人与自然之间的和谐有所启示。当然我们也深知启示未必在短时间内解决得了实质性的问题，但我们寻求启示的过程本身也可看作是对现实作出的一种回应和努力。

其二，对生态书写的启示意义。在传播生态思想、倡导生态行动的生态话语中，以生态文学为主的生态书写无疑发挥了而且正在发挥着不可估量的作用。它在很大程度上唤醒了人们的生态意识，改变了人们对世界的看法，而世界观的改变势必会影响到世界的改变。然而美中不足的是，当下的一些生态书写或多或少存在这样一个问题：重纪实而轻想象、道德教化有余而诗学或美学分量不足。劳伦斯书写自然、表达其生态关怀的许多诗歌构思奇崛，想象丰富，手法高超，同时又显得真实合理，感人心怀，具有独特的诗学和美学价值，因而值得生态文学家尤其是生态诗人借鉴。

其三，对诗人文化定位的启示意义。劳伦斯最为人们所熟知的一点便是他对向来被视作禁区的性的开拓性描写，因而一提到劳伦斯，人们首先想到的就是他的《查泰莱夫人的情人》，或是其他与性有关的小说，很少有人知道劳伦斯不仅写人类的性，而且也写动物的性和植物的性，而这一点也只是在他的诗歌中体现了出来。仅从这点来看，将劳伦斯定位成西方反正统文化运动的先锋就有失偏颇，因为这样的定位仍旧是以人为中心的定位。劳伦斯诗歌中对万物有灵的原始自然宗教的崇尚、对自然生命的尊重和敬畏、对死亡的肯定和颂扬以及对石头生命品格的想象，等等，在很大程度上是对当代生态思想的一种预示。因此，劳伦斯的生命哲学首先应该被看作是当代生态思想的源头，其次才是反正统文化运动的源头。

劳伦斯创作的年代可以说是一个万象纷呈的年代，维多利亚时代的古风，乔治时代的矫作，现代主义的冷峻，新批评，未来主义，表现主义，等等，都在此云集。劳伦斯不追古，不赶潮，而是凭借他对生命的真挚感悟和不凡诗艺谱写出一曲曲生命的赞歌，在众声喧哗的纷繁世相中构建起一道独特的生命风景，他本人因此而被誉为英国文明之树上绽出的最后一片傲然于世的绿叶（档案：240）。我们期盼这片绿叶绽放出来的生命力能够生成一片片黑色的森林，成为一切生命的栖息之地。

参 考 文 献

英文参考文献

Adelman, Gary. *Reclaiming D. H. Lawrence*. Lewisburg: Bucknell University Press, 2002.

Alvarez, Alfred. "D. H. Lawrence: The Single State of Man." *A D. H. Lawrence Miscellany*. Ed. Harry T. Moore. Carbondale: Southern Illinois University Press, 1959. 342-358.

Armstrong, Susan J. & Richard G. Botzler. "General Introduction: Animal Ethics: A Sketch of How It Developed and Where It Is Now." *The Animal Ethics Reader*. Ed. Susan J. Armstrong & Richard G. Botzler. London & New York: Routledge, 2003. 1-11.

Becket, Samuel. *Collected Shorter Plays of Samuel Beckett*. London: Faber and Faber, 1984.

Beckson, Karl. *The Religion of Art: A Modernist Theme in British Literature*, 1885-1925. Brooklyn, New York: AMS Press Inc., 2006.

Blackmur, R. P. "D. H. Lawrence and Expressive Form." *Language as Gesture: Essays in Poetry*. New York: Harcourt, Brace and Company, 1935. 286-300.

Blake, William. *Collected Poems*. Ed. W. B. Yeats. London and New York: Routledge, 2002.

Bloom, Harold (ed.). *D. H. Lawrence* (Bloom's Modern Critical Views). New York & Philadelphia: Chelsea House Publishers, 1986.

——. "Introduction." *D. H. Lawrence* (Bloom's Modern Critical Views).

New York & Philadelphia: Chelsea House Publishers, 1986. 1 –17.

Bowers, C. A. *Critical Essays on Education, Modernity, and the Recovery of the Ecological Imperative.* New York: Colombia University, 1993.

Bryson, J. Scott. *The West Side of Any Mountain: Place, Space and Ecopoetry.* Iowa City: University of Iowa Press, 2005.

Buell, Lawrence. *The Environmental Imagination: Thoreau, Nature Writing, and the Formation of American Culture.* Cambridge: Belknap Press of Harvard University Press, 1995.

Carswell, Catherine. *The Savage Pilgrimage.* Cambridge: Cambridge University Press, 1981.

Chaudhuri, Amit. *D. H. Lawrence and "Difference".* Oxford: Oxford University Press, 2003.

Coetzee, J. M. *The Lives of Animals.* Princeton, New Jersey: Princeton University Press, 1999.

Cohn, Alan M. & Richard F. Peterson. "Frank O'Connor on Joyce and Lawrence: An Uncollected Text." *Journal of Modern Literature* (1985): 211 –220.

Darwin, Erasmus. *The Botanic Garden.* The Project Gutenberg EBook, 2006.

http: //infomotions. com/etexts/gutenberg/dirs/etext06/7bot110. htm.

Devall, B & G. Sessions. *Deep Ecology: Living as if Nature Mattered.* Salt Lake City: Peregrine Smith Books, 1985.

Doty, Mark. *Fire to Fire: New and Selected Poems.* New York: HarperCollins Publishers, 2008.

——. *Life with Oysters and Lemon.* Boston: Beacon Press, 2002.

Draper, R. P. (ed.). *D. H. Lawrence: The Critical Heritage.* London and Boston: Routledge and Kegan Paul, 1970.

Duncan, Robert. *The Opening of the Field.* New York: New Directions, 1960.

Ehlert, Anne Odenbring. "There's a Bad Time Coming": *Ecologival Vision in the Fiction of D. H. Lawrence.* Uppsala, Sweden: Uppsala University Press, 2001.

Elder, John. *Imagining the Earth: Poetry and the Vision of Nature.* Urbana & Chicago: University of Illinois Press, 1985.

Ellis, David. "D. H. Lawrence: *Birds, Beasts and Flowers.*" *A Compan-*

ion to Twentieth-Century Poetry. Ed. Neil Roberts. Oxford, Mass: Blackwell Publishers, 2001.

Emerson, Ralph Waldo. *The Early Lectures of Ralph Waldo Emerson*, 1833 – 1836. Vol. I. Eds. Stephen Whicher, Robert Spiller, and Wallace Williams. Cambridge, MA: Harvard University Press, 1966.

Felstiner, John. *Can Poetry Save the Earth*? New Haven and London: Yale University Press, 2009.

Ferris, Timothy. *The Whole Shebang: A State-of-the-Universe*(s) *Report*. New York: Touchstone Books, 1997.

Fowler, Alaster. "Proper Name: Personal Names in Literature." *Essays in Criticism* 2 (2008): 97 – 119.

French, Roberts W. "Lawrence and American Poetry." *The Legacy of D. H. Lawrence*. Ed. Jeffrey Meyers. London: The Macmilian Press Ltd., 1987. 109 – 134.

Gifford, Terry. "Gary Snyder and the Post-Pastoral." *Ecopoetry: A Critical Introduction*. Ed. J. S. Bryson. Salt Lake City: The University of Utah Press, 2002. 77 – 87.

Gilbert, Sandra. M. *Acts of Attention*. Ithaca and London: Cornell University Press, 1972.

——. "Apocalypse Now (and Then). Or, D. H. Lawrence and the Swan in the Electron." *The Cambridge Companion to D. H. Lawrence*. Ed. Anne Fornihough. Cambridge: Cambridge University Press, 2003. 235 – 252.

——. *Death's Door: Modern Dying and the Ways We Grieve*. New York: W. W. Norton & Company, 2006.

——. "Introduction." *The Phoenix Paradox*. Carbondale & Edwardsville: Southern Illinois University Press, 1984. xv-xxiii.

Gilbus, Ingvild Sælid. *Animals, Gods, and Humans*. London & New York: Routledge, 2006.

Granofsky, Ronald. *D. H. Lawrence and Survival*. London & Ithaca: McGill-Queen's University Press, 2003.

Gutierrez, Donald. "D. H. Lawrence's 'Spirit of Place' as Eco-monism." *D. H. Lawrence: The Journal of D. H. Lawrence Society* (1991): 39 – 51.

Horkheimer, Max & Theodor W. Adorno. *Dialectic of Enlightenment.* Trans. John Cumming. New York: Herder and Herder, 1972.

Hough, Graham. *The Dark Sun: A Study of D. H. Lawrence.* New York: Capricorn Books, 1956.

Hühn, Peter. "D. H. Lawrence: Man and Bat." *The Narratological Analysis of Lyric Poetry: Studies in English Poetry from the 16th to the 20th Century.* Trans. Alastair Matthews. Berlin & New York: Walter de Gruyter, 2005. 187 – 199.

Ionesco, Eugene. *Exit the King.* Trans. Donald Watson. London: John Calder, 1963.

Ishikawa, Shin'ichiro. *An Exploration of a New Poetic Expression beyond Dichotomy: An Analytical Approach to the Meta – Poetic Features of the Poems of D. H. Lawrence.* Boca Raton, Florida: Dissertation. com, 2004.

Janik, Del Ivan. "D. H. Lawrence and Environmental Consciousness." *Environmental Review* (Winter 1983): 359 – 371.

Jastrab, Joseph & Ron Schaumburg. *Sacred Manhood, Sacred Earth.* New York: Harper Collins Publishers, 1994.

Jeffers, Robinson. *The Wild God of the World.* Ed. Albert Gelpi. Stanford, California: Stanford University Press, 2003.

Jeffrey, Meyers. *D. H. Lawrence and the Experience of Italy.* Philadelphia, Pennsylvania: University of Pennsylvania Press, 1982.

Jones, Don. *Hunger for Wholeness.* Central Milton Keynes, UK: AuthorHouse, 2007.

Keegan, Bridget & James C. McKusick (Eds.). *Literature and Nature: Four Centuries of Nature Writing.* New Jersey: Prentice Hall, 2001.

Knowles, Sir James. *The Legends of King Arthur and His Knights.* Amazon Kindle Edition, 2004.

Krupat , Arnold. *The Voice in the Margin: Native American Literature and the Canon.* Berkeley, CA: University of California Press, 1989.

LaChapelle, Dolores. *D. H. Lawrence: Future Primitive.* Denton, Texas: University of North Texas Press, 1996.

Laird, Holly A. *Self and Sequence: The Poetry of D. H. Lawrence.* Charlottesville: University of Virginia Press, 1988.

Lawrence, D. H. *The Complete Poems of D. H. Lawrence.* Eds. V. de S. Pinto & Warren Roberts. New York: Penguin Books, 1993.

——. *Aaron's Rod.* Ed. Mara Kalnins. Cambridge: Cambridge University Press, 1988.

——. *Apocalypse.* New York: Penguin Books, 1976.

——. "Certain Americans and an Englishman." *The New York Times Magazine.* Dec. 24 , Sunday Section (1922): 3, 9.

——. *Mornings in New Mexico.* London: Martin Secker, 1930.

——. *Phoenix: The Posthumous Papers.* Ed. Edward. D. McDonald. New York: Penguin Books, 1978.

——. *Psychoanalysis and the Unconscious and Fantasia of the Unconscious.* Ed. Bruce Steel. Cambridge: Cambridge University Press, 2004.

——. *Reflections on the Death of a Porcupine and Other Essays.* Bloomington & London: Indiana University Press, 1963.

——. *Sketches of Etruscan Places and Other Italian Essays.* Cambridge: Cambridge University Press, 1992.

——. *Studies in Classical American Literature.* Garden City, New York: Double Day and Company, 1953.

——. *Study of Thomas Hardy and Other Essays.* Cambridge: Cambridge University Press, 1985.

——. *The Complete Short Novels.* Eds. Keith Sagar & Melissa Partridge. New York: Penguin Books, 1982.

——. *The Letters of D. H. Lawrence.* Vol. I. Ed. James T. Boulton. Cambridge: Cambridge University Press, 1979.

——. *The Letters of D. H. Lawrence.* Vol. II. Eds. George J. Zytaruk & James T. Boulton. Cambridge: Cambridge University Press, 1981.

——. *The Letters of D. H. Lawrence.* Vol. IV. Eds. Warren Roberts, James T. Boulton & Elizabeth Mansfield. Cambridge: Cambridge University Press, 1987.

——. *The Letters of D. H. Lawrence.* Vol. VI. Eds. James T. Boulton, Margaret H. Boulton & Gerald M. Lacy. Cambridge: Cambridge University

Press, 1991.

——. *The Plumed Serpent.* Ware, Hertfordshire: Wordsworth Editions Limited, 1995.

——. *The Rainbow.* Nanking: Yilin Press, 1996.

——. *The Trespasser.* Ed. Elizabeth Mansfield. Cambridge: Cambridge University Press, 1981.

——. *The White Peacock.* Ed. Andrew Robertson. Cambridge: Cambridge University Press, 1983.

Lawrence, Ada & G. Stuart Gelder. *Young Lorenzo: Early Life of D. H. Lawrence.* New York: Russell & Russell, 1966.

Lawrence, Frieda. *Frieda Lawrence: The Memoirs and Correspondence.* Ed. E. W. Tedlock, Jr. London: William Heinemann Ltd., 1961.

Liotta, P. H. & Allan W. Shearer. *Gaia's Revenge: Climate Change and Humanity's Loss.* Westport, Connecticut & London: Praeger Publishers, 2007.

Locke, Sara. "Mosquitoes Not All Bad." www.taiga.net/yourYukon/col186.html, July 17, 2000.

Lockwood, M. J. *A Study of the Poems of D. H. Lawrence: Thinking in Poetry.* London: The Macmillan Press, 1987.

Luhan, Mabel Dodge. *Lorenzo in Taos.* New York: Alfred A. Knopf, 1932.

Mackey, Douglas A. *D. H. Lawrence: The Poet Who Was Not Wrong.* San Bernardino, California: Borgo Press, 1986.

MacNeice, Frederick Louis. *Collected Poems 1925–1948.* London: Faber & Faber, 1954.

Mahood, M. M. *The Poet as Botanist.* Cambridge: Cambridge University Press, 2008.

Mandell, Gail Porter. *The Phoenix Paradox: A Study of Renewal through Change in the Collected Poems and Last Poems of D. H. Lawrence.* Carbondale & Edwardsville: Southern Illinois University Press, 1984.

Marshall, Tom. *The Psychic Mariner: A Reading of the Poems of D. H. Lawrence.* New York: The Viking Press, 1970.

Metzner, Ralph. *The Well of Remembrance: Rediscovering the Earth Wisdom Myths of Northern Europe.* Boston: Shambhala, 1994.

Meyers, Jeffrey. "Introduction." *The Legacy of D. H. Lawrence: New Essays.* Ed. Jeffrey Meyers. London: The Macmillan Press, 1987. 1 – 13.

Milton, John. *The Complete Poetical Works of John Milton.* Ed. Douglas Bush. Boston: Houghton Mifflin Company, 1965.

Montgomery, Roberte. *The Visionary D. H. Lawrence: Beyond Philosophy and Art.* Cambridge: Cambridge University Press, 1994.

Mori, Haruhide (Ed.). *A Conversation on D. H. Lawrence.* Los Angels: Friends of UCLA Library, 1974.

Naess, A. "The Shallow and the Deep, Long-Range Ecology Movement: A Summary." *Inquiry* 16 (1973): 95 – 100.

——. "Self Realization: An Ecological Approach to Being in the World." *Deep Ecology for the 21st Century.* Ed. G. Sessions. Boston & London: Shambhala Publications Inc., 1995. 225 – 239.

Nash, Roderick. *Wilderness and the American Mind.* New Haven: Yale University Press, 1982.

——. *The Rights of Nature: A History of Environmental Ethics.* Madison, Wisconsin: The University of Wisconsin Press, 1989.

Nehls, Edward (ed.) *D. H. Lawrence: A Composite Biography.* Vol. II. Madison: The University of Wisconsin Press, 1958.

Nehls, Edward (ed.) *D. H. Lawrence: A Composite Biography.* Vol. III. Madison: The University of Wisconsin Press, 1959.

Oates, Joyce Carol. *The Hostile Sun.* Los Angeles: Black Sparrow Press, 1973.

O'Connor, Frank. *An Only Child.* New York: Knopf, 1970.

Oliver, Mary. *Twelve Moons.* Boston: Little Brown, 1979.

——. *House of Light.* Boston: Beacon Press, 1990.

Ovid. *Metamorphoses.* Books I – VIII. Trans. Frank Justus Miller. Ed. G. P. Goold. Cambridge: Harvard University Press, 1977.

Panksepp, Jaak. "The Rat Will Play." *The Animal Ethics Reader.* Ed. Susan J. Armstrong & Richard G. Botzler. London and New York: Routledge, 2003. 102 – 103.

Perkins, David. *A History of Modern Poetry.* Cambridge, Massachusetts:

Harvard University Press, 1976.

Pinto, V. de S. "D. H. Lawrence: Poet Without a Mask." *The Complete Poems of D. H. Lawrence.* Eds. V. de S. Pinto & Warren Roberts. New York: Penguin Books, 1993. 1 – 21.

Regenstein, Lewis G. *Replenish the Earth: a History of Organized Religion's Treatment of Animals and Nature.* New York: The Crossroad Publishing Company, 1991.

Reilly, Evelyn. "Eco-Noise and the Flux of Lux." *The Ecolanguage Reader.* Ed. Brenda Iijima. New York: Portable Press at Yo-Yo Labs & Nightboat Books, 2010. 255 – 274.

Rexroth, Kenneth. "Introduction." *Selected Poems of D. H. Lawrence.* New York: The Viking Press, 1959. 1 – 23.

Roethke, Theodore. *The Collected Poems of Theodore Roethke.* New York: Doubleday, 1975.

Rogers, Pattiann. "Twentieth-Century Cosmology and the Soul's Habitation." *The Measured Word: On Science and Poetry.* Ed. Kurt Brown. Athens: University of Georgia, 2001. 1 – 13.

Russell, Bertrand. "Introductory." *A History of Western Philosophy.* New York & London: Simon & Schuster, 1972.

Sagar, Keith. "Introduction." *Poems of D. H. Lawrence.* New York: Penguin Books, 1986. 11 – 17.

——. *The Art of D. H. Lawrence.* Cambridge: Cambridge University Press, 1966.

——. *D. H. Lawrence: Poet.* Tirril: Humanities-ebooks, 2007.

Serpell, James. *In the Company of Animals.* New York: Basil Blackwell, 1986.

Slovic, Scott. "Introduction." *Getting Over the Color Green.* Ed. Scott Slovic. Tucson: Arizona University Press, 2001. xv-xxviii.

Snyder, Gary. *The Practice of the Wild.* New York: North Point, 2000.

Solnic, Rebbeca. *Storming the Gates of Paradise.* Berkeley and Los Angeles: University of California Press, 2007.

Stanton, Phyllis Deery. "Processing the Native American Through Western Consciousness." *Wicazo Sa Review* 2 (Autumn 1997): 59 – 84.

Stevens, Wallace. *The Collected Poems of Wallace Stevens.* New York: Vintage Books, 1954.

Stewart, Jack. *The Vital Art of D. H. Lawrence: Vision and Expression.* Carbondale & Edwardsville: Southern Illinois University Press, 1999.

Sword, Helen. "Lawrence's Poetry." *The Cambridge Companion to D. H. Lawrence.* Ed. Anne Fernihough. Shanghai: Shanghai Foreign Language Education Press, 2003. 119 - 135.

Tennyson, Alfred Lord. *Tennyson's Poetry.* Ed. Robert W. Hiller, Jr. New York & London: W. W. Norton & Company, 1971.

Thomas, Keith. *Man and the Natural World: Changing Attitudes in England* 1500 - 1800. London: Allen Lane, 1983.

Togovnick, Marianna. *Gone Primitive: Savage Intellects, Modern Lives.* Chicago: University of Chicago Press, 1990.

Tomlinson, Charles. *Poetry and Metamorphosis.* Cambridge: Cambridge University Press, 1983.

Watkin, William. *On Mourning: Theories of Loss in Modern Literature.* Edinburgh: Edinburgh University Press, 2004.

White, Lynn Jr. "The Historic Roots of Our Ecologic Crisis." *The Ecocriticism Reader.* Eds. Cheryll Glotfelty & Harold Fromm. Athens, Georgia: The University of Georgia Press, 1996.

Wittgenstein, Ludwig. *Philosophical Investigations.* 3rd ed. Trans. G. E. M. Anscombe. New York: Prentice Hall, 1958.

Worster, Donald. *The Wealth of Nature: Environmental History and the Ecological Imagination.* New York: Oxford University Press, 1993.

Wordsworth, William. *The Poetical Works of William Wordsworth.* Ed. Thomas Hutchinson. London: Oxford University Press, 1913.

中文参考文献

阿尔贝特·史怀泽：《敬畏生命》，陈泽环译，上海：上海社会科学院出版社 1992 年版。

爱德华·泰勒：《原始文化》，连树声译，桂林：广西师范大学出版社

2005 年版。

爱默生：《爱默生集》，范圣宇主编，广州：花城出版社 2008 年版。

艾里克·梅勒等：《海德格尔入门》，王相华译，北京：东方出版社 1998 年版。

安德鲁·林基：《动物福音》，李鑑慧译，北京：中国政法大学出版社 2005 年版。

巴什拉：《火的精神分析》，杜小真等译，北京：生活·读书·新知三联书店 1992 年版。

巴什拉：《科学与诗》，金森修等译，石家庄：河北教育出版社 2002 年版。

陈才宇：《古英语与中古英语文学通论》，北京：商务印书馆 2007 年版。

陈红：《兽性·动物性·人性》，武汉：华中师范大学出版社 2005 年版。

程虹：《宁静无价》，上海：上海人民出版社 2009 年版。

迟柯：《西方美术史话》，北京：中国青年出版社 2005 年版。

戴·赫·劳伦斯：《儿子与情人》，杜瑞清等译，南京：译林出版社 2003 年版。

戴·赫·劳伦斯：《查泰莱夫人的情人》，冯铁译，郑州：河南文艺出版社 2007 年版。

戴·赫·劳伦斯：《虹》，黄雨石译，上海：上海译文出版社 2006 年版。

戴·赫·劳伦斯：《劳伦斯文艺随笔》，黑马译，桂林：漓江出版社 2004 年版。

戴·赫·劳伦斯：《劳伦斯中短篇小说选》，主万等译，北京：人民文学出版社 2006 年版。

戴·赫·劳伦斯：《恋爱中的女人》，黑马译，南京：译林出版社 1999 年版。

戴·赫·劳伦斯：《灵与肉的剖白：D. H. 劳伦斯论文艺》，毕冰宾译，桂林：漓江出版社 1991 年版。

戴·赫·劳伦斯：《迷失的少女》，郑达华译，北京：中国华侨出版社 2008 年版。

戴·赫·劳伦斯：《性与美》，黑马译，长沙：湖南文艺出版社 2004 年版。

戴·赫·劳伦斯：《在文明的束缚下》，姚暨荣译，北京：新华出版社 2006 年版。

戴斯·贾丁斯：《环境伦理学：环境哲学导论》，林官民、杨爱民译，北京：北京大学出版社 2002 年版。

段德智：《西方死亡哲学》，北京：北京大学出版社 2006 年版。

弗兰兹·博厄斯：《原始人的心智》，项龙、王星译，北京：国际文化出版公司 1989 年版。

海德格尔：《诗·语言·思》，彭富春译，北京：文化艺术出版社 1990 年版。

胡志红：《西方生态批评研究》，北京：中国社会科学出版社 2006 年版。

霍尔姆斯·罗尔斯顿：《哲学走向荒野》，刘耳、叶平译，长春：吉林人民出版社 2000 年版。

吉西·钱伯斯：《一份私人档案》，张健译；弗丽达·劳伦斯：《不是我，而是风》，叶兴国译，上海：知识出版社 1991 年版。

雷毅：《深层生态学思想研究》，北京：清华大学出版社 2001 年版。

理查德·奥尔丁顿：《D. H. 劳伦斯传：一个天才的画像，但是》，毕冰宾译，天津：天津人民出版社 1989 年版。

李书崇：《死亡简史》，成都：四川文艺出版社 2009 年版。

刘洪涛：《荒原与拯救》，北京：中国社会科学出版社 2007 年版。

罗婷：《劳伦斯研究》，长沙：湖南文艺出版社 1996 年版。

蒋炳贤：《劳伦斯评论集》，上海：上海文艺出版社 1995 年版。

蒋家国：《重建人类的伊甸园——劳伦斯长篇小说研究》，长沙：湖南大学出版社 2003 年版。

马克·贝科夫：《动物的情感世界》，宋伟等译，北京：科学出版社 2008 年版。

莫兰：《迷失的范式：人性研究》，北京：北京大学出版社 1999 年版。

田鹰：《比较视野中的张贤亮和劳伦斯性爱主题研究》，北京：中国社会出版社 2009 年版。

西格德·F. 奥尔森:《低吟的荒野》,程虹译,北京:生活·读书·新知三联书店 2012 年版。

夏军:《现代西方的非理性主义思潮》,沈阳:辽宁人民出版社 1986 年版。

王诺:《欧美生态文学》,北京:北京大学出版社 2003 年版。

王诺:《生态与心态》,南京:南京大学出版社 2007 年版。

王耘:《复杂性生态哲学》,北京:社会科学文献出版社 2008 年版。

闫建华:《试论诗歌的空间叙事》,《外国语》,2009 年第 4 期。

闫建华:《当代美国生态诗歌的"审丑"转向》,《当代外国文学》,2009 年第 3 期。

郑达华:《歌颂死亡——论劳伦斯的晚期诗歌》,《外国文学》,2004 年第 5 期。

叶平:《环境的哲学与伦理》,北京:中国社会科学出版社 2006 年版。

詹姆斯·拉夫洛克:《盖亚:地球生命的新视野》,肖显静、范祥东译,上海:世纪出版集团 2007 年版。

赵一凡等(主编):《西方文论关键词》,北京:外语教学与研究出版社 2006 年版。

朱存明:《灵感思维与原始文化》,上海:学林出版社 1995 年版。

朱梅:《〈地下世界〉与后冷战时代美国的生态非正义性》,《外国文学评论》,2010 年第 1 期。

附录一

劳伦斯作品书名简称对照表

Aaron/*Aaron's Rod*

CAE/ "Certain Americans and an Englishman"

CP/*The Complete Poems of D. H. Lawrence*

CSN/*The Complete Short Novels*

MNM/*Mornings in New Mexico*

Peacock/*The White Peacock*

PS/*The Plumed Serpent*

Psychoanalysis/*Psychoanalysis and the Unconscious and Fantasia of the Unconscious*

Rainbow/*The Rainbow*

RDP/*Reflections on the Death of a Porcupine and Other Essays*

SCAL/*Studies in Classical American Literature*

SEP/*Sketches of Etruscan Places and Other Italian Essays*

STH/*Study of Thomas Hardy and Other Essays*

查泰莱/查泰莱夫人的情人

档案/一份私人档案；不是我，而是风

儿子/儿子与情人

灵与肉/灵与肉的剖白

女人/恋爱中的女人

少女/迷失的少女

随笔/劳伦斯文艺随笔

文明/在文明的束缚下

中短篇/劳伦斯中短篇小说选

附录二

文中所引作品名称译文与原文对照表

《安宁的现实》/“The Reality of Peace”

《超越绿色》/*Getting Over the Color Green*

《丛林狼：我爱美国，美国爱我》/*Coyote：I Like America and America Likes Me*

《大漠孤行》/*Desert Solitaire*

《道德的哲学》/*Moral Philosophy*

《戴·赫·劳伦斯：诗人》/*D. H. Lawrence：Poet*

《敌对的太阳》/*The Hostile Sun*

《低吟的荒野》/*The Singning Wilderness*

《动物性·兽性·人性》/*Animality, Beastiality, Humanity*

《独生子》/*An Only Child*

《俄亥俄即兴》/*Ohio Impromptu*

《风暴天堂之门》/*Storming the Gates of Paradise*

《非洲之声》/*The Voice of Africa*

《凤凰悖论》/*The Phoenix Paradox*

《盖亚的报复》/*Gaia's Revenge*

《给我和美洲狮的空间：劳伦斯在陶米纳和陶斯》/“Room for Me and a Mountain Lion：D. H. Lawrence in Taormina and Taos”

《关于干旱土地的思考》/“Thoughs in a Dry Land”

《黑太阳》/*The Dark Sun*

《霍皮人的蛇舞》/“Hopi Snake Dance”

《寂静的春天》/*Silent Spring*

《金枝》/*The Golden Bough*

《渴望完整》/*Hunger for Wholeness*

《劳伦斯：不戴面具的诗人》/"D. H. Lawrence: Poet without Mask"

《劳伦斯：未来原始人》/*D. H. Lawrence: Future Primitive*

《劳伦斯：一个没有过错的诗人》/*D. H. Lawrence: The Poet Who Was Not Wrong*

《劳伦斯诗歌研究》/*A Study of the Poems of D. H. Lawrence*

《劳伦斯传：一个天才的画像，但是》/*D. H. Lawrence: A Portrait of a Genius, But*

《劳伦斯的诗歌与思想》/*The Poetry and Thought of D. H. Lawrence*

《劳伦斯诗歌：解放了的魔鬼》/*D. H. Lawrence's Poetry: Demon Liberated*

《劳伦斯诗歌：文本与语境》/*The Poetry of D. H. Lawrence: Texts and Contexts*

《劳伦斯诗歌全集》/*The Complete Poems of D. H. Lawrence*

《劳伦斯诗歌中的女性形象》/*The Image of the Female in D. H. Lawrence's Poetry*

《劳伦斯诗歌中的感知》/*Perception in the Poetry of D. H. Lawrence*

《劳伦斯诗选》/*Selected Poems* /*Poems of D. H. Lawrence*

《劳伦斯遗产》/*The Legacy of D. H. Lawrence*

《劳伦斯与差异》/*D. H. Lawrence and "Difference"*

《劳伦斯与环境意识》/"D. H. Lawrence and Environmental Consciousness"

《劳伦斯与深层生态学》/"D. H. Lawrence and Deep Ecology"

《劳伦斯作为生态一元论的"地之灵"》/"D. H. Lawrence's 'Spirit of Place' as Eco-Monism"

《盲人》/ "The Blind Man"

《美国，倾听你自己的声音吧》/"America, Listen to Your Own"

《美国经典文学研究》/*Studies in Classical American Literature*

《迷失的范式：人性研究》/*Le Paradigm Perdu: La Nature Humaine*

《墨西哥的早晨》/*Mornings in Mexico*

《一些美国人和一名英国人》/"Certain Americans and an Englishman"

《鸟·兽·花》/*Birds, Beasts, Flowers*

《凝注行为》/*Acts of Attention*

《潘神在美国》/"Pan in America"

《瓢虫》/"The Ladybird"

《骑马出走的女人》/"The Woman Who Rode Away"

《浅层生态运动和深层、长远生态运动之概要》/"The Shallow and the Deep, Long-Range Ecology Movement: A Summary"

《死去的人》/*The Man Who Died*

《沙漠美学的兴起》/*The Rise of a Desert Aesthetic*

《沙漠诗学和政治》/*The Poetics and Politics of Desert*

《少雨的土地》/*The Land of Little Rain*

《圣·莫尔》/"St. Mawr"

《生态危机的历史根源》/"The Historic Roots of Our Ecologic Crisis"

《诗歌能拯救地球吗》/*Can Poetry Save the Earth?*

《天路历程》/*The Pilgrim's Progress*

《探索二元之外的新的诗性表达》/*An Exploration of a New Poetic Expression beyond Dichotomy*

《陶斯》/"Taos"

《逃向现实：劳伦斯与卢恩的生态共生》/"Escape to Reality: The *Ecocritical Symbiosis* of D. H. Lawrence and Mabel Dodge Luhan"

《图腾崇拜与族外婚》/*Totemism and Exogamy*

《王冠》/ "The Crown"

《文学的生态与后殖民研究》/*An Ecological and Postcolonial Study of Literature: From Daniel Defoe to Salman Rushdie*

《文学与生态：一项生态批评实验》/"Literature and Ecology: An Experiment in Ecocriticism"

《我们周围的生命》/*The Life Around Us*

《无意识幻想曲》/*Fantasia of the Unconscious*

《心灵的航行者》/*The Psychic Mariner*

《行动植物：植物的运动与神经行为》/*The Action Plant: Movement and Nervous Behavior in Plants*

《新墨西哥》/"New Mexico"

《新诗序言》/"Introduction to the Ameican Edition of New Poems"

《新世界：劳伦斯诗歌的主题与模式》/*World Anew*: *Themes and Modes in the Poetry of D. H. Lawrence*

《"一个坏时代即将来临"：劳伦斯小说中的生态视野》/"*There Is a Bad Time Coming*": *Ecological Vision in the Fiction of D. H. Lawrence*

《伊特鲁里亚地方札记》/*Sketches of Etruscan Places and Other Italian Essays*

《艺术的宗教》/*The Religion of Art*

《印第安人与一名英国人》/"Indians and an Englishman"

《隐喻的认知方式》/*Metaphor's Way of Knowing*

《银河系简史》/*Coming of Age in the Milky Way*

《宇宙起源的爱神》/*Vom Kosmogonischem Eros*

《原始文化》/*Primitive Culture*

《游记》/*Travels*

《自然的权利》/*The Rights of Nature*

《自我与次序：劳伦斯诗歌》/*Self and Sequence*: *The Poetry of D. H. Lawrence*

《作为植物学家的诗人》/*The Poet as Botanist*

《植物之爱》/*The Loves of the Plants*

《植物经济》/*The Economy of Vegetation*

诗歌题名索引

后　记

拙作是在我博士论文的基础上修改而成的。从2010年博士论文答辩到今天书稿脱手，又是整整三年时间。窗外的广玉兰早已换上了一身碧绿，樱桃树不知不觉间结出了一簇簇小青果，悦耳的鸟鸣不时在耳畔响起。在如此美好的时光完成书稿的撰写和修订，心里充满了喜悦，也充满了感激。

首先感谢恩师史志康教授，读博期间如果没有他的理解、支持、鼓励和指导，很难想象这部书稿会是什么模样，更不敢期盼它能与读者会面。记得2007年9月中旬的某一天，我与导师第一次见面就提出我要研究劳伦斯的诗歌。史老师在问明缘由之后没有表示异议，只是提醒我选题还需再慎重一些。在接下来的三年时光里，在上海外国语大学一间小小的宿舍里，在沪杭之间奔驰的列车上，在杭州略显凌乱而温馨的家里，上千页的《劳伦斯诗歌全集》就成了我形影不离的伙伴和必读的圣经，而且我读得越多，越是钦佩、感动、感激，为劳伦斯的诗艺，为自己的选题，更为导师的认可和支持。

其次感谢浙江大学的吴笛教授，是他让我走进了劳伦斯的诗歌世界。2007年7月下旬，我参加了在华中师范大学举办的美国诗歌国际学术研讨会。会议期间，我有幸和吴笛教授、何畅老师一起去长江边上散步聊天，这当儿吴教授告诉我们说，劳伦斯是一位十分了不起的诗人，可国内迄今还没有一本研究劳伦斯诗歌的专著面世。吴教授的话让我颇感意外，因为在此之前我只知道劳伦斯是一位伟大的小说家，丝毫不知他也是一位伟大的诗人。回到家里，我第一时间查看了有关资料，发现国内对劳伦斯诗歌的研究确实如吴教授所言有诸多空白之处。接下来我又阅读了劳伦斯的部分诗歌，深深地为其高超的诗艺和真挚的情感所打动，于是便决定将劳伦斯的诗歌作为我博士论文的选题，这就是我一进校就跟导师商谈研究劳伦斯诗歌的原因。吴教授不仅在当时点醒了我，他翻译的《劳伦斯诗选》也给我以很大的帮助，后来他还对这部书稿提出了十分宝贵的修改意见。

此外，我要感谢我在美国的导师斯洛维克（Scott Slovic）教授，他给我提供了到内华达州立大学的文学与环境研究中心访学的机会，在那里我学到了很多，并在他的指导下完善了植物书写的章节；我还要感谢我的大学老师程锡麟教授，他在百忙之中为我指点迷津，我有关空间叙事的理论主要得益于他的论文和他在邮件中给予的指点。

我还要感谢我的母校上海外国语大学的老师和同学。聆听不同老师的授课开启了我的思路，与同学一起探讨问题、交流学习心得更使我受益匪浅。我要特别感谢同门刘坚师弟、郭海霞师妹和李新亚师妹，还有其他许多要好的同学，感谢他们读博期间与我一起分享知识，交流心得。我还要感谢我的学生韩笑、李文庆和胡思真，感谢她们给我邮寄和复印十分珍贵的文献资料。

感谢我远在老家和杭州的许多好朋友，他们给予我的爱和帮助实在是太多、太多。惠群、亚兰、红波、晓恩、洪恩、永红、娟子、燕子、何畅、阿萍……一想到这些好朋友就感到温暖、幸福。

感谢我的父母、兄弟姐妹、爱人和儿子，他们永远是我最坚强的后盾和最大的精神支柱。我要特别感谢我的儿子刘言。一个大男孩，在爸爸赴美国工作期间承担起了买菜烧饭、洗锅打扫等几乎所有的家务，以此来支持妈妈的写作。作为母亲，还有比这更欣慰的么？

我也要感谢我的外甥女莉莉和雪莲，她们在我生病期间对我悉心照顾，才使我很快渡过了难关，按时完成了论文的撰写。

最后我要感谢古运河畔的一株株山茶花，霞湾公园的红桃绿柳，经常光顾窗外腊梅的一只只蝴蝶、飞蛾、小鸟、蜘蛛、蚂蚁，等等，感谢这些“地球公民”（Earthlings）在我伏案写作期间带给我的愉悦和快乐。

但愿我的写作也能给它们带来某种快乐！

闫建华

2013 年春

于杭州翰墨香林寓所